परमार्थ ही जीवन है

परमार्थ ही जीवन है

राम सहाय

प्रभात प्रकाशन

प्रकाशक • प्रभात प्रकाशन प्रा. लि.
4/19 आसफ अली रोड,
नई दिल्ली–110002

संस्करण • 2024
मूल्य • पाँच सौ रुपए
मुद्रक • जयलक्ष्मी प्रिंटिंग प्रेस, दिल्ली

PARMARTH HI JEEVAN HAI

by Shri Ram Sahay ₹ 500.00
Published by Prabhat Prakashan, 4/19 Asaf Ali Road, New Delhi-2
e-mail: prabhatbooks@gmail.com ISBN 978-93-5266-582-2

प्रेरणास्रोत

प्रेमलता (पत्नी)

स्मृतिशेष

स्व. पूज्य माता श्रीमती बसंती देवी एवं पिता श्री बाबूलाल

हरियाणा राज भवन,
चंडीगढ़-160019
HARYANA RAJ BHAVAN
CHANDIGARH - 160019

संदेश

'परमार्थ ही जीवन है' पुस्तक का मेरे द्वारा अवलोकन किया गया। निःसंदेह आज समाज में जीवन-मूल्य, नैतिकता, पारस्परिकता, परोपकार आदि लुप्तप्राय हो रहे हैं। समसामयिक विषयों पर लिखे गए ये लेख, घटनाएँ, प्रसंग ज्ञानवर्धक हैं। यह सामग्री पाठकों को संस्कारित करेगी और उनमें समाज के प्रति कर्तव्यभाव जाग्रत् करेगी, ऐसा मेरा विश्वास है। 'वसुधैव कुटुम्बकम्', 'सर्वे सन्तु निरामयाः', 'राष्ट्र सर्वोपरि' का मूलमंत्र हृदयंगम कर अगर हर भारतीय अपना सकारात्मक योगदान करेगा तो निश्चित रूप से भारत पुनः शीर्ष पर पहुँच सकेगा। यह पुस्तक इसी संदेश को प्रसारित करने का उपक्रम है। समाज-जागृति की दिशा में यह सामग्री अपना महत्त्वपूर्ण स्थान रखती है। सामाजिक क्षेत्र में भावी पीढ़ियों के लिए दर्पण का काम करेगी।

आज की प्रजातंत्रीय व्यवस्था में व्यक्ति की अभिव्यक्ति की स्वतंत्रता परम आवश्यक है। ये लेख इस दिशा में मील का पत्थर सिद्ध होंगे। इस पुस्तक में महापुरुषों के जीवन से जुड़ी जिन घटनाओं का उल्लेख है, वे पाठक के लिए पथ-प्रदर्शक के रूप में अपना विशेष महत्त्व रखती हैं। इसकी विषयवस्तु पाठकों में अध्ययन के प्रति उत्कंठा पैदा करेगी। इन लेखों का प्रकाशन लोगों में पठन के प्रति रुचि जाग्रत् करेगा।

श्री राम सहाय का यह प्रथम प्रयास है, जो सराहनीय है। भविष्य में इनकी लेखनी विभिन्न विषयों के लेखन की ओर अग्रसर हो, ऐसी मेरी शुभकामना है।

(प्रो. कप्तान सिंह सोलंकी)

Web.-http//haryanarajbhavan.gov.in Twitter: @Profkaptansingh

EPABX 0172-2740581, 2740583 • Fax - 0172 - 2740557 • E-mail : governor@hry.nic.in

भूमिका

'परमार्थ ही जीवन है' पुस्तक को अधिक उपादेय बनाने के लिए अनुक्रमणिका का उल्लेख प्रशंसनीय है।

छोटे-छोटे कथानकों के माध्यम से ज्ञान को पाठकों की रुचि के अनुकूल बनाना इस पुस्तक की विशेषता है।

इस पुस्तक द्वारा प्रदत्त ज्ञान हर वर्ग में एक ऐसी जिज्ञासा पैदा करता है, जो पुस्तक को बार-बार पढ़ने पर भी हमारे मन में एक कौतूहल बना रहता है।

परिश्रम, धर्म, स्त्री शिक्षा, परमार्थ-शस्त्र और शास्त्र-स्वावलंबन दादू सुभाष मालवीय से जुड़े प्रसंग जापानी छात्रों की देश भक्ति, जन्मभूमि का महत्त्व, अहिंसा, स्वतंत्रता, परोपकार, विवेकानंद, गुरु, प्रकाश का महत्त्व, गीता, कर्तव्य निष्ठा, स्वामी रामतीर्थ आदि ऐसे प्रसंग हैं, जो हमारे जीवन निर्माण की आधारशिला है।

इस प्रकार की पुस्तकों का संग्रह हमारे मस्तिष्क की सोच को दर्शाता है।

इस पुस्तक के माध्यम से नागरिकों के चरित्र-निर्माण की भूमिका हमें सदैव आगे बढ़ने की प्रेरणा देती रहेगी।

मैं अपनी इस पुस्तक-लेखन पर प्रसन्नता व्यक्त करते हुए तथा आशा करता हूँ कि इस दिशा में निरंतर प्रयास जारी रखूँगा।

इस पुस्तक के आकल्पन और प्रकाशन में प्रिय धीरा खंडेलवाल (आई.ए.एस.) व डॉ. के.के. खंडेलवाल (आई.ए.एस.) का अपूर्व योगदान है; उन्हें मेरा कोटि-कोटि आशीर्वाद। पुस्तक की टाइपिंग के लिए अक्षय कुमार व डिजाइनिंग के लिए सुनील कुमार गर्वाण के सहयोग के लिए हार्दिक आभार।

—राम सहाय

अनुक्रम

स्वर्ग और नरक का अस्तित्व

जापान के संत हाकुइन के पास एक योद्धा स्वर्ग और नरक के अस्तित्व के संबंध में ज्ञान प्राप्त करने की जिज्ञासा से गया। संत ने नीचे से ऊपर तक बड़े ध्यान से उसे देखा, पास में बिठाया और पूछा, "तुम कौन सा व्यवसाय करते हो?"

"मैं शस्त्रजीवी हूँ।"

"तुम्हारी शक्ल तो भिखारियों जैसी लगती है। मुझे आश्चर्य है कि किस मूर्ख राजा ने तुम्हें अपनी सेना में भरती कर लिया?" उस योद्धा को संत की बात सहन न हुई, क्रोध के कारण उसका चेहरा तमतमा उठा, उसका हाथ तलवार की मूठ पर गया।

संत की दृष्टि उस तलवार पर गई, तो उन्होंने अपनी बात शुरू करते हुए पुनः कहा, "अच्छा तो तुम्हारे पास तलवार भी है। अरे, इससे तुम मेरा सिर काटना चाहते हो, पर मेरी समझ में इससे पेंसिल भी काटना कठिन है।" अब तो उस योद्धा का पारा चढ़ गया, उसे संत की बातें सहन न हो सकीं।

संत और कुछ कहते, तब तक तलवार म्यान से बाहर आ चुकी थी, उस योद्धा ने संत के मुँह से सुना, वीर बड़ा नरक का द्वार खुल गया है। उस योद्धा ने संत की बात सुनकर तलवार म्यान में रख ली और अपनी भूल को मस्तक नवाकर स्वीकार किया। तब संत ने कहा, "अब यदि तुम स्वर्ग के दर्शन करना चाहते हो तो वह भी कर सकते हो।"

काम, क्रोध, लोभ, मोह, दंभ और हिंसा नरक के द्वार हैं और प्रेम, दया, शांति, संतोष, क्षमा और संयम आदि सद्गुण ईश्वर प्राप्ति के साधन हैं।

□

मन के साधे

स्वामी नारायण नाम के एक महान् संत थे। एक दिन उन्होंने देखा कि कुछ ग्रामीण एक गाय के साथ खींचतानी कर रहे हैं। ग्रामीण गाय का दोहन नहीं कर पा रहे थे, क्योंकि जैसे ही कोई गाय को छूता था, वह लात मार देती थी। ग्रामीण गाय के पास नहीं जा पा रहे थे। जब भी गाय को किसी के पास आने का आभास होता था, वह अपने पैर देती थी।

स्वामी नारायण न केवल एक संत थे, परंतु एक साधक भी थे। उन्होंने ग्रामीण से कहा, "मैं इसकी लात को रोकने का कोई उपाय निकालूँगा।" उन्होंने एक डंडा उठाया तथा गाय से थोड़ी दूर पर बैठकर डंडे से हल्के-हल्के गाय की टाँग को छुआ।

गाय ने तुरंत ही लात मारी, कुछ क्षण पश्चात् उन्होंने पुनः गाय की टाँग को डंडे से छुआ, गाय ने पुनः लात मारी। वे पूरे दिन, भोर से साँझ तक बिना कुछ खाए-पिए वहीं बैठे रहे तथा केवल एक ही कार्य करते रहे—गाय की टाँग डंडे से (बार-बार) छुवाना। दर्शक मंडली को अचंभित करते हुए यह पुनः-पुनः छूने की प्रक्रिया लगातार 12 घंटे तक चलती रही। गाय कब तक लात मारती रहती, गाय भी एक जीव है।

इस प्रकार अंततः थककर उसने लात मारना बंद कर दिया। तब उन्होंने ग्रामीणों से गाय दोहने के लिए कहा। इसके पश्चात् गाय ने फिर कभी लात नहीं मारी। हमारा मन भी कुछ इसी भाँति से उपद्रवी है। इसका उपचार भी उसी प्रकार करना होगा, जैसे स्वामीजी ने गाय का किया।

□

क्यों कहलाए युधिष्ठिर 'धर्मराज'

महाभारत युद्ध के उपरांत युधिष्ठिर को धर्मग्रथों में 'धर्मराज' कहा गया है। युधिष्ठिर को धर्मराज क्यों कहा गया, इसके पीछे भी एक कथा प्रचलित

है। भगवान् श्रीकृष्ण अपने साथियों के साथ धर्म की चर्चा कर रहे थे। चर्चा के दौरान एक यादव (साथी) ने श्रीकृष्ण से प्रश्न किया, "प्रभु, आप युधिष्ठिर को धर्मराज क्यों कहते हैं, इसके पीछे क्या रहस्य है।" भगवान् श्रीकृष्ण ने यादव को समझाते हुए बताया, "महाभारत का युद्ध चल रहा था, तब युधिष्ठिर सायं काल वेश बदलकर कहीं जाया करते थे। पांडवों ने इस रहस्य का पता लगाने के उद्देश्य से एक दिन उनका पीछा किया। पीछा करते-करते पांडव पुत्र कुरुक्षेत्र के मैदान में पहुँच गए, वहाँ जाकर देखते हैं कि उनका अग्रज युधिष्ठिर युद्धक्षेत्र में पड़े घायलों की सेवा श्रद्धा से कर रहे हैं। तभी तीनों भाइयों ने बदले हुए वेश में ही युधिष्ठिर से इस शुभ कार्य का कारण पूछा, युधिष्ठिर ने संन्यासी समझकर उन्हें बताया, "इनमें से कई कौरवों के पक्ष के हैं, जो यदि मैं प्रकट रूप में होता तो मुझे अपना कष्ट नहीं बतलाते और मैं सच्ची सेवा के अधिकार से वंचित रह जाता। इसलिए मुझे वेश बदलकर यहाँ आना पड़ा।'" यह घटना सुनाने के बाद भगवान् श्रीकृष्ण ने बताया—धर्म और परमार्थ एक-दूसरे पर आश्रित हैं। इसी से युधिष्ठिर धर्मराज कहलाते हैं। धर्म मंत्रणा में उन्हें उच्च स्थान दिया जाता है।

□

संसार की ममता

एक बार एक संत को किसी मारवाड़ी सेठ ने कीमती दुशाला भेंटस्वरूप दिया, संत को क्योंकि इन वस्तुओं का कोई चाव व मोह नहीं था, अत: उन्होंने सेठ के आग्रह पर दुशाले को स्वीकार तो कर लिया, परंतु वे उसे साधारण कंबल की तरह प्रयोग में लेने लगे। कीमती दुशाले का इस तरह से उपयोग उस सेठ को मन-ही-मन बेहद अखरा। एक दिन उन्होंने संत से कहा, "स्वामीजी, यह बड़ा कीमती दुशाला है। इसका प्रयोग यों लापरवाही से करेंगे, तब तो यह जल्दी ही फट जाएगा।" यह सुनकर संत ने सहजता से जवाब दिया, "भाई, जब मैंने इस संसार से ममता छोड़ दी तो इस दुशाले से कैसी ममता?" यह कहते-कहते एक कोने को आग लगा दी व सेठजी से कहा, "लीजिए, अब यह

न तो कीमती रहा, न सुंदर, अब मेरा मन भी इसे सँभालने में नहीं लगेगा, चिंता भी रहेगी नहीं, तो भगवान् की तरफ पूरा ध्यान लगा सकूँगा।"

□

धर्म

महारानी लक्ष्मीबाई के हाथों पराजित होकर अंग्रेज अपनी जान बचाते भाग रहे थे। वे सब किले के सामने बड़ी एक मस्जिद और मंदिर में छिप गए। अंग्रेज जानते थे कि मंदिर, मस्जिद हिंदुओं और मुसलमानों के लिए पवित्र स्थान हैं। इन्हें वे नष्ट नहीं करेंगे, लेकिन रानी के एक मुस्लिम तोपची ने अल्लाह से प्रार्थना की—या अल्लाह मातृभूमि की रक्षा के लिए तेरे पवित्र स्थान को नष्ट कर रहा हूँ।

यह कहकर उसने मस्जिद पर तोप दाग दी और अंग्रेजों के साथ ही वह मस्जिद भी ढेर हो गई। तोपची ने तोप का मुँह मंदिर की ओर कर लिया, लेकिन मंदिर पर गोला दागने की हिम्मत नहीं हुई। पास ही खड़ी लक्ष्मीबाई तोपची की मनोदशा भाँप गईं और उन्होंने स्वयं आगे बढ़कर मंदिर पर तोप दाग दी। वहाँ छिपे अंग्रेज वहीं पर ढेर हो गए। रानी ने तोपची से कहा, "मातृभूमि धर्म से बढ़कर है।"

□

देशद्रोह

जिस दिन एडवर्ड सप्तम का राज्याभिषेक हो रहा था, उस दिन हमारे देश के कुछ चाटुकार भी खुशियाँ मना रहे थे और समारोह आयोजित कर रहे थे। महान् क्रांतिकारी वीर सावरकर एक समारोह स्थल पर पहुँचे और उन्होंने नौजवानों से कहा, "धिक्कार है तुम्हें, जो तुम ऐसी खुशियाँ मना रहे हो, तुम लोग एक ऐसे राजा का अभिषेक-उत्सव मना रहे हो, जिसने तुम्हारी मातृभूमि को गुलाम बना रखा है।"

"क्या तुम्हें यह अनुभव नहीं होता कि यह अभिषेकोत्सव नहीं है, बल्कि तुम्हारी गुलामी का उत्सव है, क्या तुम यह अनुभव नहीं करते कि विदेशी शासक के प्रति राजभक्ति का प्रदर्शन तुम्हारे अपने देश-जाति के प्रति विद्रोह की अभिव्यक्ति है।" सावरकर के इस उलाहने से आयोजक शर्म के मारे गड़कर रह गए और उन्होंने सावरकर से क्षमा माँगते हुए अपना डेरा-डंडा सँभाल लिया।

□

उपयोगिता

एक धनपति था। वह नित्य ही एक घृत दीप जलाकर मंदिर में रखता था। एक निर्धन व्यक्ति था। वह सरसों के तेल का एक दीपक जलाकर नित्य अपनी अँधेरी गली में रख देता था। दोनों मरकर यमलोक पहुँचे तो धनकुबेर को साधारण स्थिति की सुविधाएँ दी गईं और निर्धन को उच्च श्रेणी की।

यह व्यवस्था देखी तो धनकुबेर ने धर्मराज से पूछा, 'यह भेद क्यों, जब कि मैं भगवान् के मंदिर में दीपक जलाता था, वह भी घी का।' धर्मराज मुस्कराए, बोले, 'पुण्य की महत्ता मूल्य के आधार पर नहीं, कार्य की उपयोगिता के आधार पर होती है। मंदिर तो पहले ही प्रकाशवान् था। उस व्यक्ति ने ऐसे स्थान पर प्रकाश फैलाया, जिससे हजारों व्यक्तियों ने लाभ उठाया। उसके दीपक की उपयोगिता अधिक थी।'

□

खतरनाक ज्ञान

विख्यात विचारक खलील जिब्रान ने अपने एक विद्वान् मित्र को विदा किया और आसन पर आकर बैठ गए। उनके एक शिष्य ने कहा, "जनाब, यदि आप इजाजत दें तो एक सवाल मेरे जेहन में उठ रहा है। उसका जवाब मैं आपसे चाहता हूँ।"

इजाजत मिलने पर शिष्य ने कहा, "आपने उनसे बातचीत में कहा था कि कभी-कभी ज्ञान अज्ञान से भी ज्यादा खतरनाक हो सकता है। ऐसा सचमुच हो सकता है?"

खलील जिब्रन ने शागिर्द को पास बैठाकर कहा, "हाँ, ज्ञान जब इतना घमंडी हो जाए कि वह रो न सके, इतना गंभीर बन जाए कि वह हँस न सके और इतना आत्मकेंद्रित बन जाए कि अपने सिवाय किसी की फिक्र न करे, तो वह अज्ञान से भी ज्यादा खतरनाक होता है।"

□

दान मुझे स्वीकार नहीं

एक बार भगवान् बुद्ध ने भिक्षा पाने के लिए नगर के एक प्रतिष्ठित गृहस्थ का दरवाजा खटखटाया। धन-संपत्ति में आसक्त रहनेवाला वह व्यक्ति किसी को भी एक कौड़ी नहीं देता था। भगवान् बुद्ध का उस व्यक्ति से सामना हो गया। उन्हें भिक्षुक के रूप में अपने आँगन में देखते ही उस धनवान सेठ ने अपनी आदत के अनुसार उन्हें भी गाली दी और दुत्कार-फटकार शुरू कर दी; भगवान् बुद्ध ने बिना किसी प्रतिकार या क्रोध के गालियाँ सह लीं।

वह धनवान सेठ जब गालियाँ दे-देकर थक गया, तब बुद्ध ने मधुर मुस्कान के साथ कहा, "वत्स, कृपया यह बताओ कि यदि तुमने किसी को कुछ दान दिया और उसने वह स्वीकर नहीं किया तो?" धनवान ने बुद्ध की हँसी उड़ाते हुए कहा, "तुम एकदम मूर्ख हो। इतना भी नहीं समझते कि वह यदि दान नहीं लेगा तो वह वस्तु मेरे पास ही रहेगी।"

भगवान् बुद्ध ने कहा, "ठीक है! तुमने मुझे गालियों का जो अमूल्य दान दिया है, वह मैं स्वीकार नहीं करता।" इतना कहकर वे वहाँ से आगे चल पड़े।

□

असली रस्म

स्वतंत्रता आंदोलन के दौरान सरदार भगत सिंह को लाहौर से कलकत्ता पहुँचने की समस्या थी। इतिहास-प्रसिद्ध क्रांतिकारियों के मार्गदर्शक भगवती चरण वोहरा की पत्नी दुर्गा उस जोखिम भरे काम के लिए तैयार हो गईं।

भगत सिंह ने अंग्रेज का वेश धारण किया और दुर्गा ने उनकी पत्नी का रूप धारण किया। दोनों कलकत्ता के लिए रवाना हो गए। कलकत्ता स्टेशन पर सुरक्षित पहुँचने पर वोहरा ने दुर्गा की पीठ थपथपाते हुए कहा, "आज हम दोनों की शादी की असली रस्म पूरी हुई।"

□

स्त्री शिक्षा

आनंद स्वामी एक बार लोगों को स्त्री शिक्षा के लाभ समझा रहे थे। एक बूढ़ा आदमी बोला, "महाराज! शास्त्र की आज्ञा है कि स्त्री को घर से बाहर नहीं निकलना चाहिए, अन्यथा वह दूषित हो जाती है।"

आनंद स्वामी ने पूछा, "पानी तालाब का अच्छा होता है या नदी का?" बूढ़ा बोला, "महाराज, घिरा होने के कारण तालाब का पानी गंदा हो जाता है, पर नदी का पानी चलता रहता है, इसलिए वह स्वच्छ रहता है।"

आनंद स्वामी बोले, "अब बताओ, जो स्त्री घर में कैद रहेगी, वह अच्छी होगी या जो सामाजिक जीवन में भाग लेने वाली होगी वह?" बूढ़ा निरुत्तर था।

□

परिश्रम

लॉर्ड माउंटबेटन भारत के आखिरी अंग्रेज वायसराय थे। एक बार एक पत्रकार ने उनकी बहुत तारीफ की। उसने कहा, "आप में जटिल-से-जटिल

समस्याओं से जूझने की बौद्धिक योग्यता और प्रतिभा है।"

यह सुनकर लॉर्ड बेटन बोले, "सच तो यह है कि मैं एक बेहद मामूली आदमी हूँ। अगर मैंने कुछ सफलता पाई है तो इसका श्रेय कठिन परिश्रम को है।" माउंटबेटन यह कहते वक्त भी ब्रिटिश सरकार के दस्तावेज लिख रहे थे। □

महानता

एक बार राजा रणजीत सिंह नगर-भ्रमण के लिए निकले। रास्ते में कुछ बच्चे पेड़ पर पत्थर मारकर पके हुए बेर तोड़ रहे थे। संयोग से एक पत्थर महाराज को लग गया। सभी लड़के डर से काँपते हुए वहाँ से भागने लगे। परंतु राजा के सैनिकों ने उन्हें पकड़ लिया। वहाँ उपस्थित सभी मंत्रियों एवं सेवकों ने सलाह दी, इन बच्चों को कठोर-से-कठोर दंड दिया जाए। परंतु रणजीत सिंह ने सभी बच्चों को क्षमा कर दिया और सैनिकों से कहा, "इन बच्चों को भर पेट फल खिलाओ।" सभी मंत्रियों को देखकर वे बोले, "जब एक पेड़ इतनी चोट खाकर भी मीठे फल देता है, तो फिर मैं तो मनुष्य हूँ, इन्हें कैसे दंड दे सकता हूँ।" राजा की यह बात सुनकर सभी के सिर श्रद्धा से झुक गए। इसलिए कहा गया है, 'क्षमा को तू दो अक्षर न जान, अपनाकर इसे हो जाए तू महान्।' □

तू कहाँ था ?

एक ईश्वरभक्त ने अपने जीवन को ईश्वर के भरोसे समर्पित कर दिया। एक रात उस भक्त ने स्वप्न देखा कि उसे ईश्वर के दिव्य दर्शन हुए और ईश्वर ने उसकी समर्पित प्रार्थना को स्वीकार कर लिया। उस दृश्य के साथ ही भक्त को अपने बीते हुए जीवन की घटनाएँ देखने को मिलीं। उसने देखा कि वह और ईश्वर समुद्र के तट पर रेत के ऊपर चलकर जीवनयात्रा में साथ-साथ चल रहे हैं। रेत पर दोनों के पाँवों के निशान पास-पास बनते जा रहे हैं। कुछ स्थानों में

भक्त ने देखा कि जब-जब उसके जीवन में अत्यंत कष्टमय और संकट वाला समय आया, उस-उस अवधि की कालयात्रा में उसे केवल एक ही व्यक्ति के पैरों के निशान उस रेत पर देखने को मिले।

भक्त निराश होकर ईश्वर से पूछने लगा कि आप ने तो सदैव मेरे साथ रहने का आशीर्वाद प्रदान करके अभय कर रखा है, तब आपने इन संकटों के समय मुझे अकेला क्यों छोड़ा? उस समय हे ईश्वर! तू कहाँ चला गया था? ईश्वर ने उत्तर दिया कि 'मेरे परमप्रिय भक्त! मैं तुझे कभी अकेला छोड़कर नहीं गया था। जब-जब तुझ पर संकट आए थे, तब-तब मैं तुझको अपने हाथों में उठा लेता था और उस संकट से पार करवा देता था।' भक्त कृतार्थ हो गया।

□

एकाग्रता

लोकमान्य बाल गंगाधर तिलक के जीवन की एक घटना है। उनके अँगूठे में एक फोड़े को चीरा लगाना था, डॉक्टरों ने उन्हें ऑपरेशन के लिए बेहोशी की दवा सुँघाने का प्रस्ताव रखा। तिलक ने कहा, इसकी कोई जरूरत नहीं। मैं अपने को श्रीमद्भगवद्गीता के गहन अध्ययन में डुबो दूँगा। आप बेखटक ऑपरेशन कर लें।

डॉक्टरों को बड़ा आश्चर्य हुआ कि पूरे ऑपरेशन के दौरान वे बिना हिले-डुले गीता पढ़ते रहे और शांतिपूर्वक ऑपरेशन करा लिया। पूछने पर मुस्कराते हुए तिलक इतना ही बोले, 'तन्मयता इतनी प्रगाढ़ थी कि ऑपरेशन की ओर ध्यान ही नहीं गया और दर्द भी नहीं हुआ।'

□

चोर कौन

रात का समय था। विश्वगुरु बसवेश्वर सोए हुए थे। एक चोर उनकी पत्नी नीला के गहने उतारने लगा। नीला की नींद खुल गई। वह जोर से चिल्लाने लगी।

चोर भागा तो बसवेश्वर जाग गए।

उन्होंने पूछा, 'क्या हुआ नीला?' नीला ने बताया कि एक चोर मेरे गहने उतार रहा था।

इतने में पहरेदारों ने चोर को पकड़ लिया। बसवेश्वर ने पत्नी से कहा, 'नीला, मैंने समझा था कि तुम मेरी सहचरिणी और आदर्श पत्नी हो, परंतु तुमने निष्ठा को नहीं निभाया। तुमने सारे गहने उतारकर उसे क्यों नहीं दिए?'

नीला पति बसवेश्वर का मुँह ताकने लगी। बसवेश्वर ने कहा, 'चोर कौन है, चोरी करनेवाला नहीं, बल्कि आवश्यकता से अधिक रखनेवाला ही चोर है।' □

परमार्थ मनुष्य का धर्म है

शास्त्र कहता है—परमार्थ परमो धर्म। गोस्वामी तुलसीदासजी कहते हैं—परहित सरिस धर्म नहिं भाई। धर्म शब्द धृ धातु से बना है, जिसका अर्थ है—धारण करना। धारणीय क्या है? जिसके धारण करने से अस्तिस्व कायम रहे, वही धारणीय है, वही धर्म है।

अग्नि का धर्म उष्णता है, अतः उष्णता खोने पर वह राख हो जाती है। मनुष्य का धर्म परमार्थ करना है, अतः परमार्थ न करनेवाला धर्महीन है।

स्वार्थ मनुष्य की सहज प्रवृत्ति है, अतः इसका उन्मूलन नहीं वरन् शोधन होता है। जिस प्रकार बीज अपने सीमित कलेवर के बाहर होने पर पौधा और वृक्ष बनकर फल-फूल देता है, उसी प्रकार स्वार्थ व्यक्तिगत और पारिवारिक परिधि से बाहर होने पर परमार्थ बनकर लोक सेवा करता है। स्वार्थ का परमार्थ में परिणत होना आचारक्रांति है। आचारक्रांति से ही यथार्थ लोक सेवा होती है। वह समझता है, यदि वह परमार्थी बनेगा, तब उसका स्वार्थ साधना नहीं हो सकेगा। परंतु यह भ्रांत धारणा है, क्योंकि जिस प्रकार रँगने वाले का हाथ रंगीन हो जाता है, उसी प्रकार परमार्थी का स्वार्थ भी सध जाता है। मनुष्य का सबसे बड़ा स्वार्थ मोक्ष प्राप्त करना है।

निम्नांकित गाथा से धर्म का मर्म ज्ञात होता है—एक बार महात्मा बुद्ध ने

अपने संग के एक भिक्षु को बहुत दिनों तक नहीं देखने के कारण अपने शिष्य आनंद से उसके बारे में पूछा। आनंद ने कहा कि वह भिक्षु अतिसार रोग से पीड़ित होकर अपनी कुटिया में पड़ा है। बुद्ध आनंद के साथ उस रुग्ण भिक्षु की कुटिया में पहुँचे। उन्होंने देखा कि भिक्षु मल-मूत्र से लिपटा हुआ पड़ा है। उन्होंने भिक्षु से पूछा, 'तुम्हारी सेवा में संघ का कोई भिक्षु क्यों नहीं आया ?' भिक्षु ने उत्तर दिया, 'संघ के भिक्षुगण आत्म-उत्थान हेतु योग साधना में लगे रहते हैं, अत: उन्हें उसकी सेवा करने की फुरसत नहीं मिलती है।' बुद्ध ने आनंद से तुरंत जल मँगवाकर अपने हाथों से रुग्ण भिक्षु के शरीर, वस्त्र और कुटिया को साफ किया। जब संध्या समय बुद्ध के समक्ष संघ के भिक्षुगण धर्मचर्चा के लिए पहुँचे, तब बुद्ध ने उन लोगों से पूछा कि रुग्ण भिक्षु की सेवा करने के लिए आप लोगों में से कोई क्यों नहीं जाता ? भिक्षुगण निरुत्तर होकर मौन बैठे रहे।

बुद्ध ने उन्हें संबोधित करते हुए कहा कि योग साधना से आत्म-कल्याण होता है या नहीं, यह तो मुझे ज्ञान नहीं, परंतु जो पीड़ित और जरूरतमदों की सेवा करता है, उसके लिए स्वर्ग और मोक्ष सुनिश्चित है।

□

दयालु बादशाह

दयालुता, जनता के कष्टों के प्रति संवेदनशीलता और गरीब-असहाय प्रजा के दुःख दूर करने की तत्परता अच्छे राजा के गुण होते हैं।

इन्हीं गुणों का मूर्त रूप था जर्मनी का बादशाह जोसेफ द्वितीय। उसका शासनतंत्र तो सुदृढ था ही, किंतु वह स्वयं भी सादा भेष में गलियों में अकेला घूमकर प्रजा से संपर्क किया करता था। एक दिन उसे एक बालक मिला। बड़ी इज्जत के साथ उसने बादशाह से कुछ पैसे माँगे। उसकी लड़खड़ाती जबान से बादशाह समझ गया कि वह पेशेवर भिखमँगा नहीं है। किसी मजबूरी का शिकार कोई स्वाभिमानी लड़का है। पूछने पर लड़के ने बताया कि उसकी माँ सख्त बीमार है। उसकी दवा के लिए उसे पैसे की जरूरत है। बादशाह ने उसे डॉक्टर

को बुला लाने को पैसे दिए और स्वयं उसका पता पूछकर उसके घर जा पहुँचा। सचमुच वहाँ एक बुढ़िया मरणासन्न थी और एक छोटा बच्चा उसकी खटिया के पास बैठा बिलख रहा था।

स्नेह भरे शब्दों में बुढ़िया को जोसेफ ने ढाढ़स बँधाया और एक छोटे से कागज पर कुछ लिखकर देते हुए कहा, 'माँ, मैंने दवा लिख दी है, इसे ले लेना, सब ठीक हो जाएगा।' बादशाह चला गया। बुढ़िया कुछ समझ नहीं पाई। भले मानुस ने दवा तो लिख दी थी, पर दवा खरीदने को पैसे कहाँ हैं। वह कराहकर मौत की घड़ियाँ गिनने लगी। इतने में उसका बेटा डॉक्टर को लेकर आया। डॉक्टर ने बुढ़िया की नब्ज देखी तो बुढ़िया ने वह कागज दिखाया कि एक डॉक्टर उसे दवा लिखकर गया है। डॉक्टर ने कागज पर बादशाह जोसेफ के हस्ताक्षरों में बुढ़िया को राजकोष से बड़ी धनराशि देने का आदेश पढ़ा तो वह आश्चर्यचकित होकर कहने लगा, 'माँ, वह डॉक्टर नहीं, हमारा दयालु बादशाह था। अब तुम्हारे रोग के साथ सारे संकट मिट जाएँगे।' बुढ़िया कृतज्ञता से गद्‌गद हो गई।

□

उदारता का उच्च आदर्श

हिंदी साहित्य के युग-प्रवर्तक काव्य-मनीषी भारतेंदु हरिश्चंद्र जितने महान् साहित्य-सर्जक थे, उतने ही सरल और गरिमामय महामानव भी थे। धन-संपन्न उच्च कुल में जन्म लेकर भी उन्हें धन से कभी लगाव नहीं था। घमंड उन्हें छू भी नहीं गया था, उल्टे लोगों को दान-दक्षिणा और आर्थिक मदद के लिए वे मुक्तहस्त होकर धन लुटाते रहते थे। इसी असीम उदारता के कारण एक समय वे इतने कंगाल हो गए कि मित्रों और प्रशंसकों के आए हुए पत्रों का उत्तर भेजने के लिए उनके पास डाक टिकट तक के भी पैसे नहीं थे।

फिर भी वे पत्रों का उत्तर यथावत् लिखते जाते और लिफाफे में बंद करके मेज पर रख लेते। इस तरह लिखे पत्रों की अच्छी-खासी ढेरी मेज पर इकट्ठी हो गई। उनकी ऐसी अवस्था के दिनों में एक मित्र ने उन्हें पाँच रुपए के डाक टिकट

लाकर दिए, जिन्हें लगाकर वे पत्र डाक में डाल दिए गए। भारतेंदु बाबू का मन अपने मित्र के प्रति कृतज्ञता से भर उठा। समय बदला, भारतेंदुजी की आर्थिक स्थिति सुधरी, किंतु कुलीन संस्कारों के धनी हरिश्चंद्र अपने मित्र के उपकार को नहीं भूले। जब भी वह मित्र उनसे मिलने आते, भारतेंदु बाबू बलपूर्वक पाँच रुपए उनकी जेब में डाल देते और हँसकर कहते, आपको स्मरण नहीं, आप के पाँच रुपए मुझ पर ऋण है। दो-तीन बार ऐसा हुआ तो मित्र ने कहा, 'कविवर, यह तो ज्यादती है मुझ पर। आपके लिखे पत्रोत्तर उन प्रशंसकों तक जल्दी पहुँचें, इस विचार से मैंने डाक टिकट लाकर दिए थे, क्योंकि उस समय मेरे पास पैसे थे। इसमें ऋण की क्या बात, यह तो मित्रता के नाते एक सहयोग था। वह भी एक बार में उतार दिया आपने। फिर यह हर बार 5 रुपए लौटाने की पुनरावृत्ति ? लगता है, 'मुझे अब आपसे मिलना बंद करना पड़ेगा।' भारतेंदु बाबू के नेत्र सजल हो गए। गद्गद स्वर में बोले, 'भाई, ऐसा कभी मत करना, तुमने ऐसे समय मुझे 5 रुपए दिए थे कि मैं जीवन भर प्रतिदिन आपको 5 लौटाता रहूँ तो भी तुम्हारे ऋण से उऋण नहीं हो सकता।' कृतज्ञता का ऐसा उच्चतम भाव और महान् आचरण का ऐसा आदर्श अन्यत्र दुर्लभ भी है।

□

गलत अन्न का कुप्रभाव

अन्न का प्रभाव। चाणक्य नीति में एक ऐसी उक्ति भी है, जो अन्न के प्रभाव को बतलाते हुए नीति का रहस्य भी उजागर कर देती है। चाणक्य कहते हैं, जो मनुष्य (प्राणी) जैसा अन्न खाता है, वैसी ही उसकी बुद्धि बनती है और उसी के अनुसार उसकी संतान भी उत्पन्न होती है। जैसे दीपक अंधकार खाता है, अत: काला काजल ही उत्पन्न करता है अर्थात् मनुष्य जैसा अन्न खाता है, वैसा ही उसका मन भी हो जाता है। महाभारत का युद्ध समाप्त हो चुका है। उसी युद्धभूमि पर भीष्म पितामह बाणों से छिदे हुए सरशैया पर लेटे हैं। बाण ही उनका पलंग बना है। बाण ही उनका तकिया और बाण ही चादर। अंतिम समय जान सारे परिवार के लोग उनके चारों ओर बैठे हुए हैं।

वे सभी को हितकारी धर्म का उपदेश दे रहे हैं। वहीं द्रौपदी सहित पाँच पांडव भी हाथ जोड़े खड़े हैं। द्रौपदी पूछती है, 'पितामह, आप आज्ञा दें तो मैं आपसे एक प्रश्न करना चाहती हूँ।' भीष्म ने बड़े ही स्नेह भाव से कहा, 'पूछो बेटी।' द्रौपदी कहती हैं, 'अगर आपको बुरा लगे तो मुझे क्षमा कर दें, जब कौरवों के दरबार में दुशासन मेरा चीर हरण कर रहा था। उस समय मैं कितना रो रही थी। रक्षा की आप सभी से प्रार्थना कर रही थी। आप भी वहाँ पर उपस्थित थे, इस समय आप जिस धर्म, नीति और न्याय का उपदेश दे रहे हैं, उस समय यह सारा ज्ञान कहाँ चला गया था?' भीष्म पितामह मुस्कराते हुए कहते हैं—'तुम ठीक कह रही हो, बेटी। उस समय में कौरवों का अन्न खाता था, उसी अन्न से निर्मित खून मेरी रग-रग में दौड़ रहा था। अत: मैं चाहते हुए भी धर्म और न्याय की बात उन्हें नहीं समझा पा रहा था। परंतु जब अर्जुन के तीरों से मेरा वह सारा रक्त बह चुका है, जो उनके अन्न से बना था। उनका अन्न खाने के कारण मैं पाप और अनीति के विरुद्ध कुछ नहीं कह पा रहा था। अब मैं इन सब बातों को कहने लायक हुआ हूँ। इसलिए कह रहा हूँ। बेटी जब आहार शुद्ध होता है, तभी बुद्धि भी शुद्ध होती है।' चाणक्य के शब्द हैं—'दीपो भक्षयते ध्वातं कज्जलं च प्रसूयते। यदन्नं भक्षयेन्नियं जायते तादृशी।'

□

मन की भाषा

महान् योगी चांगदेव महाराष्ट्र के प्रसिद्ध संत ज्ञानदेव के समकालीन थे। चांगदेव आयु में ज्ञानदेव से बड़े थे। ज्ञानदेव चांगदेव से आयु में छोटे होते हुए भी ज्ञान में बड़े थे।

चांगदेव के मन में आया कि ज्ञानदेव को पत्र लिखें। पत्र का आरंभ कैसे करें, यह समस्या थी। चिरंजीवी, स्वस्ति, श्री आदि संबोधन लिखना ज्ञानी पुरुष के लिए ठीक नहीं रहेगा। मान्यवर या सिद्धि श्री आदि संबोधन ज्ञानदेव को अच्छे नहीं लगेंगे। वे आशीर्वाद की अपेक्षा रखेंगे, नमस्कार की नहीं।

चांगदेव थे योगी, ज्ञानदेव थे ज्ञानी और योगी। चांगदेव ने सोच-विचारकर

कोरा कागज ज्ञानदेव को भेज दिया। ज्ञानदेव, उनके गुरु निवृत्तिनाथ तथा मुक्ताबाई ने अपनी योग्यता, स्थिति तथा उपलब्धि के अनुसार अर्थ लगा लिया। □

दीनदयाल उपाध्याय के जीवन का प्रेरक प्रसंग

उपाध्याय से उनके माता-पिता पढ़ने की कहते, परंतु वे इस ओर ध्यान नहीं देते। आखिरकार थककर कहना बंद कर दिया तो थोड़ी ही देर बाद बेटा खुद ही पढ़ने बैठ गया। यह देखकर माँ को बड़ी हैरानी हुई। जब माँ ने बेटे से इसका कारण पूछा, तो वह बोला, 'माँ, जब तक खुद मनुष्य में किसी चीज को पाने की ललक न हो। तब तक वह उसे हासिल नहीं कर सकता। भले ही उस पर कितना भी दबाव क्यों न बनाया जाए। अत: मैं भी उस पल का इंतजार कर रहा था, जब खुद मन पढ़ने को कहता।' यही बालक आगे चलकर पंडित दीनदयाल उपाध्याय के नाम से मशहूर हुआ है।

□

फकीर का बादशाह को सबक

सुल्तान महमूद गजनबी इतिहास में एक महत्त्वाकांक्षी आक्रांता के रूप में जाना जाता है। भारत में गुजरात के सोमनाथ मंदिर के बुतशिकन (मूर्ति भंजक) के नाम से कुख्यात है। गजनी का यह सुल्तान राजनीतिक लिहाज से क्रूर होते हुए भी व्यक्तिगत जीवन में संतों, फकीरों और विद्वानों की कदर भी करता था। उसके शासनकाल में शेख अब्दुल हसन फुरकान हर वक्त अल्लाह की इबादत में डूबे रहनेवाले फकीर थे। रूखा-सूखा खाते और खुश रहते। एक बार मोहम्मद गजनवी उनका दीदार करने आया और तोहफे के तौर पर अशर्फियाँ की थैली फुरकान के कदमों के पास रख दी। फुरकान ने एक नजर थैली पर

डाली और अपने झोले में से एक रोटी निकालकर सुल्तान को खाने के लिए दी। रोटी इतनी सख्त थी कि सुल्तान से नहीं खाई गई।

सुल्तान की परेशानी देखकर संत बोले, "जिस तरह मेरी दी हुई रोटी तेरे गले नहीं उतर रही, उसी तरह तेरी दी हुई चीज मेरे गले नहीं उतर सकती।" शेख की बात सुनकर सुल्तान को अपनी भूल का एहसास हुआ। उसने शेख के कदमों में झुककर अपनी भूल के लिए माफी माँगी। उसके दिल में सुल्तानी का घमंड जाता रहा और संत की ज्ञान देने की अद्भुत शैली के आगे नतमस्तक होते हुए उसने जाने की इजाजत माँगी। जैसे ही महमूद उठकर चलने को हुआ तो शेख उनके सम्मान में उठ खड़ा हुआ। यह देखकर चकित महमूद से पूछे बिना नहीं रहा गया।

जब मैं आया तो आप अपनी जगह से हिले तक नहीं और अब मेरे जाते वक्त आप उठकर खड़े हो गए। क्या इसमें भी कोई राज है? शेख मुस्कराए और बोले, 'महमूद, तू जब आया तो तेरे हाथों में अशर्फियों की थैली और माथे पर सुल्तानी घमंड का भूत सवार था। जब तू जा रहा है, तो अल्लाह के बंदे की तरह पाक-दिल है, तेरे दिमाग से घमंड का भूत उतर चुका है। इसलिए तेरी शान में खड़ा होना मेरे लिए जरूरी हो गया है। फकीर के नाते यह मेरे अकीदे का तकाजा है। इसमें और कोई राज नहीं।' सुल्तान शेख फुरकान के सीधे-सादे शब्दों में छिपे महान् उपदेश से अभिभूत हो गया। भटके हुए लोगों को अपने सीधे-सादे वचनों से सही राह पर लाने की ऐसी शैली संतों की रीत है।

□

महत्त्वपूर्ण कदम

एक महात्माजी गाँव-गाँव घूमकर लोगों में ज्ञान बाँटा करते थे। उनके उपदेश से मोहित होकर लोग दिल खोलकर दान दिया करते। दान के पैसों को महात्माजी जनसेवा के उपयोग के लिए खर्च किया करते। एक दिन किसी व्यक्ति ने आकर उन्हें लाल कपड़े की एक पोटली भेंट में दी।

महात्माजी ने उसे गुप्त दान समझकर अपने शिष्य को देते हुए कहा, 'जरा

इसको खोलकर तो देखो, क्या चीज है?' शिष्य ने कहा, 'इस पोटली में किसी भी प्रकार का कोई धन नहीं बल्कि आपके कट्टर विरोधी द्वारा लिखे पचास पत्र हैं।' महात्मा ने उन पत्रों को बिना पढ़े ही अग्नि के हवाले कर दिया।

यह देखकर शिष्य को घोर अचरज हुआ। उसने जलते पत्रों को देखकर पूछा, 'स्वामीजी, आपने इन पत्रों को अग्नि को समर्पित क्यों किया? शायद आपको याद नहीं, ये सारे पत्र शत्रु के विरुद्ध प्रमाण-पत्र के रूप में अच्छे दस्तावेज साबित हो सकते थे।'

यह सुनकर महात्माजी ने मुस्कराते हुए कहा, 'यद्यपि मैं क्रोध के प्रति सदैव सतर्क रहता हूँ। पर मेरी दृष्टि में उससे भी अधिक महत्त्वपूर्ण कदम यह है कि क्रोध के कारण को मिटा दिया जाए।' महात्माजी की बात से शिष्य भी बड़ा प्रभावित हुआ। उसे क्रोध पर विजय प्राप्त करने का एक सरल नुस्खा मिल गया था।

□

मान-अपमान-समान

हमारे देश में एक संत बड़े अलमस्त हुए हैं। प्रभुप्रेम की खुमारी में हर क्षण डूबे रहने और उन्मत्त की तरह आचरण करने के कारण लोग उन्हें 'पागल बाबा' कहते। एक दिन वह अपनी गुफा में सामने एक कागज रखे हुए उँगलियों पर कुछ गिन रहे थे। उनके एक शिष्य वहाँ आया, तो बोले, 'बच्चा, आओ तुम पढ़े-लिखे हो। जरा एक हिसाब में मेरी मदद करो।' शिष्य ने कागज को पढ़ने की चेष्टा की। उस पर तारीखवार दो तरह के गणितीय चिह्न बने हुए थे। गुणा का और शून्य का।

शिष्य ने पूछा, बाबा यह सब क्या है? बाबा बोले, यह मेरा एक महीने का हिसाब-किताब है। मेरी मदद करो बेटा, तुम गुणा वाले चिह्न गिन डालो। तब तक मैं शून्य वाले गिनता हूँ। आश्चर्य भाव से शिष्य ने गिना। गुणों के चिह्न कुल 50 थे। बाबा ने शून्य गिने तो निकला 51। हँसकर बोले, यह खूब मजेदार बात है। गुणा के चिह्न कुल 50 और शून्य की गिनती 51 और वे मस्त

होकर नाचने लगे। शिष्य ने पूछा, बाबा, इसमें मजेदार बात क्या है ? कुछ तो समझाओ बाबा। कहने लगे, एक बार तुमने कहा था कि लोग तुम्हें गाली देते हैं। तो तुम कुछ नहीं कहते। मैंने कहा था कि लोग मेरे पैर भी तो छूते हैं। उसी रात मैंने सोचा कि हिसाब लगाऊँ कि कितनी बार मेरा अपमान होता है और कितनी बार सम्मान। गुणा का चिह्न अपमान का और शून्य का चिह्न मान का है। यह एक महीने का लेखा-जोखा है, तुम खुद देख लो, दोनों लगभग बराबर निकले। है न मजेदार बात, शिष्य की जिज्ञासा शांत नहीं हुई। तो बाबा चिल्लाकर बोले, 'अरे नादान, हिसाब तो एकदम साफ है। लोग अगर मेरा सम्मान करते हैं तो गाली क्यों देते और अपमान ही करते हैं तो पैर क्यों छूते। तो समाज 51 बार मेरा मान करता है, वही 50 बार अपमान करता है। यानी दोनों एक-दूसरे को संतुलित कर रहे हैं। पता है तुम्हें, कश्मीर की योगिनी लल्लेश्वरी से सीखा है मैंने ऐसा हिसाब। उसने इसी तरह दो अलग-अलग कपड़ों में मान और अपमान की गिनती के लिए गाँठें लगाई थीं। बाद में उन्हें गिना तो दोनों बराबर निकलीं। इससे साबित हुआ कि समाज के मान पर खुश होने और अपमान को लेकर दुःखी होने का कोई मतलब नहीं है। कुछ क्षण बाद पागल बाबा ने गंभीर होकर कहा, 'मान-अपमान की मार सूक्ष्म शरीर तक होती है। मौत के बाद भी पीछा नहीं छोड़ती, इससे ऊपर उठ जाओ तो सब बराबर। न सम्मान के फूल, न अपमान के काँटे। यह हिसाब अच्छा है न?'

□

शस्त्र और शास्त्र दोनों का समन्वय

भारत का भाग्यपुरुष। भारतीय जीवन-दर्शन की यह मान्यता सदा से रही है कि केवल विद्या-बुद्धि के बल पर उन्नति के चरम शिखर पर नहीं चढ़ा जा सकता। उसके लिए शौर्य और बल अपेक्षित होता है। दोनों का समन्वय ही चरम उत्कर्ष तक पहुँचा सकता है। इन दोनों के समन्वय के प्रतीकपुरुष के रूप में भगवान् परशुराम का चरित्र उल्लिखित किया जाता है।

वे शस्त्र और शास्त्र दोनों के धनी थे। उन्हें विष्णु का अंश-अवतार मान

लिया गया था। उनका वर्णन भारतीय वाङ्मय में बड़े मार्मिक शब्दों में किया गया है। वे ब्रह्मबल और क्षत्रबल दोनों के संगम थे। उनकी यह उक्ति इतनी रोमांचकारी है कि मेरे एक हाथ में चारों वेद हैं और दूसरे हाथ में धनुष-बाण। विरोधियों से मैं दोनों तरह से निबटना जानता हूँ—शास्त्र से भी, शर से भी।

'अग्रतश्चतुरो वेदान पृष्ठतः सशरं धनुः।
इदं ब्राहाम्, इदं क्षात्रं शापादति शरादपि।।

परशुराम में ब्रह्मबल और क्षत्रबल के इस समन्वय ने हिंदी के मनीषी राष्ट्रकवि रामधारी सिंह दिनकर को इतना प्रभावित किया कि जब भी भारत को कायरता के कारण पराजय झेलने की नौबत आती थी। वे परशुराम का आह्वान करते थे। भारत-चीन युद्ध के बाद मायूस होकर उन्होंने 'परशुराम की प्रतीक्षा' नामक कालजयी काव्य लिखा। शापादपि, शरादपी की अभिव्यक्ति को उन्होंने कितने रोमांचक शब्दों में उतार दिया है—'है एक हाथ में परशु एक में कुश है। आ रहा नए भारत का भाग्यपुरुष है।'

□

साधु का राजा को उपदेश

एक राजा बड़ा धर्मप्रिय और सत्संग-प्रेमी था। साधु-संतों का बड़ा आदर करता था। उनसे ज्ञान प्राप्त करने की उसे हमेशा कामना रहती थी। उसके राज्य में एक वीतराग साधु की कुटिया थी। लोग वहाँ साधु के दर्शन के लिए जाते। वहाँ ज्ञान-चर्चा का लाभ उठाते।

एक दिन राजा भी उस साधु की पर्णकुटी पर आया। महात्मा के प्रवचनों से प्रभावित होकर उसने उन्हें अपने महल में पधारने की प्रार्थना की। पहले तो साधु बाबा ने ऐसे ही टालना चाहा, पर राजा का हठ देखा तो बोले—भाई, थोड़ी कठिनाई है। 'वह क्या?' राजा ने पूछा। साधु ने कहा—तुम्हारे महल में बड़ी दुर्गंध है। वह मुझसे झेली नहीं जाती। इसलिए मैं न चलूँ तो बुरा मत मानना। राजा को बड़ा आश्चर्य हुआ। मन-ही-मन उसने सोचा, महल में इत्र, फुलेल का छिड़काव होता है। वहाँ दुर्गंध का क्या काम? महात्माजी ऐसा कैसे कहते हैं?

राजा ने संकोचवश कुछ कहा तो नहीं, पर साधु बाबा ने उसके शंकित भावों को भाँप लिया। एक दिन राजा को साथ लेकर महात्मा चर्मकारों की बस्ती में घूमने निकले। वहीं कहीं चमड़ा पकाया जा रहा था। वहीं ताजा चमड़ा भी तैयार किया जा रहा था। वे एक पीपल की छाया में खड़े हो गए। बस्ती के हर घर में चमड़ा था। चारों ओर उसी की दुर्गंध फैल रही थी। उस दुर्गंध के मारे राजा की नाक फटने लगी। उसने महात्मा से कहा, 'भगवन्, दुर्गंध के मारे खड़ा नहीं रहा जाता। यहाँ से जल्दी चलिए।'

महात्मा बोले—तुम ही को दुर्गंध आती है, यहाँ इतने लोग रहते हैं, सब काम कर रहे हैं, खा-पी रहे हैं। बच्चे खेल-कूद रहे हैं। किसी को दुर्गंध नहीं आती तो फिर तुम्हें ही क्यों? राजा ने नाक पर कपड़ा रखते हुए कहा—भगवन्, ये तो चर्मकार हैं, इनकी नाक चमड़े की गंध से अभ्यस्त हो गई है और मुझे इसका अभ्यास नहीं है। महात्मा हँसे—भाई, यही हाल तुम्हारे महल का है, वहाँ सांसारिक विषय-भोगों के बीच रहते-रहते तुम उनके अभ्यस्त हो गए हो, इसलिए तुम्हें उनकी दुर्गंध नहीं सताती, पर मेरा ऐसा अभ्यास नहीं है, इसलिए वहाँ मुझे उबकाई आने लगती है। महात्मा के कथन में छिपा रहस्य राजा को समझ में आ गया। पर्णकुटी और महल के वातावरण का अंतर भी स्पष्ट हो गया।

□

दुष्टों के कर्म

बहुरि बंदिन खलगन सतिभाए। जे बिन काज दाहिनेहु बाए।।
परहित हानि लाभ जिन्ह केरें। उपजे हरशबिशाद बसे रें।।
हरि हर जस राकेस राहु से। पर अकाज भट सहसबाहु से।।
जे पर दोष लखहि सहसाखी। पर हित घृत जिन्ह के मन माखी।।
पर अकालु लगि तनु परिहरहीं।
जिमि हिम उपल कृशी दलि गरही।।
बंदउं खल जस मेश सरोशा। सहस बदन बरनइ पर दोषा।।

व्याख्या

मैं सच्चे भाव से दुष्टों को प्रणाम करता हूँ। जो बिना ही प्रयोजन अपना हित करनेवाले के भी प्रतिकूल आचरण करते हैं। दूसरों के हित की हानि ही जिनकी दृष्टि में लाभ है। जिनको दूसरों के उजड़ने में हर्ष और बसने में विषाद होता है। जो हरि और हर के यशरूपी पूर्णिमा के चंद्रमा के लिए राहु के समान हैं। (अर्थात् जहाँ कहीं भगवान् विष्णु या शंकर के यश का वर्णन होता है, उसी में वे बाधा देते हैं और दूसरों की बुराई करने में सहस्त्रबाहु के समान वीर हैं। जो दूसरों के दोषों को हजार आँखों से देखते हैं और दूसरों के हित रूपी घी के लिए जिनका मन मक्खी के समान है।

अर्थात् जिस प्रकार मक्खी घी में गिरकर उसे खराब कर देती है और स्वयं भी मर जाती है। उसी तरह दुष्ट लोग दूसरों के बने बनाए काम को अपनी हानि करके भी बिगाड़ देते हैं। जैसे ओले खेत का नाश करके आप भी गल जाते हैं। वैसे ही वे दूसरों का काम बिगाड़ने के लिए अपना शरीर तक त्याग देते हैं। मैं दुष्टों को (हजार मुख वाले) शेषजी के समान समझ प्रणाम करता हूँ, जो पराए दोषों का हजार मुखों से बड़े रोष के साथ वर्णन करते हैं।

□

अच्छे प्रभाव से बुरे को भी बदला जा सकता है

'भक्ति विजय' नामक ग्रंथ (अध्याय-26) में एक कथा है, जिसमें हिंस्र पशु पर भी एक भक्त की भक्ति के प्रभाव का वर्णन आया है, जिसमें उसका अगला जन्म और अधिक दिव्य हो जाता है। गढ़ मंडल राज्य के नरेश पीपाजी को जब राजकाज से विरक्ति हो गई तो उन्होंने वैभव-विलास का परित्याग कर दिया और रामानंद स्वामी के शिष्य बन गए। गुरु के आदेश से एक बार वे हरि दर्शनार्थ द्वारकापुरी गए। वहाँ दर्शन करके जब वे अपनी पत्नी के साथ

लौट रहे थे तो मार्ग में एक घने जंगल में उन्हें बहुत बड़ा व्याघ्र दिखाई दिया। उस डरावने जंतु को देखकर पीपाजी की पत्नी डर से काँपने लगीं। पीपाजी तो सर्वत्र हरि रूप देखने की गुरु की आज्ञा का पालन करते-करते सच्चे समदर्शी संत बन चुके थे। उन्होंने पत्नी को समझाया।

गुरु के वचनों को मत भूलो, सब जीवों में हरि के दर्शन करो। मुझे तो व्याघ्र में भी मेरे प्रभु के दर्शन हो रहे हैं, फिर भय कैसा? पीपाजी की रानी आश्वस्त हुईं। पीपाजी ने व्याघ्र को सहज भाव से देखा। अपने गले से तुलसी की माला निकाली और व्याघ्र के गले में डाल दी। व्याघ्र पीपा के चरणों पर लेट गया। यह दृश्य देखकर रानी के आश्चर्य का ठिकाना न रहा। पीपाजी ने व्याघ्र को सहलाया और उसे कृष्ण मंत्र की दीक्षा देते हुए बोले। मृगेंद्र इसे जपो, इसी मंत्र के प्रताप से तुम्हें हिंस्र योनि से मुक्ति मिलेगी। व्याघ्र ने मूक भाव से उपदेश ग्रहण किया और मंद गति से सघन वन में चला गया। संत पीपा पत्नी के साथ आगे बढ़ गए। व्याघ्र ने शिकार छोड़ दिया। मांसाहार त्याग दिया। सूखे पत्ते चबाकर भूख मिटाता और शायद मन-ही-मन मंत्र का जाप करता रहा। अंत में इसी तरह अहिंसक भाव से जीवन बिताकर उसने प्राण त्यागे। 'भक्ति विजय' का लेखक भक्तों के पूर्व जन्मों का वर्णन करते हुए लिखता है कि भक्ति का प्रभाव दिव्य होता है। परम संत पीपाजी के स्पर्श और मंत्र दीक्षा से व्याघ्र की अपने पशु-जीवन काल में ही हिंसकता जाती रही, किंतु भवचक्र से उसकी मुक्ति अभी शेष थी, इसलिए उसने संसार में दुबारा जन्म लिया। इस जन्म में वही व्याघ्र जूनागढ़ के सुप्रसिद्ध विष्णु भगत नरसी (नृसिंह) मेहता के रूप में अवतीर्ण हुआ, उसी नरसी भगत का पद 'वैष्णव जन तो तेने कहिए जे पीर पराई जाने रे' महात्मा गांधी का प्रिय भजन था और आज भी सारे देश में गाया जाता है।

□

बुराई एक जगह तथा भलाई सर्वत्र फैले

सिख पंथ के प्रवर्तक और प्रथम गुरु नानकदेव अपनी शिष्य-मंडली के साथ भ्रमण करते हुए एक गाँव में पहुँचे। बड़ा संपन्न गाँव था। चारों ओर

हरियाली, खेत, पक्के मकान, गाय-भैंसों के बाड़े। इस संपन्नता के साथ ही शिष्यों ने देखा कि जगह-जगह शराब के ठेके हैं। वही लोग जुआ खेलने में मस्त हैं। लोग बातचीत करते हैं तो गाली-गलौज और गंदे शब्द मुँह से धाराप्रवाह बहते हैं।

लोगों ने गुरु नानक की बड़ी आवभगत की। नानकदेव ने उन्हें आशीर्वाद दिया—तुम्हारा वैभव दिन दूना रात चौगुना बढ़े। यह गाँव इतना फले-फूले कि इन्हें गाँव छोड़कर कहीं जाना न पड़े। लोगों ने नानक की जय-जयकार की नानक अपने शिष्यों के साथ आगे बढ़ गए। अब एक ऐसे गाँव में पहुँचे, जहाँ सादगी थी।

लोग सीधे-सादे, परिश्रमी और सुसंस्कृत गुरुजनों के प्रति श्रद्धा और ईश्वरभक्ति-परायण। बात करते तो शब्दों में आदर भाव और व्यवहार में विनम्रता झलकती। उन्होंने भी गुरु नानक देव की भक्तिभाव से बड़ी आव-भगत की। गुरुदेव ने उन्हें बड़ा विचित्र आशीर्वाद दिया। तुम लोगों का यह गाँव अकाल से उजड़ जाए और तुम को खाने-कमाने के लिए अपनी जन्मभूमि छोड़कर परदेश वास करना पड़े। बाबा के वचन थे। लोगों ने उन्हें शिरोधार्य किया।

वहाँ से गुरुदेव आगे बढ़े तो शिष्यों ने पूछा, गुरुदेव, यह कैसा आशीर्वाद? बुरे लोगों वाले गाँव को फलने-फूलने का और गुणी-सज्जन लोगों को उजड़ने की आशीष? नानक देव ने कहा, बुराई एक जगह सीमित रहे, फैले नहीं, इसलिए उसे उसी गाँव में फलने-फूलने की दुआ की। अच्छाई सिर्फ इसी गाँव तक सीमित रहे तो क्या लाभ? गुणों की सुगंध तो दूर-दूर तक फैलनी चाहिए, इसलिए इस गाँव को उजड़ने की आशीष दी। ये लोग जहाँ भी जाएँगे, सद्गुणों का प्रचार करेंगे। संतों की बातों में अनूठापन होता है।

□

स्वावलंबन का महत्त्व

बात बीसवीं सदी के प्रथम चरण की है। हावड़ा स्टेशन पर सूट-बूट में सजा एक नवयुवक गाड़ी के रुकते ही कुली-कुली की आवाज लगाकर किसी

कुली को बुलाना चाह रहा था। किसी कुली के न पहुँचने पर देर होती देखकर उसने अपना सामान डिब्बे से उतारकर स्वयं प्लेटफार्म पर तो रख लिया, किंतु वहीं खड़े होकर किसी कुली के दिखाई देने का इंतजार करने लगा। उसके पास सामान ज्यादा नहीं था। केवल एक बिस्तर और एक सूटकेस था। उसी गाड़ी से उतर रहे एक अन्य सज्जन भी जो अधेड़ उम्र के थे और धोती पहने थे। उतरकर दूर प्लेटफार्म पर खड़े थे। उन्होंने जब उस नवयुवक को कुली के इंतजार में परेशान देखा तो उसके पास पहुँचकर बोले, कहिए, कहाँ तक सामान ले चलना है। नवयुवक ने कहा, बाहर गाड़ी तक। अधेड़ सज्जन उसका सामान उठाकर बाहर तक ले आए। युवक को कुछ समय गाड़ी भाड़ा तय करने में लगा और उस बीच वे सज्जन सामान छोड़कर आगे बढ़ गए। तभी युवक ने देखा कि कुछ लोग उसी अधेड़ व्यक्ति के चरण छू रहे हैं। उसे लगा कि वह कुली नहीं था, बल्कि कोई प्रतिष्ठित व्यक्ति रहा होगा। वह दौड़कर वहाँ पहुँचा और उन व्यक्तियों से पूछा कि वह कौन है। उन्होंने बताया कि वे हैं ईश्वर चंद्र विद्यासागर।

युवक भौचक्का रह गया, बहुत लज्जित हुआ। उसे पहले शक तो हुआ था, किंतु उनके पास कोई सामान न होने के कारण उसने समझा कि कोई कुली ही होगा। उसने भी चरण स्पर्श करके क्षमा माँगी और पूछा कि आपने मुझे इस पाप में क्यों डाला? वे बोले, बेटा, मैंने यह कार्य तुम्हें लज्जित करने के लिए नहीं किया, अपितु जब यह देखा कि तुम्हारा सामान अधिक नहीं था, उसे तुम स्वयं भी उठा सकते थे, किंतु केवल फैशन या अभिजात्य के प्रदर्शन के लिए कुली बुलाना चाहते थे तो मैंने तुम्हारी मदद की। जब दूसरे का सामान उठाने में मुझे लज्जा का अनुभव नहीं हुआ तो स्वयं अपना सामान उठाने में कैसी लज्जा। हमें स्वावलंबन और श्रम का मूल्य सीखना होगा। तुम जैसे प्रबुद्ध युवक ही उत्कृष्ट उदाहरण प्रस्तुत कर अपना काम आप नहीं करेंगे तो और कौन सिखाने आएगा हमें? जिस मनोवैज्ञानिक और सरल ढंग से उस मनीषी ने युवक से यह बात कही, उसका इतना असर हुआ कि युवक का जीवन ही बदल गया।

□

अरविंद की साधना

महान् दार्शनिक और पांडिचेरी आश्रम के संस्थापक महर्षि अरविंद घोष भारत के स्वाधीनता संग्राम के यशस्वी नायक थे। ब्रिटिश राज में उन्होंने जेल यातनाएँ भी सही, किंतु भौतिक धरातल पर मुक्त संघर्ष के बजाय उन्होंने उच्चतर आत्मिक स्तर पर चेतना के उत्थान का मार्ग चुना। इस मार्ग पर वे परम उत्तम योगी की तरह बढ़ चले। उनका विवाह हो चुका था। योग की एकांत साधना का संकल्प जब प्रबल हुआ तो उन्हें लगा कि पत्नी को अपने इस पागलपन से अवगत करा देना चाहिए। यदि वह साधारण सहधर्मिणी की तरह साथ दे सके तो ठीक, अन्यथा बाद में वह पति से किसी अन्याय का गिला न कर सके। 34 वर्ष की आयु में प्रवेश करने पर 30 अगस्त, 1905 को उन्होंने अपनी पत्नी मृणालिनी को पत्र लिखते हुए अपने सारे पागलपन उसके सामने स्पष्ट कर दिए। यद्यपि यह पत्र उनका व्यक्तिगत था, किंतु अब वह ऐतिहासिक दस्तावेज है और एक महान् उद्‌देश्य से पत्नी को पति की सहभागिता के लिए आदर्श का मानदंड है। अरविंद के पत्र का सारांश इस प्रकार है—प्रियतमा मृणालिनी, जिसके साथ तुम्हारे भाग्य का सूत्र जुड़ा हुआ है, वह विचित्र धारणाओं का व्यक्ति है। असामान्य मानस और असामान्य उच्चाकांक्षा को लोग पागलपन का नाम देते हैं, किंतु कर्मक्षेत्र में ऐसा व्यक्ति सफलता प्राप्त कर ले तो उसे प्रतिभावान् महापुरुष कहकर पूजते हैं। मैं कुछ ऐसा ही पागल हूँ, जो ऐहिक सुख से जुड़ी तुम्हारी अपेक्षाओं को पूरा न कर पाऊँ; ऐसी स्थिति में क्या तुम घर के कोने में बैठकर अपने अभिशप्त भाग्य पर विलाप करोगी या पागल के उपयुक्त पगली पत्नी बनने का प्रयास करोगी।

मेरे तीन पागलपन हैं— पहला, मेरा स्थायी विश्वास है कि मुझे जो गुण, प्रतिभा, ज्ञान, विद्या और धन आदि मिला है। वह मेरा नहीं, परमात्मा का है। मेरा दूसरा पागलपन है कि मेरी उत्कट अभिलाषा है कि मैं परमात्मा का साक्षात्कार करूँ, चाहे इसके लिए मुझे कितनी ही कठोर साधना करनी पड़े। मेरा तीसरा पागलपन यह है कि मैं स्वेच्छा को एक जड़ पदार्थ न मानकर उसे माता समझता हूँ और पुत्र की तरह उसकी भक्ति करता हूँ। अपनी बंदिनी भारत माता को मैं

क्षात्रतेज से नहीं, ज्ञानाश्रित ब्रह्मतेज की शक्ति द्वारा मुक्त करना चाहता हूँ। तुम इस विषय में क्या करना चाहोगी—मेरी शक्ति कुंठित करना या मेरा उत्साह द्विगुणित करना? मेरी बातों का मनन करके उत्तर देना—तुम्हारा साथी अरविंद। □

सत्य ही स्वर्ग है

एक प्रसिद्ध आख्यान है। एक चोर को किसी महात्मा का सत्संग प्राप्त हुआ। महात्मा ने उसे चोरी करने का निषेध किया। चोर ने सोचा, चोरी नहीं करूँगा तो खाऊँगा क्या? महात्माजी तो मेरे पेट पर ही लात मार रहे हैं। उसने ऐसा करने में अपनी असमर्थता जताई। महात्मा ने अपनी बात में संशोधन किया—अच्छा, चोरी करो या न करो, पर असत्य कभी मत बोलना। चोर ने सत्य बोलने की प्रतिज्ञा कर ली। कुछ समय बाद वह राजमहल में चोरी करने गया। द्वारपाल ने पूछा, कौन हो, उसने उत्तर दिया, चोर। द्वारपाल समझा कि यदि वास्तव में चोर होता तो ऐसे कभी नहीं कहता। राजा का कोई विश्वास पात्र है और किसी गुप्त राज्य कार्य में नियुक्त है। उसने उसे जाने दिया। चोर चोरी का धन गट्ठरी में बाँधकर जब वापस जाने लगा तो द्वारपाल के टोकने पर उसने कहा, चोरी का माल ले जा रहा हूँ। द्वारपाल ने पहले की भाँति विश्वास करके उसे जाने दिया। सुबह चोरी का पता चला, चौतरफा तलाश हुई तो चोर के यहाँ से माल बरामद हुआ। राजा के समक्ष चोर को बंदी बनाकर लाया गया तो उसने सारी घटना का सच-सच वर्णन किया। चोर का ऐसा असाधारण व्यवहार देखकर राजा ने विस्मित होकर और अधिक जिज्ञासा की तो चोर ने गुरु को दिया सत्य बोलने का वचन राजा को बता दिया। राजा चोर की सत्यनिष्ठा और गुरुभक्ति देखकर प्रसन्न हुआ और उसने उसकी जीविका का उचित प्रबंध कर दिया।

चोर ने चोरी करना छोड़ दिया। भारतीय संस्कृति का प्रथम आदेश है—सत्यं वद, सत्य बोलो। आज भी भारतीय प्रजातंत्र का आदर्श वाक्य है। सत्यमेव जयते (सत्य की ही विजय होती है)। तैतरीय उपनिषद् के दीक्षांत भाषण का पाठ पढ़ने के बाद गुरु द्रोणाचार्य ने पूछा—युधिष्ठिरस, तुम्हें आज भी अपना पाठ

याद नहीं हुआ। तब युधिष्ठिर ने उत्तर दिया था—गुरुदेव, क्षमा करें, पहला पाठ ही इतना कठिन है कि और पाठों तक कैसे बढ़ें। जब तक जीवन में मिथ्यावाद न छूटे, तब तक पहला पाठ याद हो गया, ऐसा कैसे कह दूँ। इतिहास साक्षी है कि युधिष्ठिर सत्यनिष्ठा के पालन के कारण ही धर्मराज कहलाते थे। कुरुक्षेत्र में अपने गुरु के सामने श्रीकृष्ण द्वारा उकसाए जाने पर उन्होंने केवल एक बार अर्धसत्य बोला, जिसके कारण उन्हें मरणोपरांत नरक का मुख देखना पड़ा था। अभिप्राय है कि सत्य ही स्वर्ग है और असत्य या मिथ्या बाद ही नरक का दूसरा नाम है।

□

सिद्धि जनहित में हो

स्वामी विवेकानंद अपने कुछ अनुयायियों के साथ गंगा किनारे से निकले रहे थे। तभी उन्होंने एक भीड़ को उत्साह में नारे लगाते देखा। पास जाने पर पता चला कि वह भीड़ किसी चमत्कारी साधु के अनुयायियों की थी और इसलिए उत्साहित थी कि उसके गुरु साधु महाराज केवल खड़ाऊ पहने नदी पार करके दिखाएँगे। यह बड़ा चमत्कार था कि कोई व्यक्ति नाव का सहारा लिये बिना नदी को चलकर पार कर जाए और न डूबे। विवेकानंद और उनके शिष्य भी साँस रोककर साधु का यह चमत्कार देखने खड़े हो गए। कहते हैं, वह साधु थोड़े समय बाद उस पार दिखाई दिया और सामने से नदी पार करते हुए इस पार आ गया। इस चमत्कार से सभी दर्शक आश्चर्यचकित रह गए। विवेकानंद और शिष्यगण भी चमत्कृत होकर उनके पास गए और प्रणाम कर उनके इस चमत्कार का रहस्य पूछने लगे। साधु ने बताया कि हिमालय पर 15 वर्ष की कठोर तपस्या के बाद उन्हें यह सिद्धि मिली है कि खड़ाऊ पहनकर जल के ऊपर चल सकते हैं। इस सिद्धि पर विवेकानंद ने उन्हें बधाई दी और पूछा कि क्या वे अपनी सिद्धि द्वारा किसी और को भी नदी पार करा सकते हैं। उन्होंने उत्तर दिया, नहीं, केवल वही नदी पार कर सकते हैं। इस पर विवेकानंद ने बड़े विनीत भाव से उनसे निवेदन किया कि महाराज, आपने 15 वर्ष की कठोर

तपस्या के बाद केवल यह क्षमता प्राप्त की कि आप स्वयं चलकर नदी पार कर सकते हैं। तो आप की सिद्धि का परिणाम यह हुआ कि सामने नाव चला रहे मल्लाह को, जो दो आने लेकर नदी पार कराता है, कुछ भी न देकर आप स्वयं नदी पार हो जाएँ। इतनी बड़ी तपस्या की यदि केवल यही कीमत मिली तो क्या वह तपस्या बहुमूल्य कही जाएगी ?

इससे तो वह मल्लाह अच्छा, जो सैकड़ों अन्य लोगों को भी नदी पार कराता है। जो काम एक नाव कर सकती है। उसके लिए आपने जो कठोर तपस्या की, उसकी बजाय हजारों देशवासियों के उद्धार के लिए आप कोई तप करते तो क्या अधिक श्रेयस्कर नहीं था। यह सुनकर साधु भी अवाक् रह गया और नारे लगाने वाले उसके अनुयायी भी। केवल चमत्कार दिखाने की सिद्धि प्राप्त हो जाना कोई बड़ी बात नहीं है। सिद्धि तो वही है, जो केवल आपको ही नहीं, आपके साथ बहुत से अन्य लोगों का भी बेड़ा पार करा दे।

□

वस्तु का मूल्य अवश्य चुकाएँ

'यथा राजा तथा प्रजा' का सिद्धांत एक सार्वभौम सत्य है। चाहे राजतंत्र का वंश परंपरागत एकक्षत्र राज हो या लोकतंत्र का जन्म द्वारा निर्वाचित लोकप्रतिनिधि शासक वर्ग। वे जैसे आचरण करेंगे, वैसे ही जनता अनुकरण करेगी। अगर वे सच्चे, कर्तव्यनिष्ठ और पवित्र होंगे तो जनता या प्रजा भी उनका प्रतिबिंब बनकर सद्व्यवहार करेगी।

अगर वे भ्रष्ट और पाप-प्रवृत्ति वाले होंगे तो समाज की नस-नस में भी भ्रष्ट आचरण का जहर ही फैलेगा। यह एक त्रिकालाबाधित सच्चाई है। अत्यंत प्राचीन युगों से और विभिन्न शासक व्यवस्थाओं से यह सत्य प्रमाणित होता आया है। इसी का एक उदाहरण हमें ईरान से प्राप्त होता है। ईरान में एक मशहूर बादशाह हुआ था—नोशेरखान। बड़ा उदार, प्रजावत्सल और न्यायप्रिय। उसके राज्य में प्रजा खुशहाल थी। वह स्वयं प्रजा के सुख-दुःख का हाल जानने के लिए भेष बदलकर दौरे किया करता था। एक दिन वह इसी तरह दौरे पर निकला हुआ

था। घूमते-घूमते उनका काफिला एक जंगल से गुजरा तो रात हो गई। जंगल में डेरा डाल दिया गया। तंबू तन गए। बादशाह के सेवक रात के खाने का इंतजाम करने लगे और सब सामान तो था, लेकिन नमक नहीं था। खादिमों में हलचल हुई। उन्होंने आसपास घूमकर पता लगाया। नजदीक में एक झोंपड़ी थी, जिसमें एक बुढ़िया रहती थी। नौशेरखान ने अपने एक खादिम को हुक्म दिया कि वह जाकर बुढ़िया से नमक लेकर आए।

खादिम दौड़ा-दौड़ा गया और नमक ले आया। खाना तैयार हुआ। जब बादशाह और उसके नौकर-चाकरों ने खाना खा लिया, तब नोशेरखान ने उसी सेवक को बुलाया। तुम उस बुढ़िया को नमक की कीमत तो दे आए हो न। सेवक ने सहज भाव से जवाब दिया, जहाँपनाह! इतने से नमक की कीमत देने की जरूरत ही क्या है। जवाब सुनकर बादशाह की त्योरियाँ चढ़ गईं। ऐसी भूल आइंदा कभी मत करना। फौरन जाओ, अभी इसी वक्त नमक की कीमत उसे देकर आओ। क्या तुम अपने बादशाह को अपनी रियाया की नजर में नमकहराम साबित करना चाहते हो। बादशाह अगर रियाया के बाग से बिना मोल चुकाए एक फल भी ले ले तो उसके अफसरान सारे बाग को ही उजाड़ देते हैं। यह बात छोटी सी है, मगर इंसान और कौम की जिंदगी में बहुत अहमियत रखती है। बादशाह के हुक्म की तालीम हुई।

□

मनुष्य द्वारा बनाए भेदभाव

स्वामी रामतीर्थ विश्व भ्रमण के प्रसंग में संयुक्त राष्ट्र अमेरिका पहुँचे। हवाई अड्डे पर संन्यासी वेश में उन्हें देखकर अमेरिकी लोग चकित-विस्मित थे कि यह कैसा विचित्र वेशधारी साधु है, जिसके पास एक झोला के अलावा न कोई सामान है, न कोई साथी-संगी, न चेहरे पर कोई तनाव। एक संभ्रांत अमेरिकी ने आगे बढ़कर उनसे पूछा, 'महारथी, कहाँ से आए हैं।'

सहज उत्तर दिया स्वामी ने—भारत से। कहाँ ठहरिएगा? स्वामीजी ने कहा—कहीं भी। विस्मित अमेरिकी ने जिज्ञासा की—यहाँ आपका कोई मित्र या

रिश्तेदार नहीं है ? उत्तर मिला—आप हैं तो सही। स्वामी रामतीर्थ मुस्करा दिए। न जाने क्या सम्मोहन था, उस मुस्कान में कि वह अमेरिकी सज्जन सचमुच स्वामीजी का मेजबान बन गया और उस दिन की सरलता एवं विद्वत्ता से अभिभूत होकर उनकी सेवा करता रहा। भारतीय संस्कृति का यही संदेश रहा है कि 'यह अपना है, यह पराया है' ऐसी गणना तो वे लोग करते हैं, जिनका चित्त संकुचित होता है, विचार संकीर्ण होते हैं। जिनका चरित्र उदार है, हृदय विशाल है, उनके लिए तो सारी वसुधा ही एक कुटुंब है। इस पृथ्वी मंडल पर जन्मे मनुष्य के लिए विधाता ने वास्तव में एक ही धरती रची थी, किंतु धरापुत्रों ने कहीं रंगभेद से कहीं संप्रदाय भेद से, कहीं भाषा की भिन्नता के कारण, कहीं वेशभूषा, खानपान, रहन-सहन के आधार पर ऊँच-नीच की दीवारें खड़ी कर दीं।

धरती को देशों, राज्यों के भूखंडों में बाँट दिया और अलग-अलग पहचान के झंडे फहरा दिए। शस्त्रास्त्रों से खींची हुई लकीरों ने मनुष्यता को केवल युद्ध हिंसा और आतंक ही दिया और विश्व के शांति वन में रक्तपात का दावानल ही भड़काया है। ग्रह के रूप में सारे ब्रह्मांड में धरती ही एकमात्र प्राणभूमि है। मनुष्यता ही एक जाति है, जो सब जीवों में श्रेष्ठ मानव की पहचान है। प्रेम और भाईचारे ही मनुष्य का सच्चा धर्म है। आज विज्ञान ने देश और काल की सारी दूरियाँ मिटा दी हैं। इसलिए आइए, आज के दिन हम भेदभाव की वैश्विक खाई पाटने का संकल्प कर लें और भारतीय संस्कृति के संदेश को सारे विश्व में फैलाकर धरती को एक परिवार बनाएँ।

□

परहित की कामना ही श्रेष्ठ है

विपत्ति में धैर्य रखना, संकटग्रस्त लोगों की प्राणपण से मदद करना और प्रतिक्षण नि:स्वार्थ भाव से परहित की कामना करना महान् लोगों का लक्षण कहा गया है। ऐसे लोग आसमान से नहीं टपकते, इसी धरती पर जनसाधारण के बीच जन्म लेते हैं और अपना जीवन मानव सेवा में अर्पित कर देते हैं। भले ही उनका नाम इतिहास में अंकित न हो, किंतु वे इस भूमंडल पर ईश्वरीय गुणों के प्रतिमान

बन जाते हैं। ऐसी एक घटना केरल में कुछ वर्ष पहले घटी, जिसमें सामान्य जीवन जीने वाले एक परिवार में दिव्य गुणों का आचरण मन को छूने वाला है। एक मुस्लिम भाई के घर में आग लगी, देखते-देखते आग की भीषण लपटों में सारा घर स्वाहा होने लगा। मुस्लिम भाई के दो मासूम बच्चे मकान के भीतर रह गए थे। माँ-बाप बच्चों की रक्षा के लिए करुण गुहार कर रहे थे। प्राणों का मोह और सामने अग्नि की लपटें।

वे कोशिश करते पर भीतर जाने की हिम्मत नहीं हो रही थी। तभी उनके पड़ोसी कृष्णन ने उस आग में छलाँग लगा दी और लपटों में जूझते हुए उन बच्चों को सही सलामत बाहर निकाल लाए, लेकिन आग से खुद वे बुरी तरह झुलस गए और अपनी विधवा माँ, पत्नी और दो बच्चों को छोड़कर संसार से चल बसे। परमार्थ में प्राण विसर्जन करनेवाले इस महात्मा के निराश्रित परिवार की आर्थिक मदद के लिए कालीकट के एक प्रमुख समाचार-पत्र ने मार्मिक अपील निकाली। देखते ही देखते 50,000 रुपए पत्र के कार्यालय में जमा हो गए।

पत्र के संचालक यह धनराशि कृष्णन की विधवा को भेंट करने उनके घर पहुँचे। विधवा महिला ने उक्त राशि स्वयं ग्रहण करने से विनम्रतापूर्वक यह कहकर इंकार कर दिया, शायद उनका मेरा साथ इतना ही था। उन्होंने अपने प्राण देकर जो मानवी कर्तव्य निभाया है, वह किसी स्वार्थ के लिए नहीं था। एक पड़ोसी की सेवा करके उन्होंने जो पुण्य कमाया है, वह उसे इन नोटों के बदले बेचने का काम मेरे लिए उचित होगा? पत्र संचालक अवाक् उस महिला की बात सुनते रहे। महिला ने कहा, हम भगवान् की दया से श्रम करके किसी तरह निर्वाह कर लेंगे। अगर आप दान ही देना चाहते हैं तो उस मुस्लिम भाई को यह धनराशि दे दीजिए, जिसके परिवार के लिए धरती ही बिस्तर और आसमान का ही साया रह गया है। कृष्णन और उसकी पत्नी की ऐसी त्याग भावना महान् है।

□

न्याय युद्ध के लिए संघर्ष अनिवार्य

श्रीमद्भगवद्गीता का प्रारंभ कुरुक्षेत्र के धर्मक्षेत्र में महायुद्ध के लिए जुटी कौरव-पांडवों की सेनाओं के वर्णन से होता है। महारथी अर्जुन अपने सारथी बने श्रीकृष्ण से कहता है कि मेरा रथ दोनों सेनाओं के बीच में खड़ा करो, ताकि मैं युद्ध के लिए तत्पर शत्रु-मित्र योद्धाओं का निरीक्षण कर सकूँ। अर्जुन ने जब दोनों पक्षों में अपने संबंधियों को देखा तो वह किंकर्तव्यविमूढ़ हो गया।

अपनी इस विषादयुक्त स्थिति को उसने 'कृपणतादोष से ग्रस्त धर्मसम्मूढचित्ता कहा है। महाभारत के रणांगन में वर्णित इस घटना में मानव-जीवन का रूपक है। जीवन स्वयं एक महासंग्राम है—सत्-असत् प्रवृत्तियों का। पुराणों में इसे देवासुर-संग्राम कहा गया है। यह संग्राम अनवरत चल रहा है। सत् और असत् की प्रवृत्तियों के बीच योद्धा की भूमिका में खड़ा सरल हृदय (अर्जुनरूपी) मनुष्य कई बार अपने-पराए को राजगुणी अंतर्द्वंद्व से ग्रस्त होकर अपना सत्त्व खो बैठता है और युद्ध से विरत होना चाहता है।

ऐसे क्षणों में गीता के उपदेष्टा भगवान् श्रीकृष्ण ने अर्जुन के विषाद को व्यामोह और क्षुद्र हृदयदौर्बल्य बताया है, यह योद्धा का धर्म नहीं पलायनवृत्ति वाली नपुंसकता है। इसे त्यागकर, युद्ध के लिए कृत निश्चय होकर उठ खड़े होने का आदेश देते हुए श्रीकृष्ण का ओजस्वी वचन है। युद्धथ विगतजर अर्थात् ज्वर रहित होकर युद्ध करो। अपने कर्तव्य के विषय में डाँवाँडोल होना ही चित्त का ज्वर है। इस ज्वर का प्रकोप होते ही मनुष्य अर्जुन की तरह व्यामोहग्रस्त और पलायनवादी हो गया है। श्रीकृष्ण के अनुसार जीवन-समर में योद्धा के लिए लड़ना और विजयश्री के लिए प्रयत्न करना ही अनिवार्य धर्म है। इस धर्म का प्रतिक्षण जीवट के साथ पालन करने के लिए केवल भय (फीयर) से ही नहीं, बल्कि ज्वर (फीवर) से भी मुक्त होना आवश्यक है। गीता की यह पंक्ति जीवन के लिए कितनी सार्थक और शिक्षाप्रद है।

□

जीवन की नश्वरता

बौद्ध जातकों में एक मार्मिक कथा आती है, जो हमें जीवन-सत्य की सहज शिक्षा देती है। यह कथा है किसा (कृशा) गौतमी की। बड़ी ममतामयी माँ और श्रद्धामयी माँ ही नारी का रूप थी वह। उसका प्यारा इकलौता पुत्र मर गया। इसके घात से वह पगली सी हो गई और लाश को छाती से चिपकाकर चिल्लाती हुई इधर-उधर दौड़ने लगी, 'कोई दवा दो, मेरे बच्चे को अच्छा कर दो।'

लोगों ने बहुत समझाया, पर उसका मन नहीं माना। उसकी दयनीय दशा देखकर एक बुजुर्ग ने उसे भगवान् बुद्ध के पास जाने की सलाह दी, जो पास ही किसी विहार में प्रवचन कर रहे थे। किसा दौड़ती हुई तथागत के पास गई और रो-रोकर अपनी व्यथा सुनाने लगी। भगवान् बुद्ध ने उसे सांत्वना देते हुए कहा, अच्छा किया देवी, जो तुम मेरे पास चली आई। बच्चे को जिलाने की एक दवा है, पर वह तुम्हें लाकर मुझे देनी होगी। किसा की आँखें चमक उठीं—मैं लाऊँगी। आप दवा बताएँ। तथागत ने शांत स्वर में कहा, गाँव में जाओ और जिस घर मैं आज तक कोई न मरा हो, उस घर से सरसों के दाने माँगकर ले आओ।

पुत्र के प्रति अंधे मोह के कारण वह बुद्ध-वचन का मर्म नहीं समझी और बच्चे के शव को छाती से लगाकर घर-घर जाकर सरसों के दाने माँगने लगी। पहले वह पूछती, तुम्हारे घर में आज तक कोई मरा नहीं है न? लोग कहते—भला ऐसा कौन सा घर है, जहाँ कोई मरा नहीं? तुम क्या पगली जैसी बात पूछ रही हो, जीना और मरना तो हर प्राणी के साथ लगा ही रहता है। मृत्यु किसी भी उपाय से टलती होती तो संसार में कौन मरता या किसी को मरने देता। जन्म-मरण का सत्य समझ में आ गया।

उसने बच्चे का संस्कार किया और शांत भाव से आकर बुद्ध के चरणों में झुक गई। बुद्ध ने कहा किसा, जो जन्म लेता है, वह मरता है। वह प्रकृति का अटल नियम है, इसलिए मृत्यु का शोक न करके उस स्थिति की खोज करनी चाहिए, जिसमें पहुँचने पर जन्म ही न हो तो मृत्यु आप ही मिट जाएगी। □

दादू की महानता

संत दादूदयाल तन्मय होकर भगवत भजन करते, भगवान् की लीलाओं का भक्त जनों को सदुपदेश करते थे। लोगों की हर तरह सेवा करना भी उनका नियमित कार्यक्रम था। शहर के एक कोतवाल ने जब उनके बारे में सुना तो उसके मन में दादूजी के दर्शन करने की इच्छा हुई।

कोतवाल घोड़े पर चढ़कर दादू की कुटिया की ओर चल पड़ा। कुटिया के रास्ते में उसे एक अधेड़ सा व्यक्ति दिखाई दिया, जो सिर पर पटका बाँधे दराँती से रास्ते में उगे झाड़-झंखाड़ साफ कर रहा था। कोतवाल ने बड़े अक्खड़ तरीके से उससे पूछा, 'क्या तुम जानते हो, दादू संत कहाँ रहते हैं?' संत अपने काम में लीन थे।

उन्होंने सुना नहीं, कोतवाल गाली-गलौज करता हुआ घोड़े से उतरा और उस व्यक्ति पर चाबुक फटकारकर बोला, अबे! सुनता नहीं क्या, मैं शहर का कोतवाल तुझसे कुछ पूछ रहा हूँ। जवाब क्यों नहीं देता। उस व्यक्ति ने मुड़कर कोतवाल को देखा और मुस्करा दिया, इस पर कोतवाल ने उसकी पिटाई की, फिर भी जब वह बिना कुछ बोले सिर्फ मुस्कराता रहा तो वह उसे धक्का देकर घोड़े पर जा बैठा और आगे चल दिया। कुछ दूर चलने पर एक दूसरा व्यक्ति दिखाई दिया।

कोतवाल ने पूछा, क्या तुम्हें पता है, 'दादू बाबा कहाँ मिलेंगे।' वह व्यक्ति बोला, 'जिधर से आप आ रहे हैं, वहीं रास्ते में बैठ वे झाड़ियाँ काट रहे हैं।' कोतवाल शर्म से पानी-पानी हो गया। उल्टे पाँव लौटा और दादूजी के चरणों में गिरकर क्षमा माँगने लगा। दादू ने मुस्कराते हुए कहा, 'भाई, क्षमा किस बात की, तुमने कोई अपराध ही नहीं किया।'

जब कोई आदमी दो टके की मिट्टी की हाँडी खरीदता है तो उसे भी ठोक-बजाकर अच्छी तरह परखता है, तुमने भी मुझे मिलने से पहले थोड़ा पीटकर परख लिया तो क्या हो गया। कोतवाल संत दादू की ओर अश्रुपूर्ण नेत्रों से अपलक निहारता रहा।

□

एकादशी का महत्त्व

विवाह के बाद प्रत्येक दंपत्ति की कामना रहती है, उन्हें संतान रूप में पुत्र प्राप्त हो। इसे 'पुत्रेषणा' कहते हैं। भारतीय समाज में यह मान्यता प्रचलित है कि पुत्र से वंश का नाम चलता है।

पुमू नामक नरक से त्राण मिलता है और मरणोपरांत पिंडदान पुत्र के हाथों से मिलने पर ही पितरों को मुक्ति मिलती है। इसलिए पितृ सत्तात्मक समाज में पुत्रेषणा का महत्त्व स्वाभाविक रूप से स्थापित है। पुराणों में ऐसे व्रतों का विधान भी लिखा गया है, जिनसे मनुष्य की मनोकामनाएँ पूर्ण होती हैं। इनमें से पुत्रेषणा की पूर्ति के लिए पौष शुक्ला एकादशी का व्रत है।

इसे 'पुत्रदा' एकादशी कहा जाता है। भविष्य पुराण में युधिष्ठिर को इस एकादशी का महत्त्व बताते हुए स्वयं श्रीकृष्ण ने एक पूर्व कथा का दृष्टांत दिया है। भद्रावती पुरी में सुकेनुमान नामक राजा था, जिसकी रानी का नाम था शैव्या, दोनों पुत्रहीन होने के कारण बहुत दुःखी थे।

एक दिन वह बिना किसी को बताए घोड़े पर चढ़कर चुपचाप राजधानी से बाहर निकल गया और एक घने जंगल में जा पहुँचा। अचानक उसे एक सरोवर दिखाई दिया, जहाँ ऋषि गण एकत्र थे। राजा ने उन्हें नमन किया और उनका परिचय पूछा। ऋषि बोले, हम विश्वेदेवा हैं। आज पुत्रदा एकादशी है। अतः इस पावन सरोवर पर विश्व कल्याण के लिए आगामी माघ मास के स्नान हेतु एकत्र हुए हैं।

राजा ने अपनी पुत्रेक्षणा उन्हें बताई तो ऋषि रूप विश्वदेवों ने उसे पुत्रदा एकादशी व्रत करने को कहा। स्नेहपूर्वक उसकी पूजा विधि समझाई। सिद्धिदायक भगवान् नारायण का शुभ फल पुंगी एवं श्रीफल आदि से दिन में पूजन करते हुए निराहार व्रत करें। सायंकाल दीप दान करें और रात्रि जागरण करने के बाद प्रातःकाल की पारणा करें तो पुत्र-प्राप्ति की कामना पूर्ण होती है। राजा ने उन वन में रहकर पुत्रदा एकादशी का व्रत किया और द्वादशी को प्रातः सरोवर में स्नान करके पारणा की। ऋषिदेवों को प्रणाम करके घर

लौटा। समयानुसार रानी गर्भवती हुई और उसने तेजस्वी और पुण्यात्मा पुत्र को जन्म दिया।

□

घमंड और गरिमा का भेद

पुराणों में एक प्रतीक कथा बड़े मार्मिक ढंग से घमंड और गरिमा के भेद को समझाती है। गरुड़ और शेषनाग इतने बलशाली माने जाते हैं कि बड़े से बड़ा बोझ उठा सकें। गरुड़ को एक बार एक बात का घमंड हो गया, कि वह अपने साथी एक पक्षी के बुरी तरह घायल हो जाने पर इंद्र के नंदन वन से उस विशाल पर्वत को उठाकर ले गए थे, जिस पर अक्सर असर करनेवाली जड़ी-बूटियाँ थीं।

पक्षी के स्वस्थ हो जाने पर वे उसे लौटाने गए तो इंद्र से मुलाकात हो गई। बातों-ही-बातों में वे इंद्र के सामने अपने शौर्य की डींग हाँकने लगे। मैं दक्ष पुत्री विनीता और महर्षि कश्यप का पुत्र हूँ। अनेक राक्षसों का संहारक हूँ। शुभ श्री शुभ सेन विवस्वान रोचन मुख पुस्त्रुता और काल राक्षस जैसे राक्षसों का वध कर चुका हूँ।

स्वयं विष्णु को धारण करता हूँ। ये सब डींगे हाँककर जब वे बैकुंठ लौटे तो विष्णु सामने ही मिल गए। उन्हें मालूम हो गया था कि गरुड़ ने इंद्रलोक में क्या कहा है। उन्होंने इसका इलाज करने की सोची। ज्यों ही गरुड़ उनके पास पहुँचे, उन्होंने यह कहते हुए अपना बायाँ हाथ उनके ऊपर रख दिया कि आज हाथ दर्द कर रहा है। हाथ रखते ही गुरुड़ को लगा कि न जाने कितने पर्वतों और भूमंडल का भार उन पर आ पड़ा। कमर टूटने लगी। चीख निकलते-निकलते बची।

पूछने लगे, आज आपके हाथ को क्या हो गया। प्रभु विष्णु ने कहा, हाथ को तो कुछ नहीं हुआ गरुड़, तुम्हारी बुद्धि को घमंड का घुन अवश्य लग गया है, जिससे डींगे हाँकने लगे हो, तुम जानते हो, जब मैं तुम पर सवारी करता हूँ, अपना भार स्वयं सँभाल के रखता हूँ। जिस पर्वत को तुमने उठाया था। उसका भार मैंने हर लिया था, क्योंकि उस समय तुम परोपकार के उद्‌देश्य से पर्वत ले जा रहे थे।

अब सफलता के घमंड के भारी बोझ के कारण पहले ही तुम बोझिल हो रहे हो और किसी का बोझ क्या उठाओगे। गरुड़ पानी-पानी हो गया। इतनी बेबाक शैली में विष्णु ने पहले कभी उनसे बात नहीं की थी। वह समझ गए कि सफलता की सारी गरिमा घमंड से समाप्त हो जाती है।

□

तपोवन और सत्संग का पावन संगम

महर्षि वशिष्ठ और महर्षि विश्वामित्र का परस्पर संवाद चल रहा था। अनेक ऋषिगण ध्यानमग्न होकर उनका वार्त्तालाप सुन रहे थे। चर्चा का विषय था—तपस्या और सत्संग में कौन बड़ा है। तपोनिष्ठ विश्वामित्र तप की महत्ता बता रहे थे। और ब्रह्मनिष्ठ विशिष्ट सत्संग के पक्ष में प्रवचन कर रहे थे। उनका कथन था कि एकांत तप अहंकार उत्पन्न करता है।

जब कि सत्संग से साधक में विनम्रता आती है। सत्संग की महिमा सबसे बढ़कर है, क्योंकि इससे मनुष्य की जड़ता अनायास समाप्त हो जाती है और ज्ञान-प्राप्ति का मार्ग सरल हो जाता है। विश्वामित्र अपनी बात पर अड़ गए। संवाद ने विवाद का रूप ले लिया। दोनों ब्रह्मर्षि ठहरे। उनके विवाद का निर्णय कौन करे? ऋषिगण अवाक् थे। वातावरण स्तब्ध। निर्णय आवश्यक था।

दोनों महर्षि ब्रह्मलोक पहुँचे। उनके विवाद को सुनकर विश्वविधाता ब्रह्मा भी सोच में पड़ गए। इनमें से किसी ने भी अपने विरुद्ध निर्णय से रुष्ट होकर शाप दे दिया तो विपत्ति खड़ी हो जाएगी। उन्होंने विवाद से किनारा करते हुए सुझाव दिया, आप लोग नागराज शेष के पास पाताल पधारें। क्योंकि प्रश्न जटिल है और सृष्टि कार्य में व्यस्त रहते होने के कारण स्वस्थ चित्त में कोई निर्णय देने में असमर्थ हूँ। दोनों शेषनाग के पास गए। उनका प्रश्न सुनकर शेषनागजी बोले, आप में से कोई अपने प्रभाव से इस पृथ्वी को कुछ क्षण मेरे मस्तक से उतारकर थामे रहे तो मेरा भार कम हो और मैं स्वस्थ होकर विचार करके निर्णय दे सकूँ।

विश्वामित्र ने हाथ में जल लेकर संकल्प किया, मैं एक 1000 वर्षों के तप का फल अर्पित करता रहा हूँ। धरा आकाश में स्थित रहे। पृथ्वी हिली भी नहीं।

महर्षि ने संकल्प लिया, मैं आधी घड़ी से सत्संग से प्राप्त अपना पुण्य फल देता हूँ। पृथ्वी कुछ क्षण गगन में टिकी रहे। पृथ्वी शेष के फलों से ऊपर उठकर निराधार स्थित हो गई। सत्संग के पुण्य फल का ऐसा चमत्कार। निर्णय स्वत: हो गया था। शेषजी विश्वामित्र की ओर देखकर केवल मुस्कराए। विश्वामित्र महर्षि वशिष्ठ के चरणों में झुक गए। शांत भाव से वशिष्ठ ने विश्वामित्र को गले लगाया। यह तपोबल और सत्संग का पावन संगम था।

□

माता-पिता की सेवा अक्षयपात्र

शिव-पार्वती मनुष्यों के कल्याण के लिए वरदान तो देते ही हैं, उन्हें मानवीय आदर्शों की सहज शिक्षा भी दिया करते हैं। ऐसा ही एक वरदान उन्होंने एक यक्ष को अक्षय पात्र के रूप में दिया था।

यक्ष का नाम था हरिकेष। यक्ष जाति मनुष्य से थोड़ी भिन्न धन-संपन्न एवं विलासितापूर्ण जीवन बिताने वाली देव जाति रही है। हरिकेष अपनी जाति से थोड़ा भिन्न माननीय गुणों का धनी, परोपकारी तथा दयालुता का प्रतीक था।

उसके पिता पूर्णचंद्र उसके ऐसे स्वभाव से असंतुष्ट थे। उन्होंने अपने पुत्र को यक्षों की तरह जीने के लिए कई बार समझाया, पर हरिकेष नहीं माना। जब उन्होंने उसे प्रताड़ित करके घर से निकाल दिया। पूरी यक्ष बस्ती में किसी ने भी उस निष्कासित यक्ष से बात नहीं की। तब खिन्न होकर यक्ष ने शिव की आराधना शुरू की।

तपस्या से वह बहुत क्षीण और दुर्बल हो गया। पार्वती ने शंकर से कहा—निष्ठुरता त्यागिए हे महादेव! और इसकी मनोकामना पूर्ण कीजिए। शिव बोले—देवी, इसकी तपस्या से मैं प्रसन्न हूँ। किंतु मेरा वरदान तो उन्हीं के लिए फलीभूत होता है, जो माता-पिता की सेवा के साथ हमारी उपासना करते हैं। पार्वती ने पुनः कहा—आप इसके हृदय में माता-पिता की सेवा का भाव जगाने के लिए कोई उपाय सोचिए, लेकिन इसकी तपस्या को सफल कीजिए। शिव पार्वती ने यक्ष को दर्शन दिए।

भगवान् शंकर ने उसे एक अक्षय पात्र देकर कहा। इस पात्र से तुम्हारी सभी मनोकामनाएँ पूर्ण होंगी, किंतु पहले तुम्हें अपने माता-पिता को प्रसन्न करना होगा। उनकी आज्ञा मिलने के बाद तुम इस पात्र का जैसा चाहो, उपयोग कर सकोगे। यक्ष प्रसन्न भाव से घर लौटा। निरंतर निःस्वार्थ सेवा से उसके पिता संतुष्ट हुए। उनके विचार बदले। पुत्र की इच्छा के अनुरूप पिता ने उसे मानव सेवा का आदेश दे दिया। यक्ष ने उस अक्षय पात्र से असंख्य दीन-दुःखियों के कष्ट दूर किए। माता-पिता की सेवा ही वास्तव में कल्याणकारी अक्षय पात्र है। □

सुभाष का आदर्श रूप

जब पराधीन भारत की राजधानी दिल्ली के लाल किले पर राष्ट्रगौरव के माथे का कलंक की तरह ब्रिटिश हुकूमत का यूनियन जैक लहरा रहा था, उस समय 'दिल्ली चलो' का आह्वान देकर आजाद हिंद फौज के महान् सेनापति के रूप में वीरव्रती सुभाष चंद्र बोस ने अंग्रेजों को ललकारा था और राष्ट्र के सिपाहियों को 'जय हिंद' का नारा देकर नया जोश फूँक दिया था। आजादी को हर कीमत पर हासिल करने के लिए समर्पित युवक-युवतियों की एक अनुशासित सेना खड़ी करके अपनी अलग शैली और रणनीति से सुभाष ने विदेशी सत्ता से संघर्ष करने का एक समानांतर समर तंत्र रचा था। जो उनके विराट् व्यक्तित्व की अनूठी पहचान बन गया। सफलता या असफलता के आधार पर उच्च सिद्धांतों का मूल्यांकन नहीं किया गया।

द्वितीय विश्व युद्ध के दौरान पनपी प्रतिकूल परिस्थितियों के चक्रव्यूह में आजाद हिंद फौज का तंत्र भले ही बिखर गया। किंतु भारत के अग्नि कोण की शौर्य भूमि बंगाल के वीर सपूत सुभाष ने अपना गर्वोन्नतभाल कभी झुकने नहीं दिया। इस देश की कोटि-कोटि जनता के मन में फौजी वरदी में सेना का विजय सलाम लेते हुए उनकी छवि आज भी वैसे ही बसी हुई है। आज भी उनके अभिमानी और व्यक्तित्व का स्मरण करके युवा हृदय रोमांचित हो उठते हैं। नेता तो कई होते हैं, किंतु भारतीय इतिहास में नेताजी का विशेषण केवल सुभाष चंद्र

बोस के नाम के साथ जोड़ा जाता है और यह संबोधन उनके प्रति जन-जन की सम्मान भावना का प्रतीक बन गया है। महात्मा गांधी से मतभेद रहते हुए भी उन्होंने उनका सम्मान हृदय से किया, यह उनकी गरिमा थी। अपने ही बूते पर बिना प्रचार के राष्ट्रीय कांग्रेस के अध्यक्ष का चुनाव जीतकर लोकप्रियता का प्रथम कीर्तिमान स्थापित करनेवाले नेताजी की कई घोड़ों की बग्गी पर निकली शोभायात्रा इतिहास की अपूर्व घटना थी।

बंगाल के यशस्वी उपन्यासकार शरद बाबू ने अपने सुप्रसिद्ध उपन्यास 'पथेर दाबी' में सुभाष को ही 'सव्यसाची' नामक पत्र के साँचे में डाला था। जब सुभाष ने अनशन करने की गांधी शैली अपनाई। तो शरद बाबू ने उन्हें पत्र लिखा। मेरा सव्यसाची ऐसा नहीं कर सकता। लेखक का यही वाक्य सुभाष के लिए प्रेरणा-स्रोत बन गया और उन्होंने अपना मार्ग बदल लिया। महर्षि वाल्मीकिजी की तरह सुभाष ने शरद के सव्यसाची के शौर्यधर्मी व्यक्तित्व को साकार किया। □

मालवीयजी की सहृदयता

महामना मदन मोहन मालवीय भारतीय संस्कृति और हिंदुओं की सनातन ऋषि परंपरा के प्रबल पक्षधर थे। शिक्षा के क्षेत्र में बनारस हिंदू विश्वविद्यालय उनकी अक्षय कीर्ति का प्रमाण तो है ही, उसका नामकरण ही मालवीयजी ने इस प्रकार किया था। जिससे उनका मातृ भू के प्रति प्रेम शब्द रूप में सिद्ध हो जाता है। अंग्रेजी वर्णमाला के अनुसार बनारस हिंदू विश्वविद्यालय आदि अक्षर होते हैं। बी.एच.यू.। इन्हें मिलकर शब्द बनाया जाए तो 'भू' शब्द बनता है, जो गायत्री मंत्र का प्रथम अक्षर है। धर्म संस्कृति ही नहीं, स्वाधीनता संग्राम के अग्रणी नेता के रूप में भी वे राष्ट्रीय कांग्रेस के शीर्ष महानायक थे। भारतीय वेशभूषा और आकर्षक व्यक्तित्व के धनी मालवीयजी जितने पूजनीय थे, उतने ही सादगी प्रसंग और कर्मठ कार्यकर्ता की तरह पार्टी के छोटे-से-छोटे सेवक का भी पूरा ध्यान रखते थे। उनकी विशाल हृदयता और जन-साधारण के सुख-दुःख का खयाल रखने की प्रकृति का एक मर्मस्पर्शी प्रसंग इस तथ्य को भलीभाँति स्पष्ट करता

है। अमृतसर में गोपाल कृष्ण गोखले की अध्यक्षता में कांग्रेस का अधिवेशन दिसंबर के अंतिम सप्ताह में आयोजित हुआ।

उसमें भाग लेने मुंबई से 2 कार्यकर्ता आए थे। अति उत्साह में वे मुंबई की साधारण ठंड के हिसाब से स्वेटर और एक-एक गरम चद्दर लेकर आए। सायं भोजन के बाद एक धर्मशाला में वे भी और लोगों के साथ चद्दर ओढ़कर सो गए। सर्दी का प्रकोप ऐसा बढ़ा कि वे घुटनों को छाती से सटाए थर-थर काँपने लगे। मालवीयजी ऐसे अधिवेशन में स्वयं घूम-घूमकर आगंतुकों के खाने-पीने, सोने का प्रबंध देखा करते थे। उन्होंने उन बंबइया युवक की हालत देखी तो चद्दर खींचकर उन्हें जगाया और स्नेह से बोले, 'कैसे पागल हो भाई, यह पंजाब है। तुम्हारी मुंबई नहीं। कंबल नहीं थे तो कैंप कमांडर से मिलना था, यह अधिवेशन में भाग लेने आए हो या प्राण देने।' यह कहकर उन्होंने साथ आए व्यक्ति से कहा, इन्हें चार-चार कंबल लाकर दो। व्यक्ति चला गया और मालवीयजी वहीं खड़े रहे। दो कंबल उन लोगों को बिछाने को दिए और दो कंबल उन्हें उड़ाकर मालवीयजी बोले, 'अब सो जाओ।' युवक अपने महान् नेता के सामने सोने का संकोच कर रहे थे, पर उन्हें आग्रहपूर्वक सुलाकर ही मालवीयजी आगे बढ़े। ऐसे ऋषितुल्य सरल और संवेदनशील थे महामना मालवीयजी।

□

राजकुमार की दानशीलता

महात्मा बुद्ध के पूर्व जन्मों की ज्ञात जातक कथाओं में अंतिम जातक कथा बेसनस्तर (विश्वंतर) जातक मानी जाती है। इस गाथा के अनुसार बोधिसत्त्व (बुद्ध के पूर्व जन्म का नाम) शिवि नामक राज्य के राजकुमार के रूप में जन्म लेते हैं। स्वयं में तथा संपूर्ण विश्व में कोई भी व्यावहारिक अंतर नहीं रखनेवाला राजकुमार विश्वंतर अत्यंत शांत, क्षमाशील, ज्ञानवान, करुणामय तथा परमदानी स्वभाव का था। शिबि राज्य में एक राजकीय हाथी था, जो वर्षा का आह्वान करके वर्षा करवाने का चमत्कारी गुण रखता था। इस हाथी के कारण शिबि राज्य अत्यंत ही समृद्ध था।

एक बार कलिंग राज्य में भयंकर सूखा पड़ा तथा त्रस्त होकर वहाँ के ब्राह्मणों ने आकर उदार राजकुमार विश्वमित्र से कातर होकर याचना की और कलिंग को सूखे के कष्ट से मुक्ति दिलाने के लिए शिबि के राजकीय हाथी को दान में प्राप्त कर लिया। राजकुमार के इस हाथी दान से शिबि की प्रजा कुपित हो गई और प्रजा की इच्छा के अनुसार राजकुमार विश्वंतर को राज्य त्यागकर वन में जाना पड़ा।

राजकुमार अपने परिवार के साथ निरपेक्ष होकर वनवास के लिए चल पड़ा। रास्ते में लोगों के याचना करने पर उसने अपने रथ, बहुमूल्य आभूषण इत्यादि दान कर दिए। अंततः वह पैदल मार्ग से वन में चला गया। वन में कुछ माह पश्चात् एक ब्राह्मण द्वारा राजकुमार के दोनों सुकुमार बच्चों को माँगने पर अत्यंत दुःखी हृदय से राजकुमार ने अपने दोनों बच्चे उस ब्राह्मण को सौंप दिए। राजकुमार के ऐसे महान् त्याग और दान से इंद्र का आसन डोल उठा। इंद्र ने परीक्षा लेने के लिए ब्राह्मण वेश धारण करके राजकुमार से उसकी पत्नी को दान में माँगा। बिना कोई विकार लाए परम दानी राजकुमार ने अपनी पत्नी का दान कर दिया। राजकुमार की पत्नी अपने पति के अति उदार स्वभाव को जानती थी, इसलिए वह चित्र लिखित सी रहकर मौन रही। राजकुमार के ऐसे त्यागमय चरित्र तथा दान की पराकाष्ठा को प्रत्यक्ष देखकर इंद्र अपने सहज रूप में प्रकट हो गए।

उन्होंने राजकुमार को उसकी पत्नी को लौटा दिया तथा आशीर्वाद दिया कि शीघ्र ही उसे अपनी संतान तथा राज्य की प्राप्ति हो। इंद्र के प्रभाव से राजकुमार की संतानों को लेकर ब्राह्मण शिबि राज्य में पहुँचा। वहाँ के नागरिकों ने बच्चों को पहचान लिया तथा स्तब्ध रह गए कि जो राजकुमार अपरिचितों के प्रति इतना उदार है, तो वह अपनी प्रजा के लिए कितना परमार्थकारी होगा।

ऐसा सोचकर पश्चात्ताप करते हुए राजकुमार की संतानों को मुक्त करवाया गया और वन में जाकर राजकुमार को प्रार्थनापूर्वक मनाकर वापस शिबि राज्य में लाया गया। ऐसे विश्वव्यापी प्रेम की प्रतीक्षा में सफल राजकुमार विश्वामित्र अपने अगले और अंतिम जन्म में बुद्ध के रूप में प्रकट हुए।

□

हक

एक महात्मा थे, वे अक्सर जीवों की रक्षा तथा घायल पशु-पक्षियों की मरहम-पट्टी किया करते। उनको धरती के सूने स्थानों पर वृक्षारोपण करने में भी बड़ा आनंद आता था। एक बार वे घने जंगल में वृक्षारोपण कर रहे थे, तभी एक बंदर ने आकर उनके दाएँ हाथ पर जोर से पंजा मार दिया, इस कारण उनके हाथ में जख्म हो गया। जख्म ठीक नहीं हुआ और कुछ दिनों बाद जख्म में कीड़े पड़ गए।

एक दिन वे मंदिर में दर्शन करने पहुँचे तो जख्म से कीड़े निकलकर जमीन पर गिर पड़े, उन्होंने तुरंत उन नन्हे-नन्हे कोमल कीड़ों को तरकीब से उठाकर पुनः अपने हाथ के जख्म में रख लिया। यह देखकर एक सज्जन ने पूछा, 'महात्माजी, आपने इन कीड़ों को जमीन से उठाकर वापस अपने जख्म में क्यों रखा?' महात्मा ने मुस्कराते हुए कहा, 'प्रकृति ने इस कोमल कीड़े की खुराक यही दी है। अलहदा होने पर बेचारे मर जाएँगे। हाँ, जब हम किसी में जान नहीं डाल सकते, तब हमें उनकी जान लेने का क्या हक है।'

□

भक्त भगवान् से बड़ा है

पुराण ग्रंथों में देवर्षि नारद का चरित्र सबसे अलग और सबसे विशिष्ट रूप में चित्रित किया गया है। वे वाणी के तार छोड़ते हुए समस्त ब्रह्मांड में भ्रमण करते हैं। कई प्रश्नों को सुलझाते तो कई उलझा देते हैं। उनसे बड़ा कोई नारायण भक्त नहीं। उनकी जिह्वा पर प्रतिक्षण नारायण नाम की रट रहती है। देवता और ऋषि का अनूठा संगम है, उनका व्यक्तित्व जो रोचक भी है और वंदनीय भी है। एक बार देवर्षि के मन में यह जानने की इच्छा हुई कि सबसे महान् कौन है? प्रश्न उठा तो उसका उत्तर पाने की व्याकुलता जाग्रत् हुई। उन्होंने बहुत सोच-विचार के बाद यही निर्णय किया कि भगवान् नारायण के पास चलकर पूछना

चाहिए। वे सीधे बैकुंठधाम पहुँचे। बैकुंठ का अर्थ यही है कि जहाँ किसी भी प्रकार की कुंठा न हो।

श्रीमद्भगवद्गीता में श्रीकृष्ण ने कहा है, जहाँ पहुँचने के बाद वापस लौटना नहीं होता, वही मेरा परम धाम है। ऐसा धाम में पहुँचने के बाद न कोई प्रश्न शेष रहता है, न कुंठ न शंका। इसलिए देवर्षि नारद वहाँ गए और अपना प्रश्न नारायण के समक्ष प्रस्तुत किया। भगवान् प्रश्न सुनकर मुस्कराए और उसके उत्तर के रूप में भक्ति और भक्त की महिमा का रहस्य संसार के लोगों को समझाते हुए नारद से बोले, 'नारद, तुम जानना चाहते हो कि सबसे महान् कौन है? वैसे तो मुझे सबसे बड़ी यह पृथ्वी दिखाई पड़ती है, जिस पर जीवों में श्रेष्ठ मानव का निवास है, पर पृथ्वी को समुद्र ने घेर रखा है। इसलिए समुद्र की तुलना में वह छोटी है। रही बात समुद्र की, तो उसे अगस्त्य मुनि पी गए थे, इसलिए अगस्त्य से समुद्र से भी बड़े सिद्ध हो गए। वह अगस्त्य अभी अनंताकाश के सूई बराबर भाग में केवल एक जुगनू की तरह चमकते हैं। तब तो आकाश अगस्त्य से बड़ा हुआ न। पर इस आकाश को तो मैंने अपने वामन अवतार में मात्र एक ही पग में नाप लिया था। इस दृष्टि से सबसे महान् मुझे ही समझना चाहिए। लेकिन मैं देख रहा हूँ, नारद कि तुमने अपने हृदय के अंगुष्ठ मात्र स्थान में मुझे प्रतिपल अवरुद्ध कर रखा है। इसलिए सबसे महान् तो भगवद् भक्त के रूप में तुम हो। नारायण का उत्तर सुनकर नारद विस्मित से प्रभु की छवि निहारते रहे।

□

ढोंगी संत

जैन धर्म की मुनि-परंपरा में जिनदासगणि बड़े विद्वान् साधु हुए हैं। उन्होंने प्राचीन आचार्य शंय्यंभवसूर्य की रचना देशवैकालिसूत्र पर टीका के रूप में 'दशवैकालिकचूर्णी' नामक ग्रंथ लिखा है। उसका धार्मिक दृष्टि से महत्त्व है ही, किंतु साहित्यिक दृष्टि से भी यह ग्रंथ बड़ा रोचक है। इसमें सामाजिक स्थितियों के साथ-साथ भिक्षुकों के वेश में पाखंड करनेवाले लोगों पर बड़े कटाक्ष किए गए हैं। जो मनोरंजक होने के साथ-साथ बड़े शिक्षाप्रद भी हैं, इनमें से राजा और भिक्षु

का एक संवाद संस्कृत और प्राकृत साहित्य में ही नहीं, लोकजीवन में भी प्राय: उद्धृत किया जाता है।

जो लोग निठल्ले और कामचोर होते थे, वे मुफ्त का माल चरने के लिए श्रावणी दीक्षा लेकर भिक्षु वेश धारण कर लेते थे। किंतु उनकी मूल प्रवृत्तियाँ छूट नहीं पाती थीं। ऐसे ही एक क्षणिकवादी बौद्ध साधु को तालाब के किनारे बैठकर मछली पकड़ते हुए देखा तो राजा ने चकित होकर पूछा, भिक्षुजी, तुम साधु होकर भी मछली मार रहे हो, क्या मांस खाते हो। भिक्षु बोला, बिना मत्स्य मांस के मैं जी नहीं सकता। अरे, तो क्या तुम मद्यपान भी करते हो? राजा ने पूछा तो भिक्षु बोला, क्या करूँ, बिना मद्य पीए वेश्याओं का नृत्य देखने में आनंद ही नहीं आता। अच्छा तो वेश्या गमन भी करते हो। इस हद तक गिर चुके हो। राजा को उत्तर मिला, यह मेरी आदत नहीं, वह तो जब पास में धन ज्यादा हो जाता है तो चला जाता हूँ कोठे पर। राजा ने प्रश्न किया, धन कहाँ से आता है तुम्हारे पास—क्या भिक्षा से? अजी, भिक्षा में धन कहाँ मिलता है, वह तो कभी-कभी जुए में जीत जाता हूँ तो माल हाथ लग जाता है। हैरान होकर राजा ने पूछा तो तुम जुआ भी खेलते हो? भिक्षु ने कहा, जब चोरी में धन आसानी से हाथ लग जाए, तब उसका सदुपयोग करने में क्या बुराई है। राजा—अच्छा, तो चोरी भी तुम्हारा शौक है। भिक्षु क्या करूँ घरवाली पैसे के लिए पीछे जो पड़ी रहती है। राजा—क्या घरवाली भी रखते हो। भिक्षु—जब मैं खुद भिक्षु बन गया तो बाल-बच्चों को अकेले किसके भरोसे छोड़ देता। राजा—भाई, वाह! बाल-बच्चे भी हैं तुम्हारे। भिक्षु—उन्हीं के भरण-पोषण के लिए सेंध लगानी पड़ती है। राजा—वाह भिक्षुराज! सेंध भी मार लेते हो। भिक्षु ने अपने बारे में नई जानकारी दी—दासीपुत्र और क्या करेगा राजन। राजा ने अंतिम जिज्ञासा की—तो तुम दासीपुत्र हो। भिक्षु ने बात का उपसंहार करते हुए कहा—और नहीं तो क्या? कोई कुल पुत्र अपना घर छोड़कर भिक्षु बनने जाएगा? राजा की आँखें विस्फारित थीं। भिक्षु फिर मछली पकड़ने में व्यस्त हो गया।

□

दीनबंधु की संवेदनशीलता

भारत पर ब्रिटिश शासन था। देश के अनेक जाने-माने नेता अपने देश को गोरो की हुकूमत से मुक्त कराने के लिए जूझ रहे थे। भारत के उस महान् स्वाधीनता संग्राम में कुछ विदेशी महापुरुषों ने भी हिस्सा लिया था। उन्हीं में से एक के सी.एफ. एंड्रूज, जिन्हें अपनी सेवा-भावना और दीन-दुःखियों के प्रति दयालुता के कारण दीनबंधु कहा जाता था। यह बात उन दिनों की है, जब गंगा-यमुना में भीषण बाढ़ आई थी। चारों तरफ से बाढ़ पीड़ितों की मदद के लिए लोग आगे आ रहे थे। लेकिन कड़ाके की सर्दी में लोग खुले आसमान के नीचे रातें बिताने को विवश थे। ओढ़ने-बिछाने का पर्याप्त बंदोबस्त न हो पाने से परेशानियाँ बढ़ने लगी थीं।

यह समाचार जब दीनबंधु एंड्रूज को मिला, तो उन्होंने तत्काल बाढ़ पीड़ितों की सेवा के लिए बाढ़ग्रस्त इलाकों में स्वयं जाने का निश्चय किया। रेलगाड़ी में उनके साथ प्रिय छात्र कोमल सिंह मेहता भी थे। रात को दीनबंधु बर्थ पर अपनी दरी बिछाकर लेट गए। उन्हें जब झपकी सी आने लगी। मेहता ने रात की बढ़ती ठंड का विचार करके अपना नया कंबल गुरुदेव को ओढ़ा दिया। मुश्किल से 5 मिनट गुजरे होंगे कि दीनबंधु उठ बैठे। उन्होंने कंबल हटा दिया। मेहता ने पूछा, 'गुरुदेव क्या बात हो गई?'

दीनबंधु के नेत्र सजल हो गए, वे बोले—सर्दी का खयाल करके तुमने श्रद्धावश मुझे कंबल ओढ़ा दिया। लेकिन इस कंबल की आरामदेह गरमाहट पाकर मुझे एकाएक उन हजारों बाढ़ पीड़ितों का खयाल हो गया, जो ठंड में ठिठुरते हुए न जाने कैसे राते बिता रहे होंगे। दीनबंधु की इस संवेदनशीलता के आगे उनके शिष्य का मस्तक श्रद्धा से झुक गया।

□

सेठजी की उदारता

कोलकाता व्यापार और उद्योग की विशाल माया नगरी है। यहाँ निर्धन से लेकर अकूत धन कमाने वाले धनकुबेर तक अनेक स्तर के लोग रहते हैं। किंतु रामकृष्ण परमहंस की इस नगरी में कई ऐसे संत स्वभावी सच्चे लोग भी मिल जाते हैं, जो मनुष्यता के कल्याण के लिए समर्पित होते हैं। ऐसी ही पुण्य भावना और पवित्र संस्कारों वाले व्यापारी थे—सेठ लक्ष्मीनारायण। स्वभाव संतोषी था, इसलिए ईश्वरोपासना में अधिक समय बिताने और निरोग रहकर औरों की भलाई में काम आने के लिए तत्पर रहते; इसलिए समाज में उनकी बड़ी प्रतिष्ठा थी।

एक बार उनके पड़ोस में रहनेवाले दो भाइयों में संपत्ति को लेकर झगड़ा हो गया। बँटवारे में एक सोने की अँगूठी पर बात बढ़ गई। स्वर्गीय पिता की अँगूठी थी। दोनों ही भाई उसे लेना चाहते थे। सेठ लक्ष्मीनारायण पर दोनों को भरोसा था। इसलिए विवाद में उन्हें पंच बनाया गया। सेठजी ने उन्हें समझाया कि एक भाई अँगूठी ले ले और दूसरे भाई को उसकी कीमत देकर मामला प्रेम से सुलझा लिया जाए। पर वह नहीं माने। सेठजी चाहते थे कि दोनों भाइयों का प्रेम बना रहे और यह उलझन सुलझ जाए। इसलिए उन्होंने एक युक्ति सोची और ठीक वैसे ही एक अँगूठी अपने पैसे खर्च करके बनवाई। फिर जिस भाई के पास विवादित अँगूठी थी। उसे एकांत में समझाया कि देखो, मैं तुम्हारे भाई को समझा दूँगा, वह अँगूठी के लिए जिद छोड़ देगा। पर तुम वह अँगूठी पहनना छोड़कर उसे घर में ऐसे छिपाकर रख दो कि उसे अँगूठी की याद ही न आए। तुम्हें अँगूठी पहनते देखेगा तो जरूर भड़केगा। सेठजी की बात उसने मान ली। इसके बाद सेठजी दूसरे भाई के पास गए, उसे अपनी बनवाई हुई अँगूठी देकर कहा, यह अँगूठी तुम्हारे भाई से मैं ले आया हूँ, पर तुम यह बात किसी को नहीं कहना, नहीं तो तुम्हारा भाई अपनी हार समझकर दुःखी होगा। अँगूठी को घर में रख लेना, पहनकर मत घूमना। अँगूठी मिलने से वह भाई प्रसन्न हो गया, मामला सुलझने से दोनों भाई चकित भी हुए और शर्मिंदा भी। वह अँगूठी लौटाने गए तो सेठजी ने बड़े प्यार से उनसे कहा—मेरे लिए तुम दोनों भाइयों का प्रेम अधिक मूल्यवान

है। तुम दोनों ने मेरी बात मानकर, जो विश्वास मुझे दिया, उसका उपहार समझकर यह अँगूठी रख लो। दोनों भाइयों ने सेठजी के चरण पकड़ लिये। □

सुख स्वार्थ में नहीं परमार्थ में होता है

राजस्थान की एक लोककथा है। किसी गाँव में एक कुम्हार रहता था। मिट्टी के बर्तन बनाकर बेचता और परिवार का पालन-पोषण करता। उसके दो बेटियाँ थीं—मेखली और टेखली। जब वे विवाह योग्य हुईं तो कुम्हार ने मेखली का विवाह एक किसान के बेटे से और टेखरी का विवाह कुम्हार के बेटे से कर दिया। घर अच्छे मिल गए थे, इसलिए कुम्हार निश्चिंत हो गया। एक दिन उसकी पत्नी ने कहा, बेटियों को भी गए हुए बहुत समय बीत गया, जरा जाकर देख तो आओ, दोनों सुखी है कि नहीं। कुम्हार ने कहा ठीक है, देख आऊँगा। पहले वह मेखली के घर गया। दोनों पति-पत्नी उदास बैठे थे। उदासी का कारण पूछने पर मेखली ने कहा कि बापू, इस बार नहीं बरसा, इसलिए न खेत में हल चला, न बीज बो सके। अकाल पड़ा तो खाने को अनाज कैसे मिलेगा। आप दुआ करो कि खूब मेह बरसे। कुम्हार वहाँ से चलकर टेखली के यहाँ गया।

वह बड़ी खुश थी, उसका चेहरा खिला हुआ था। उसने बापू को बताया, बारिश नहीं होने से हमारा आवाँ नहीं बिगड़ा। खूब बर्तन बने; आप आशीष दो कि मेह न बरसे और हमारा आवाँ और चाक की मिट्टी सोना उगलती रहे। कुम्हार सोच में पड़ गया कि वह किस के लिए दुआ करे। वह घर लौट आया, आखिर पानी नहीं बरसा, अकाल पड़ गया, लोग दाने-दाने को तरस गए। मेखली का पति किसान था, उसके घर कुछ अनाज रखा हुआ था, पर टेखली का पति कुम्हार था, उसके घर ढेर सारे मिट्टी के बर्तन थे, पर अनाज नहीं था। अकाल के कारण बर्तन बिक नहीं रहे थे। टेखली भूखे मरने लगी अपने बर्तन लेकर वह मेखली के पास आई और बर्तनों के बदले अनाज माँगने लगी, मेखली ने बर्तन वापस कर दिए। अब टेखली को एहसास हुआ कि अपने छोटे से स्वार्थ के लिए मेह न बरसने की खुशी मनाकर उसने सारी बस्ती को संकट में

डाल दिया है। उसने यह नहीं सोचा कि वर्षा न होगी तो अनाज कैसे होगा। लोग खाएँगे क्या? अकाल पड़ेगा तो कोरे घड़े किस काम आएँगे। टेखली ने सच्चे मन से भगवान् से प्रार्थना की कि मेह बरसे। भगवान् ने सुनी। बरसात की झड़ी लगी। उसका आवाँ भीग गया, पर खेतों में हल चलाते देखकर एक मंगलमय खुशी से उसका हृदय झूम उठा। सच है सुख स्वार्थ में नहीं, परमार्थ में होता है। □

जनता की सेवा

लोककथाएँ गागर में सागर की तरह बड़ी शिक्षाप्रद हैं। ऐसी ही एक कथा है— एक था राजा। अपने को शासक नहीं, बल्कि प्रजा का सेवक मानता था। दिनभर राजकाज करता और रात को कड़वे तेल के दीये की रोशनी में बैठकर सुंदर अक्षरों में पुराणों की नकल किया करता। उसे बेचकर जो पैसे मिलते, उससे अपना और अपनी रानी का खर्च चलाता। प्रजा खुश थी और अपनी आमदनी का तीसवाँ हिस्सा अपने आप खजाने में जमा करा देता, क्योंकि वह जानती थी कि यह पैसा राजा जनता की भलाई में ही खर्च करेगा। रानी भी राजा की तरह सादगी में रहती, खुद खाना बनाती। अपने कपड़े धोती, यहाँ तक कि कुएँ से पानी भी भरकर लाती। विचित्र बात यह थी कि उसका घड़ा कच्ची मिट्टी का था और रस्सी की जगह कच्चा सूत था। फिर भी न सूत कभी टूटता, न कभी घड़ा पानी में गलता था। एक दिन जब वह कुएँ से पानी भर रही थी तो किसी दूसरे देश की रानी शाही पालकी में बैठकर वहाँ से निकली। उसने सूत और घड़े की यह घटना देखी तो रानी के बारे में पूछा। औरतों ने कहा, यह हमारी रानी है। दूसरी रानी हँस पड़ी, यह कैसी रानी है। न तन पर गहने, न कीमती कपड़े। रानी को बात लग गई। वह महल में लौटी और कोप भवन में लेट गई। राजा ने पूछा, क्या बात है। रानी बोली, सिर में दर्द है, राजा ने कहा, दवा घिसकर लगा लो। रूठी रानी ने ताना मारा यह दर्द दवा से ठीक नहीं होगा। यह तो तब जाएगा, जब मेरे पास कीमती कपड़े और ढेर सारे गहने होंगे। राजा सोच में पड़ गया। मंत्री से सलाह की।

मंत्री ने कहा, आज्ञा हो तो—प्रजा के नियमित साँसों से ज्यादा साँस लेने पर कर लगा देते हैं। न चाहते हुए भी कर लगाने का हुकुम जारी कर दिया। राज्य में हाहाकार मच गया। रानी के पास कीमती गहने, कपड़ों का अंबार लग गया। वह सजी-धजी कुएँ पर आई। औरतें उसके रास्ते से हट गई, लेकिन यह क्या, जैसा ही उसने कच्चे सूत से बँधे घड़ा कुएँ में डाला तो सूत टूट गया। घड़ा गल गया। रानी पहले तो उदास हुई, फिर सोचने लगी। उसे अपनी भूल समझ में आ गई। महल में लौटकर उसने गहने उतारकर फेंक दिए और सादे वस्त्र पहन लिये। राजा ने कहा, कुछ पूछना चाहा। तो सजल आँखों से कहने लगी, प्रजा पर से कर हटा लीजिए। रानी फिर कुएँ पर गई, पर इस बार उसका सूत भी नहीं टूटा और घड़ा भी नहीं गला सोचिए, ऐसा क्यों हुआ ?

□

अभिमानी का सिर नीचा

एक था पर्वत। ऊँचे-ऊँचे शिखर का धनी। अद्‌भुत जड़ी-बूटियों का भंडार और अनमोल रत्न की खान। झ ने उसकी गोद में अठखेलियाँ करते। भाँति-भाँति के पखेरू अपना कलरव बिखेर ो। छोटे-छोटे बादलों के टुकड़े चंचल मृगछौनों की तरह उसकी घाटी में क्रीड़ा करते। जोगी उसकी गुफाओं में तप करते।

शांति का कुंजवन बना वह पर्वत दूर-दूर तक फैली अपनी शिखर मालाओं से सुख-चैन का वरदान बाँटता था। न उसे उच्चता का गर्व था, न संपन्नता का अभिमान। अचानक एक दिन अपनी घटाटोप काली घटाओं के साथ एक महामेघ वहाँ आया। वर्षा जल से बोझिल उस महामेघ की उस पर्वत के शिखरों से टक्कर हो गई। टक्कर लगते ही महामेघ का क्रोध भड़क गया। मेघ ने पर्वत को ललकारकर कहा—तू है क्या ? जड़ चट्टानों का एक समूह मात्र! तू मेरा रास्ता रोक रहा है ? मेरे सामने तेरी हस्ती क्या है ? पर्वत इस ललकार से तिलमिला उठा, किंतु शांत स्वर में उसने भी महामेघ को चुनौती दे डाली—इतना घमंड किसलिए ? तू ही कौन सा चेतन है ? धुआँ, पानी और हवा का जड़ संधान ही तो है। हवा का एक झोंका ही तुझे उड़ा ले जाने के लिए काफी है। जब कि बड़े-बड़े

आँधी-तूफान मुझे हिला नहीं सकते।

मेघ गरजकर बोला—तू अपने आप को समझता क्या है? मैं तुझे केवल एक मूसलधार झड़ी से बहा सकता हूँ। पर्वत ने कहा—इतना मिथ्या घमंड अच्छी बात नहीं है। बड़े बोल बोलते समय अपनी सीमा का भी खयाल रखना चाहिए। सुन, यदि तू मुझे तिल भर भी हिला दे तो मैं तेरा लोहा मान दूँगा। यह सुनकर मेघ क्रोध से गरजा, कड़कड़ाया और सातवें आसमान पर पहुँच गया। और फिर सात दिन, सात रात तक मूसलधार पानी बरसात रहा। उसने सोचा, अब तक तो पर्वत बह चुका होगा। अगले दिन पर्वत की खोज-खबर लेने आया तो देखा कि पहाड़ वर्षा जल से धुलकर और भी उज्ज्वल हो उठा था और सूरज की धूप में सोने की तरह चमक रहा था। महामेघ का घमंड पानी-पानी हो चुका था।

□

धन लालसा जगाता है

काशी के राजा 'रत्न सागर' के पास धन दौलत की कोई कमी नहीं थी, वह अपने द्वार पर आए भिक्षुओं को दोनों हाथों से खूब दान दिया करते। एक रात्रि को राजा ने स्वप्न देखा, कोई उनसे कह रहा था—

राजन तुम्हारे खजाने में जो धन है, वह तुम्हारा नहीं बल्कि तुम्हारी प्रजा का है। क्योंकि मेहनतकश प्रजा से ही यह तुम्हें विभिन्न राजस्व के रूप में मिला है। यदि तुम मेरी बात मानो तो अब भिखारी बन जाओ। भिखारी भी ऐसे बनो कि तुम किसी से भी न ले सको, जब कोई भी देने आए, तो उसे ज्ञान की बात प्रदान करो तो उसी के मुताबिक राजा ने तुरंत अपने राजपाट का त्याग किया और भिखारी बनकर अपने राज्य में ही घूमने लगा।

एक बार कोई जमींदार उनके पास एक हजार सोने की मौहरें लेकर उपस्थित हुआ। बोला—यह धन आपके लिए लाया हूँ। कृपा कर इसे सहर्ष स्वीकार कीजिए। नहीं मैं किसी आदमी की फूटी कौड़ी लेना भी पसंद नहीं करता। यह माना कि तुम्हारे पास काफी दौलत है, लेकिन तुम्हारे मन में अभी और धन पाने की लालसा जगमगा रही है न। जमींदार बोला—आपने सही

फरमाया, लेकिन मेरे ही क्या, सभी के दिल में धन लालसा जगमगाती रहती है। भिखारी बने राजा ने कहा, जिसकी धन की लालसा दूर नहीं हुई, उसे मैं दुनिया का सबसे गरीब मानता हूँ। यह सुनकर जमींदार की आँखें खुल गई, इतने में स्वप्न वाला दूत सचमुच प्रकट होकर बोला—हे राजन्! मैं तुमसे प्रसन्न हूँ।

इसलिए भिखारी का भेष त्यागकर पुन: राज सिंहासन पर बैठ जाओ और प्रजा में ऐसे ही ज्ञान के उपदेश बाँटो। वे फिर से राजा बनकर प्रजा को ज्ञान उपदेश बाँटने लगे तथा खूब दान-दक्षिणा देने लगे।

□

भूख से छुटकारा

छांदोग्य उपनिषद् में एक बड़ी शिक्षाप्रद कथा है। चक्रमुनि के पुत्र और कुरुक्षेत्र के राजा के पुरोहित मुनिवर उषस्ति यज्ञ अनुष्ठानों के पारंगत विद्वान् थे। एक बार कुरुक्षेत्र में भीषण अकाल पड़ा। राज्य के खेत सूख गए। अनाज के लिए भूखी जनता त्राहि-त्राहि करने लगी। उषस्ति के परिवारजनों को कई दिन भूखा रहना पड़ा। उनकी पत्नी-बेटी ने सुझाव दिया कि अकाल ग्रस्त राज्य को छोड़कर कहीं और चलें। आपकी विद्वत्ता और ज्योतिष विद्या से आपको सम्मान तो कही भी मिल सकता है।

उषस्ति को पत्नी की बात जँची और वह अपने उपास्य देव की प्रतिमा और भागवत साथ लेकर पैदल ही पत्नी के साथ चल पड़े। भूख के मारे बुरा हाल था। तभी थोड़ी दूर पर उन्हें गाँव दिखाई दिया। वह हाथीवनों की बस्ती थी। हाथी वनों ने भूख से बेहाल कृशकाय पंडित और पंडिताइन को देखा तो आगे बढ़कर स्वागत किया और पूछा, पधारिए पंडितजी, हम आपकी क्या सेवा कर सकते हैं। पंडितजी ने अपना परिचय दिया। मैं चक्रमुनि का पुत्र उषस्ति हूँ। यह मेरी पत्नी है। वहाँ भीषण अकाल पड़ गया है, हम कई दिनों से भूखे हैं। तुम लोग हमें खाने को कुछ दो। पेट में अनाज नहीं गया तो हमारा प्राणांत हो जाएगा। हाथीवनों के बुजुर्गों ने चक्रमुनि का नाम सुन रखा था। उसने हाथ जोड़कर कहा।

हमारे बड़े भाग्य हैं, जो आप जैसी विभूति ने हमारे गाँव को अपने चरणों

से पवित्र किया। पर हम हाथीवनों नीच जाति के हैं। हमारे हाथ का अन्न खाने से आप को पाप लगेगा। यही दुविधा है। उषस्ति ने कहा—जाति से क्या कोई छोटा-बड़ा होता है। आप लोग सादा जीवन बिताने वाले सच्चे धर्मात्मा हैं, जो इस विपत्ति में हमें इतना सम्मान दे रहे हैं। यह सुनते ही वह बुजुर्ग हाथीवन प्रसन्न भाव से झोंपड़ी में गया और केले के पत्तों पर कुछ रोटियाँ और पकी उड़द लाकर मुनि दंपत्ति के आगे परोस दी। खाना खाकर दोनों के शरीर में प्राण लौट आए। उन्होंने हाथीवन को आशीर्वाद दिया और कहा—महाशय, तुम्हारी विनम्रता, सच्चाई और अतिथि सेवा किसी भी यज्ञ के अनुष्ठान से बड़ा पुण्य कार्य है, यही सर्वोच्च नृत्यज्ञ नामक महायज्ञ है। मैं सपत्नीक प्रणाम करता हूँ।

□

भक्ति के प्रति स्नेह

भक्ति गीतों के अमर गायक गीत गोविंद के प्रणेता महाकवि जयदेव के बारे में एक कथा है कि जब वे बंगाल के राजा लक्ष्मण सेन की सभा के प्रधान पंडित थे तो राजमहल में स्थित गोपाल मंदिर के दर्शन नित्य जाते थे। अपनी लिखी स्तुति से प्रभु को प्रसन्न करते थे। वंशी वादक गोपाल की यह मूर्ति स्वयं राजा की उपास्य मूर्ति थी। जब जयदेव प्रेम गीत लिखते थे, उसे पहले गोपाल मंदिर में प्रभु को सुनाते थे। बहुधा राजा लक्ष्मण सेन भी उस समय मंदिर में होते, क्योंकि वह प्रतिदिन प्रातः काल प्रभु को पंचामृत से स्नान कराने जाते थे। एक बार जयदेव ने तीव्र श्रृंगार का एक पद मंदिर में सुनाया। राजा को वह अनुचित लगा।

राज्यसभा में जब राजा ने जयदेव की श्रृंगारी कविता की आलोचना की तो जयदेव ने भी उसका प्रतिवाद किया। उन्होंने आदेश दिया कि जयदेव को नगर से बाहर काँटेदार जंगल में छोड़ दिया जाए और उनके नगर में प्रवेश को प्रतिबंध कर दिया जाए। ऐसा ही किया गया। जयदेव काँटों भरे जंगल में भटकते-फिरते, किंतु वहाँ भी भक्ति गीत गाते रहते। एक दिन मंदिर में प्रभु को पंचामृत स्नान कराते समय राजा ने पाया कि भगवान् की पोशाक में जंगल के बहुत से काँटे लगे हुए हैं।

राजमहल के उस भव्य मंदिर में काँटे कहाँ से आ गए, वह रहस्य राजा के समझ में नहीं आया। अत्यंत दु:खी हो गया। उसी रात भगवान् ने राजा को स्वप्न में प्रकट होकर कहा—राजन् तुम्हें आश्चर्य हो रहा होगा कि मेरी पोशाक में सुबह काँटे कैसे पाए गए। शायद ये काँटे तब आए हों, जब मैं अपनी भक्ति में विभोर कवि जयदेव की गीतियाँ सुनने उस जंगल में घूम रहा था, जिसमें तुमने उसे छुड़वा दिया है। जब भी वह अपना भक्ति गीत गाता है, मुझे सुनने जाना पड़ता है। राजा को जयदेव की अनुपम भक्ति कविता की महिमा का भान हो गया। अपने किए पर उन्हें बहुत पश्चात्ताप हुआ। उन्होंने सम्मान से जयदेव को वापस बुलाया और राजकवि की उपाधि देकर अपने दरबार में फिर प्रतिष्ठित कर दिया। □

कल्याण का मार्ग सर्वोत्तम

बाल कृष्णन मेनन नाम का एक पत्रकार अंग्रेजी का अच्छा लेखक, प्रखर वक्ता और तीखा समालोचक था। दिल्ली के नेशनल हेराल्ड नामक अंग्रेजी पत्र में कार्यरत यह युवक अंग्रेजी में एम.ए. था। घोर नास्तिक और धर्म के पाखंड का आलोचक था। ऐसे पाखंडों का पर्दाफाश करने के उद्‌देश्य से वह ऋषिकेश पहुँचा।

वहाँ स्वामी शिवानंद के आश्रम में कुछ दिन रहकर भारतीय जीवन का अध्ययन करने लगे। तभी उसे मालूम हुआ कि उसके पुराने मित्र श्रोफ का कैंसर से निधन हो गया है और उसकी भस्म लेकर एक मित्र हरिद्वार आया है, उस भस्म के कलश को देखते ही उसके हाथ से सिगरेट छूट गई।

वह चेन स्मोकर (निरंतर सिगरेट पीने वाला) था। उसे लगा कि एक जीता-जागता फुरतीला इंसान एक क्षण में बंद कलश में कैसे समा सकता है। स्वामी शिवानंद से जब उसने इस बात का जिक्र किया तो उन्होंने कहा—बंधु, जो जीते-जागते हैं, वे भी एक कलश में न सही, जीवन भर एक घर में या एक दफ्तर में समाए रहते हैं। कोई भी निशान छोड़े बिना ऐसे ही विलीन हो गए, जैसे सूर्य उगने पर कोहरा। यह जीवन तभी तो अनस्तित्व का नाम है। इस पर मेनन

को लगा कि यदि लोक कल्याण का कोई कार्य नहीं किया तो व्यक्ति का जीवन निरर्थक है। जो सियासी जीवन के सारे सुख छोड़कर जनकल्याण में लगे हुए हैं। उनके प्रति श्रद्धा जागी।

सिगरेट, नास्तिकता सब समाप्त हो गया। उसने शास्त्रों का, विशेषकर गीता का गहन अध्ययन किया और अपना जीवन भारतीय अध्यात्म का संदेश जन-जन तक पहुँचाने हेतु समर्पित कर दिया। उसी युवक को विश्वप्रसिद्ध आध्यात्मिक गुरु स्वामी चिन्मयानंद के रूप में आज सब जगह याद किया जाता है। उन्होंने 'चिन्मय मिशन' की स्थापना की। गीता का संदेश अंग्रेजी भाषा के माध्यम से इतने मार्मिक ढंग से विश्व में फैलाया कि आज मिशन की स्थापना के 50 वर्ष पूर्ण होने तक उनका संदेश जन-जन तक पहुँच गया है।

□

पर पीड़ा का असर

संसार में विषमता है, पग-पग पर भिन्नता दिखाई देती है। प्राणियों में भेद, उनके चाल-चलन, रहन-सहन में भेद, बोली और स्वभाव में भेद—यानी बिना भेद के संसार में कोई वस्तु नहीं, लेकिन इस भिन्नता में भी संत लोग एक अभिन्नता समता, एकता देखते हैं। एकता में यही एकता देखना भारतीय दृष्टि में 'समदर्शन' कहलाता है। मैं या मेरा समझना 'ममता' का मूल है, किंतु 'सबकुछ भगवान् का है, यही समता का मूल है।'

जनसाधारण की स्थूल दृष्टि और संतों की सूक्ष्म दृष्टि में यही अंतर है। स्वामी रामकृष्ण परमहंस के प्रारंभिक जीवन की एक घटना है। जब उनका नाम गदाधर था। तब बचपन से ही उनके मन में ब्रह्म को जानने की उत्कंठा रहती थी। उनकी माता भी बड़ी ज्ञानवान् महिला थीं। रामकृष्ण ने माता से पूछा—माँ, ब्रह्म दर्शन कैसे होता है ? उसकी माता ने कहा—प्राणि मात्र में सम दृष्टि रखने से ही ब्रह्म का साक्षात्कार होता है। इस उत्तर से रामकृष्ण को संतुष्टि नहीं हुई। वह समझे, माता ने टालने के लिए ही ऐसा सादा सा उत्तर दिया है। किताबों की बात दोहरा दी है। वे अनमने से उठकर बाहर चले गए। अचानक एक बिल्ली उनका

रास्ता काट गई। रामकृष्ण को क्रोध आ गया। उनके हाथ में छड़ी थी। उन्होंने झट से बिल्ली की पीठ पर मार दी।

बिल्ली के शरीर पर निशान पड़ गया, पर वह भाग गई। घर लौटकर जब वे भोजन करने बैठे तो उन्होंने अपनी माँ की पीठ पर छड़ी का निशान देखा। उन्होंने पूछा—माँ, यह छड़ी का निशान तुम्हारी पीठ पर कैसे हुआ? क्या किसी दुष्ट ने तुम्हें पीटा है? माँ ने शांत भाव से कहा—नहीं तो, पर संभव है, तूने ही किसी को छड़ी से पीटा हो। चौंक उठे रामकृष्ण। उन्होंने स्वीकार किया कि यह भूल उन्हीं से हुई है। बिल्ली को उन्होंने छड़ी से पीटा था। रामकृष्ण को अपनी माता का मर्म तत्काल समझ में आ गया। ईश्वर घट-घट में समाया है। इसलिए यदि किसी के साथ निर्दयता बरतोगे, प्रकृति के विरुद्ध आचरण करोगे तो उसका दंड अवश्य मिलेगा। रामकृष्ण और उनकी माता दोनों सिद्ध थे। इसलिए उन्हें यह अनुभव तत्काल हो गया। संसारी लोग अज्ञानवश इसे समझ नहीं पाते।

□

सेवा परमोधर्म

स्वामी विवेकानंद ने जब से युवा अवस्था में ही संन्यास दीक्षा ली, तब से अपने गुरुवर स्वामी रामकृष्ण परमहंस की आज्ञा से धर्म प्रचार के लिए ही भारत के दरिद्र नारायण की आदर्श सेवा का व्रत अपना लिया। गुफाओं में बैठकर एकांत साधना की अपेक्षा उन्होंने परिव्राजक की तरह घूम-घूमकर पीड़ित एवं दीन-दुःखियों की पीड़ा दूर करने के लिए अपना जीवन समर्पित कर दिया। कन्याकुमारी के पास तीन समुद्रों की नाभि के समान स्थित 'श्रीपाद शिला' पर बैठकर जब वे ध्यान साधना कर रहे थे। तब गुरुदेव ने उन्हें पराधीन भारत जननी को मुक्त कराने और दुःख निवारण का मार्ग अपनाने का आदेश दिया, जिसे उन्होंने आजीवन निभाया।

सन् 1899 ईस्वी में कोलकाता में भयंकर प्लेग फैला हुआ था। महानगर का कोई र ऐसा न था, जहाँ यह महामारी न फैली हो। सर्वत्र त्राहि-त्राहि मची थी। लोग बीमारों की सेवा की बात तो दूर उनकी छाया तक से कन्नी काटने

लगे थे। स्वामी विवेकानंद को समाचार मिला तो वे वहाँ पहुँचे और अपने गुरु भाइयों, शिष्य और समाजसेवकों का दल बनाकर उन्होंने रोगियों की सेवा शुश्रुषा का भार सँभाला। वे गलियों, बाजारों और मुहल्लों में घूमते, अपने हाथों से वहाँ सफाई करते और घर-घर जाकर प्लेगग्रस्त रोगियों को दवा देते और स्वच्छता के लिए प्रेरित करते। उच्च वर्ग के पंडितों आला अफसरों और धनी मानी सेठों ने उन्हें टोका कि यह महामारी तो पापियों पर प्रकृति का प्रकोप है। ऐसे लोगों के लिए मरने खपने से क्या फायदा। यह तो आप भगवान् के विधान में बेमतलब व्यवधान डाल रहे हैं।

स्वामी विवेकानंद ने सहज मुस्कान के साथ कहा—अगर आप समझते हैं कि यह महामारी फैलाकर प्रकृति अपना नियम पाल रही है तो हम भी मानव होने के नाते मानव बंधुओं की सेवा का सर्वोच्च नियम ही निभा रहे हैं। रहा प्रश्न कि इसमें हमें लाभ क्या है तो सुनिए—मनुष्य अपने कर्मों के कारण कष्ट पाता है। यदि हमारे ये भाई-बहन पूर्व कर्मों के कारण कष्ट पा रहे हैं तो इनकी सेवा करके हम थोड़ा पुण्य कमा लें, इसमें क्या बुराई है। धन और पद-प्रतिष्ठा के संचय की तुलना में पुण्य का संचय क्या अधिक लाभकारी नहीं है। जब आलोचक निरुत्तर हो गए तो स्वामीजी बोले, निःस्वार्थ मानव सेवा से बड़ा कोई पुण्य नहीं है और वे पुनः रुग्ण सेवा के कार्य में तल्लीन हो गए।

□

अभिमान व्यर्थ है

सुकरात यूनान के महान् दार्शनिक और अपने युग के प्रखर मानवतावादी विचारक थे। एक दिन एक संपन्न और धनाढ्य जमींदार उनके पास आया। उसे अपनी धन-दौलत और ऐश्वर्य का बड़ा अभिमान था। बात-बात में वह अपने वैभव का बखान करते हुए ऐसी डींगें हाँकने लगा, मानो वह इस संसार का सर्वश्रेष्ठ पुरुष हो और इस धरती पर ईश्वर का अवतार हो।

कुछ समय तक तो सुकरात उस जमींदार की बातें चुपचाप सुनते रहे। जब उनका प्रलाप बंद नहीं हुआ तो सुकरात ने दुनिया का नक्शा मँगवाया। नक्शे को

उसके सामने फैलाकर सुकरात ने प्रश्न किया—जमींदार साहब, जरा इस नक्शे में आप अपना देश बताइए। जमींदार ने एक जगह उँगली रखकर कहा, यह रहा। अब कहिए कि आपका प्रांत कौन सा है। सुकरात ने पूछा, जमींदार ने बड़ी कठिनाई से और काफी कोशिश के बाद अपने छोटे से प्रांत को खोजकर बताया। सुकरात बोले, अब जरा इस नक्शे में अपना नगर ढूँढ़कर बताए।

जमींदार नक्शे में अपना नगर नहीं ढूँढ़ सका। सुकरात ने आगे फिर पूछा, क्या आप इस नक्शे में अपनी जागीर और अपनी विशाल हवेली मुझे बता सकते हैं? जमींदार ने झुकते हुए उत्तर दिया, भला छोटे से नक्शे में यह सब कैसे बता सकता हूँ। अब सुकरात मुस्कराए, कहने लगे—भाई, धरती में इस नक्शे में जिस भूमि के लिए बिंदु भी नहीं रखा जा सकता, उस छोटी सी जमीन-जायदाद पर आपको इतना घमंड क्यों है? संसार का एक छोटा सा पिंड है, यह धरती उसमें तुम्हारा और तुम्हारी भूमिका का अस्तित्व ही कितना है। सुकरात के शब्द सुनकर जमींदार का गर्व चूर-चूर हो गया, किंतु उसके भीतर ज्ञान की दिव्य ज्योति जाग उठी।

□

छोटा समझकर महत्त्व कम न आँकें

एक बड़ा सा घड़ा शुद्ध मीठे पेय जल से भरा हुआ, उस विशाल भवन के द्वार पर रखी एक बड़ी टेबल पर रखा था। उसके पास एक छोटा लोटा रखा हुआ था। इतना छोटा कि घड़े के मुँह में आसानी से प्रवेश कर अंदर से पानी उलीचकर ला सके। लोटा पर सुंदर कलात्मक नक्काशी की गई थी। वह अपने सौंदर्य पर इतना इतरा रहा था। घड़े को उसका ठसका पसंद नहीं आ रहा था। उस विशाल भवन में पूजा चल रही थी। किसी को प्यास लगती तो घड़े से लोटे में पानी लेकर पी लेता था। जब एकांत हुआ तो घड़ा घमंड से लोटे को डाँटने लगा। तुम भला किस बल पर इतरा रहे हो? तुम में तो एक बूँद भी पानी नहीं है। तुम्हारा प्रयोजन यही है कि मेरा पानी उधार लेकर लोगों तक पहुँचाते हो। उसके बिना तुम्हारा क्या अस्तित्व?

लोटे ने कहा—कहते तो तुम ठीक ही हो, किंतु बिना मेरे तुम्हारा पानी

किस काम का। तुम्हारा अस्तित्व मेरे कारण ही बना हुआ है। इस पर घड़ा बहुत बिगड़ा, पर लोटे से कुछ नहीं कहा। इतने में एक शरारती बच्चा इधर से गुजरा, वह लोटे को देखकर उसकी चमक पर रीझ गया और उसे उठाकर खेलने लगा। फिर से वहीं छोड़कर चला गया। प्यासे लोग टेबल तक आए अवश्य, पर इतने बड़े घड़े से पानी कैसे पिएँ, यह सोचकर प्यासे वहाँ से लौटने लगे।

दूसरे दिन फिर पूजा हुई, किसी ने लोटा बहुत दूर पड़ा देखा तो उसे लाकर फिर घड़े के पास रख दिया। लोग पानी पीने लगे। लोटे ने कहा—बड़े भैया, कुछ समझ में आई मेरी कद्र। घड़ा लोटे की कद्र समझ चुका था। विशालता का महत्त्व तभी तक है, जब तक उसका अंश किसी के उपयोग में आए। गीता में एक रस भरा श्लोक कुछ ऐसी ही बातें कहता है कि झील में अधिक अर्थवत्ता थोड़े है, जिसमें प्राणी पानी पी सके।

□

असीमित इच्छाओं का दुष्परिणाम

एक जार ने घोषणा की कि सुबह से शाम तक भागते-भागते जो व्यक्ति जितनी जमीन अपने पैरों से छू देगा, उतनी जमीन उसे दे दी जाएगी।

घोषणा सुनकर अनेक लोग उस अनूठी दौड़ में शामिल हुए। कुछ ने सोचा, शाम तक आराम से जितनी जमीन पर पैर पड़ जाएँगे, वही उनके लिए काफी होगी।

लेकिन एक अत्यंत महत्त्वाकांक्षी व्यक्ति ने सोचा कि जीवन में पहली बार ऐसा अनूठा मौका मिल रहा है। अत: उसने बहुत तेजी से भागना शुरू किया। भागते-भागते उसकी साँस फूलने लगी, पसीना आने लगा, फिर भी और ज्यादा की चाह में उसने चाल धीमी नहीं की। पैरों के लहूलुहान होने पर भी वह अधिक जमीन की चाह में भागता रहा।

सूर्यास्त होने में कुछ मिनट रह गए, तब भी वह नहीं रुका। उसने सोचा कि कुछ और मिल जाए, तो अच्छा है। जैसे ही सूर्यास्त हुआ, वह धड़ाम से जमीन पर गिर पड़ा तथा साँस उखड़ जाने के कारण उसके प्राण पखेरू उड़ गए।

जार ने वहीं उसकी कब्र बनवा दी तथा उस पर लिखवा दिया—'यह आदमी, यदि न भागता, तब भी यही पाता—दो गज जमीन।'

अगले दिन जार ने जनता को संबोधित करते हुए कहा, 'सामर्थ्य से अधिक लालच सर्वनाश का कारण अवश्य बनता है। अत: कामनाओं को सीमित करके ही आदमी संतुष्ट व सुखी रह सकता है।'

□

राष्ट्रकवि दिनकरजी अभिभूत हो उठे

राष्ट्रकवि रामधारी सिंह 'दिनकर' सोवियत संघ की यात्रा के दौरान समरकंद, ताशकंद तथा उजबेकिस्तान के ऐतिहासिक स्थलों का अवलोकन करने गए। ताशकंद के ऐतिहासिक स्थल देखने के बाद वे म्यूजियम देखने पहुँचे। प्रसिद्ध रूसी लेखक हमीद गुलाम भी उनके साथ थे।

म्यूजियम में उन्हें भारतीय राजा कनिष्क तथा कुषाणवंशी राजा वासुदेव के शिलालेख दिखाए गए। उन्हें देखकर दिनकरजी भाव-विभोर हो उठे। कुछ आगे बढ़े, तो भगवान् बुद्ध की गांधार शैली की अत्यंत प्राचीन कलात्मक मूर्तियाँ दिखाई दीं। भगवान् शिव का त्रिशूल तथा वाद्ययंत्र डमरू भी म्यूजियम की शान बढ़ा रहे थे।

गाइड ने जैसे ही बुखारा की खुदाई में मिला 'क्रे' दिखाया कि राष्ट्रकवि हमीद गुलाम से बोले, "आपके देश ने वैसे तो धर्म की उपेक्षा कर रखी है, किंतु भारतीय संस्कृति के अवशेषों तथा भगवान् बुद्ध की मूर्तियों को ससम्मान प्रदर्शित किया है। इसका कारण क्या है?"

गुलाम साहब ने जवाब दिया, "जब खुदाई के बाद इस बात के प्रमाण मिले कि कनिष्क का राज ताशकंद तक फैला हुआ था, तो यहाँ के बुद्धिजीवियों ने मूर्तियों व प्राचीन वस्तुओं को इतिहास की धरोहर मानकर सुरक्षित रखने की माँग की। इसी वजह से ये दुर्लभ वस्तुएँ सुरक्षित रह गईं।' भारतीय संस्कृति की शाश्वतता का स्मरण कर दिनकरजी की आँखें नम हो उठीं।

□

मनोबल बढ़ाती है आशा

आशा एक बहुत बड़ा उपहार है। इसकी शक्ति को कभी कम नहीं आँका जा सकता। विंस्टन चर्चिल ने आशा के महत्त्व को पहचान लिया था। वे द्वितीय विश्वयुद्ध के सबसे निराशाजनक दिनों में इंग्लैंड के प्रधानमंत्री थे। उनसे एक बार पत्रकार ने पूछा कि हिटलर के नाजी साम्राज्य के खिलाफ उनके देश का सबसे बड़ा हथियार कौन सा है। एक पल के लिए भी रुके बिना उन्होंने जवाब दिया—'वही, जो हमेशा से इंग्लैंड का सबसे बड़ा हथियार रहा है—आशा।' अगर लोगों में आशा हो, तो वे काम करते रहेंगे, संघर्ष करते रहेंगे। आशा मनोबल को बढ़ाती है। आत्म-छवि को सुधारती है। लोगों को नई ऊर्जा प्रदान करती है तथा उनकी अपेक्षाओं को बढ़ाती है। आशा के स्तर को ऊँचा बनाए रखना बहुत जरूरी है। क्लेयर बूथ ल्यूस ने 'यूरोप इन द स्प्रिंग' में वरडन युद्ध के नायक मार्शल फोक के कथन का उल्लेख किया है, 'कोई भी स्थिति निराशाजनक नहीं होती। आशा बनाए रखना तभी संभव है, जब हम हर परिस्थिति में संभावना देखें और खराब परिस्थितियों के बावजूद सकारात्मक बने रहें। डॉ. जी. कैंपबेल मार्गन एक व्यक्ति की कहानी बताते हैं, जिसकी दुकान शिकागो के भयानक अग्निकांड में जलकर राख हो गई थी। अगली सुबह वह एक टेबल लेकर राख के ढेर के बीच गया। फिर उसने वह टेबल जले हुए सामान के बीच रख दी। टेबल पर उसने एक साइनबोर्ड लगा दिया, 'सबकुछ खत्म हो गया, सिवाय पत्नी, बच्चों और आशा के। कल सुबह से बिजनेस हमेशा की तरह शुरू होगा।'

□

कूप के पनघट से शिक्षा

पाणिनि जैसे व्याकरण के आचार्य भारत में कोई दूसरे नहीं हुए। बचपन में वे बड़े मंद बुद्धि के थे। एक बार एक कुएँ पर खड़ी कुछ पनिहारिनों को उन्होंने पानी निकालते देखा। प्यास लगी थी, अतः वह भी वहाँ चले गए, प्यास बुझाई।

देखा, जिस स्थान पर भारी-भरकम घड़े भरकर पनिहारिनें रखती हैं, मजबूत ईंटों से बना होने के बावजूद उस स्थान पर एक छोटे से घड़े का निशान बन गया है। अचानक पाणिनि के दिमाग में एक बात कौंधी—'अगर रखे जाते घड़ों के भार से इतनी मजबूत पथरीली सतह पर निशान पड़ सकता है तो रोज अभ्यास से मुझे व्याकरण क्यों नहीं समझ आ सकती?' बात दिल में चुभ गई। आज विश्व में पाणिनि से बड़ा व्याकरण का कोई ज्ञाता नहीं माना जाता।

□

अष्टावक्र ने सिखाया शारीरिक सौंदर्य से बड़ा है ज्ञान

हिंदू धर्मशास्त्रों में अष्टावक्र का नाम एक दार्शनिक और तत्त्वचिंतक के रूप में आदर से लिया गया है। कहते हैं, अष्टावक्र न केवल बेहद कुरूप थे, बल्कि उनका शरीर भी बेढंगा था। वे अष्टावक्र इसीलिए कहे जाते हैं, क्योंकि उनका शरीर आठ जगह से वक्र अर्थात् टेढ़ा था।

प्रसिद्ध कथा है—अष्टावक्र राजा जनक के दरबार में पहुँचे। दोनों ओर ऊँचे आसनों पर सभासद, ज्ञानी, पंडित, राजकर्मी आदि बैठे थे और सामने राजा जनक का सिंहासन था, जिस पर वे विराजित थे। अष्टावक्र को द्वारपाल ने नहीं रोका। अष्टावक्र उस समय किशोर वय के थे।

अष्टावक्र ने जैसे ही जनक की सभा के मुख्य मंडप में प्रवेश किया, उन पर दृष्टि पड़ते ही सभी ने एक-दूसरे की ओर देखा और एक जोरदार ठहाके की गूँज सभा में देर तक सुनाई दी। सभी अष्टावक्र का अजीबो-गरीब व्यक्तित्व देखकर हँस पड़े थे। इतना कि उनकी हँसी रुक न रही थी।

यह देख पहले तो अष्टावक्र कुछ समझ न पाए, फिर उन्हें अपने पर हँसता देख अचानक अष्टावक्र भी बहुत जोर से हँसने लगे। देर तक हँसने पर जब जनक से न रहा गया तो उन्होंने पूछा—सब लोग तो तुम्हें देखकर हँसे, आखिर तुम क्यों हँस पड़े? अष्टावक्र ने जवाब दिया—मुझे लगा, मैं चर्मकारों की सभा

में आ गया हूँ, जहाँ व्यक्ति की चमड़ी देखकर उसका निर्णय होता है।

जनक सहित पूरी सभा अष्टावक्र के इस उत्तर पर लज्जा से पानी-पानी हो गई। अष्टावक्र ने संदेश दिया—'व्यक्ति का महत्त्व उसके शरीर से नहीं, उसके ज्ञान, व्यक्तित्व और कर्म से है।'

□

बुरे काम की बारी आए तो विलंब करें

क्रोध, अभिमान, किसी का अनिष्ट तथा पापकर्म में विलंब करना चाहिए। संभव है, यह विलंब अनर्थ को रोक सके।

महर्षि गौतम का एक पुत्र था, जिसका नाम था—चिरकारी। वह बहुत बुद्धिमान था और हर कार्य को बहुत सोच-विचारकर ही पूर्ण करता था। धीरे-धीरे उसका स्वभाव हर काम को देर से करने का हो गया। यहाँ तक कि लोग उसे आलसी कहने और समझने लगे। एक बार महर्षि गौतम का अपनी पत्नी से विवाद हुआ और वे इतने रुष्ट हो गए कि क्रोधित होकर पुत्र को आज्ञा दी—पत्नी की हत्या कर दो। ऐसा कहकर महर्षि वन में चले गए। चिरकारी बड़े असमंजस में पड़ गया।

पिता की अवज्ञा करे तो पाप लगेगा। माँ को मार दे तो महापाप होगा। दोनों ही स्थितियों में सुख, शांति और कीर्ति खतरे में पड़ रही थी। चिरकारी आखिर चिरकारी ही ठहरे। वे हाथ में शस्त्र लेकर सोचते रहे। किसी भी नतीजे पर उनकी बुद्धि नहीं पहुँच रही थी और बुद्धि के समुचित निर्णय बगैर कार्य करना उनके स्वभाव में न था। विचार करते-करते साँझ हो गई।

उधर महर्षि गौतम वन में गए और विचार किया, तो उनका क्रोध शांत हो गया। वहाँ वे बड़े चिंतित थे, पुत्र को आज्ञा देकर आया हूँ, कहीं उसने माँ की हत्या न कर दी हो। दौड़ते हुए आश्रम आए तो उन्हें देख चिरकारी ने शस्त्र छुपा दिया। पिता को प्रणाम किया, तो पिता ने गले लगा लिया। उन्होंने पुत्र से कहा—तुम्हारे विलंब से कार्य करने के स्वभाव ने आज अनर्थ होने से बचा लिया। चिरकारी को उपदेश देते हुए गौतम बोले—हितैषी का वध और कार्य का

परित्याग विचारकर करना चाहिए। क्रोध, अभिमान, किसी का अनिष्ट तथा पाप कर्म में विलंब करना चाहिए, संभव है यह विलंब अनर्थ को रोक सके। सार यह है कि अच्छे काम में विलंब नहीं करना चाहिए। किंतु बुरे काम की बारी आए तो विलंब करना चाहिए। कदाचित् विलंब बुरे काम से बचा ले।

□

बालक ध्रुव का हठ सभी के लिए आदर्श बन गया

प्राचीनकाल की बात है। राजा उत्तानपाद की दो रानियाँ थीं—सुनीति और सुरुचि। दोनों रानियों से क्रमशः दो पुत्र—ध्रुव और उत्तम हुए। राजा उत्तानपाद रानी सुरुचि को अधिक स्नेह करते थे, इसलिए उनके पुत्र उत्तम को पिता की आत्मीयता अधिक मिलती थी।

एक बार राजा सिंहासन पर बैठे थे और उनकी गोद में उत्तम बैठा हुआ था। तभी बालक ध्रुव का वहाँ आना हुआ। उन्होंने भी अपने पिता की गोद में बैठने की इच्छा व्यक्त की, तब उनकी विमाता सुरुचि व्यंग्यात्मक लहजे में बोली—'तुम तपस्या कर मेरी कोख से जन्म लो, तभी राजा की गोद में बैठ पाओगे।'

यह सुनकर पाँच वर्षीय बालक ध्रुव ने स्वयं को बड़ा अपमानित महसूस किया। राजा सुरुचि से अधिक स्नेह रखते थे, अतः वे भी मौन रहे। तब ध्रुव ने नारद मुनि से प्रेरणा लेकर यमुना तट पर मधुवन में तपस्या की। उनकी तपस्या से प्रसन्न होकर भगवान् विष्णु ने वर दिया कि वे सब लोकों, ग्रहों, नक्षत्रों के ऊपर आधार बनकर स्थित रहेंगे। इसीलिए उनका स्थान 'ध्रुवलोक' कहलाता है।

तपस्या के पश्चात् ध्रुव राज्य में लौटे और राजा बने। ध्रुव ने अनेक वर्षों तक सफलतापूर्वक शासन किया, तभी से वे इस बात का आदर्श माने गए कि राजा यदि तपस्वी हो, तो उसकी नीतियाँ आदर्श होंगी और प्रजा सुखी रहेगी। तप के पीछे जब तक हठ नहीं होगा, तप पूर्ण नहीं हो सकता।

सार यह है कि अच्छे उद्‌देश्य के लिए किया जानेवाला संकल्प दृढ संकल्प कहलाता है और कार्य की आधी सफलता संकल्प की दृढता में ही छिपी रहती है।

□

बीरबल की चतुराई से वैद्यों को सजा से मुक्ति मिली

एक बार बादशाह अकबर युद्ध के लिए गए। युद्ध तो जीत लिया, लेकिन अँगूठे में चोट लगने से नाखून उखड़ गया। अकबर ने नामी-गिरामी वैद्यों को बुलवाया, किंतु नाखून फिर से लाने में सभी असफल रहे।

बादशाह का गुस्सा सातवें आसमान पर पहुँच गया। उन्होंने सभी वैद्यों से कहा कि दस दिनों में नाखून आ जाना चाहिए, अन्यथा कारावास की कठोर सजा सहनी पड़ेगी। जब वैद्यों को सजा से मुक्ति का कोई उपाय नहीं सूझा, तो उन्होंने बीरबल को अपनी समस्या बताई।

बीरबल ने सभी को आश्वस्त किया और अगले दिन अकबर से कहा, 'हुजूर! इन वैद्यों का कहना है कि हम बादशाह सलामत का नाखून तो ला सकते हैं, किंतु इसके लिए जो औषधियाँ जरूरी हैं, वे हमें उपलब्ध करवा दी जाएँ। इन लोगों ने मुझे एक नुस्खा लिखवाया है। अब आप या तो उस नुस्खे के अनुसार औषधियाँ की व्यवस्था करवाएँ या इन्हें छोड़ दें।' बादशाह ने बीरबल की बात मान ली और नुस्खा पूछा।

बीरबल ने नुस्खा बताया—गूलर के फूल और मछली के पेशाब से नाखून आ सकता है। बादशाह परेशानी में पड़ गए, क्योंकि गूलर पर तो फूल होता ही नहीं और मछली का पेशाब लाना सर्वथा असंभव है। आखिर वादे के मुताबिक उन्हें सभी वैद्यों को मुक्त करना पड़ा। बीरबल के प्रति सभी वैद्यों ने आभार व्यक्त किया।

वस्तुतः अचानक आए संकट से निपटने के लिए बुद्धि का तत्काल

क्रियाशील होना जरूरी है। इसे प्रत्युत्पन्नमति कहते हैं, जिसे थोड़े ज्ञान, कुछ अनुभव और तनिक चतुराई से अर्जित किया जा सकता है।

□

बालक शेख सादी ने ऐसे छोड़ी परनिंदा

शेख सादी के नाम से हम सभी परिचित हैं। उनके जीवन से जुड़ी कहानियों से अच्छी शिक्षा मिलती है। इसलिए आज भी उन कहानियों को बड़े उत्साह से पढ़ा और सुना जाता है। उनके बाल्यकाल की एक घटना है। उनके पिता ने एक दिन विचार किया कि उन्हें लेकर मक्का की यात्रा करें।

शेख सादी ने भी बड़े उत्साह से उनके साथ जाने की इच्छा व्यक्त की, चूँकि उन्होंने अपने पिता सहित अनेक बुजुर्गों से मक्का के विषय में काफी कुछ सुन रखा था, इसलिए स्वाभाविक रूप से उन्हें वहाँ जाने की इच्छा थी। फिर उन्हें यात्रा पर जाना अच्छा भी लगता था।

शेख सादी के पिता उन्हें लेकर मक्का के लिए रवाना हुए। ये लोग जिस दल में शामिल थे, उसका यह नियम था कि लोग आधी रात के समय उठकर अल्लाह की इबादत करते थे। शेख सादी और उनके पिता ने भी इस नियम का पालन किया। एक रात जब सभी लोग इबादत कर रहे थे, तो उनमें से कुछ लोग सो रहे थे। यह देखकर शेख सादी के बालमन को बुरा लगा।

उन्होंने अपने पिता से कहा, 'देखिए पिताजी! ये लोग कितने आलसी हैं। प्रार्थना के समय ऐसे सो रहे हैं।' अपने पुत्र के मुख से दूसरों की बुराई सुनकर शेख सादी के पिता को अच्छा नहीं लगा। वे बोले, 'सादी! तू न जागता तो बेहतर होता। उठकर दूसरों की निंदा करने से तो न उठना अधिक अच्छा है।'

पिता की बात ने शेख सादी को अपनी भूल का एहसास कराया। उस दिन के बाद उन्होंने कभी किसी की बुराई नहीं की। सकारात्मक ऊर्जा सत्कार्य की प्रेरणा है, जब कि परनिंदा ऐसा अवगुण है, जो ईर्ष्यावश जन्म लेकर व्यक्ति में नकारात्मक दृष्टि को विकसित करता है। अत: परनिंदा से बचना चाहिए।

□

संत राबिया ने युवाओं को बताया सेवा का महत्त्व

संत राबिया भोर में कबूतरों को दाना खिलाती थीं। यह उनका प्रतिदिन का नियम था। शेष समय वे अध्ययन और आध्यात्मिक चर्चा में व्यतीत करतीं। एक दिन वह सुबह के समय कबूतरों को दाना चुगा रही थीं कि पाँच-छह नौजवान टहलते हुए उस बगीचे में आए और राबिया के पास आकर खड़े हो गए।

संत राबिया उनकी ओर देखकर पहले तो मुस्कराई, फिर जोर से हँस पड़ीं। युवकों को उनकी हँसी का अर्थ समझ में नहीं आया। उनमें से एक ने कारण पूछा, तो वह बोली, 'मैं इसलिए हँसी कि जिस धरती पर तुम जैसे सजीले, सुंदर और बलिष्ठ नौजवान हों, वह धरती कितनी भाग्यशाली है।'

'मेरी हँसी वास्तव में खुदा के प्रति आभार है।' युवक यह सुनकर वहीं खड़े हो गए। राबिया फिर कबूतरों को दाना चुगाने में व्यस्त हो गईं। फिर थोड़ी देर बाद अचानक वह रो पड़ीं। उनका रोना देख युवक बेचैन हो गए। उनके द्वारा कारण पूछने पर वह बोलीं, 'पहले तो मैं यह देखकर हँसी थी कि धरती पर कितने युवा हैं, लेकिन अब मैं रोई इसलिए कि सारे युवा सेवा की भावना से दूर हैं।' यदि युवा अपनी शक्ति का उपयोग सृजनात्मक कार्यों के साथ सेवा में करें, तो जगत् का कल्याण हो जाएगा। पर ऐसा न होते देखकर मेरे आँसू निकल आए।

युवकों ने अपनी भूल स्वीकारी। राबिया ने उन्हें प्रेरित किया कि यदि उनसे कोई बड़ी सेवा न हो सके, तो वे प्यासों को पानी, परिंदों को दाना और मीठी बोली बोलकर ही सुकून पहुँचाएँ। वस्तुतः युवावस्था की ऊर्जा को सद्कार्यों में लगाना आत्मिक शांति का वाहक तो बनता ही है, समाज को सकारात्मक परिणाम देकर उसकी उन्नति का मार्ग भी खोलता है।

□

बेटे ने जब माँ को क्षमा नहीं किया

आज से कई हजार साल पहले बकुमार नामक एक दुर्दांत दस्यु था। सिंधुराज के राज्य में उसने लोगों का जीना मुश्किल कर दिया था। धनी व्यक्तियों को तो वह लूटता ही था, किंतु निर्धनों को भी नहीं छोड़ता था।

बेचारे गरीब किसानों और मजदूरों की जीवन भर की जमापूँजी हड़पने में उसे तनिक भी संकोच नहीं होता था। वे लोग हाथ जोड़-जोड़कर गुहार लगाते, किंतु उसका दिल नहीं पसीजता था। हजारों निर्दोष लोगों की उसने हत्या की, क्योंकि जो उसका विरोध करता, वह उसे कभी क्षमा नहीं करता था।

सिंधुराज के समक्ष प्रजा ने बकुमार की शिकायत की, तो उन्होंने अपनी पूरी सेना को उसके पीछे लगा दिया। कई महीनों तक बकुमार सेना को छकाता रहा, किंतु अंत में पकड़ा गया। राजा ने उसे फाँसी की सजा सुनाई। यह सजा सुनकर बकुमार से मिलने उसकी माता सहित अनेक रिश्तेदार आए।

वह माता को छोड़कर सभी से मिला। कारण पूछे जाने पर वह बोला, 'बचपन में मैंने स्वर्ण मुद्रा की सबसे पहली चोरी की थी। जब वह स्वर्ण मुद्रा मैंने माँ को लाकर दी, तो उसने मेरी प्रशंसा की और पीठ थपथपाई। यदि उस दिन माँ मुझे डाँटती, तो आज मुझे यह दिन नहीं देखना पड़ता।'

कथा का सार यह है कि नींव की दृढता या दुर्बलता पर ही भवन की मजबूती अथवा कमजोरी टिकी होता है। इसी प्रकार बच्चों में बाल्यावस्था से डाले गए सुसंस्कार ही उनके सद्‌चरित्र की नींव होते हैं, जो उन्हें जीवन में एक अच्छा इंसान बनाते हैं। दूसरी ओर कुसंस्कार उन्हें पतन के रास्ते पर ले जाते हैं। □

श्रीराम ने राज्य से बड़ा सत्य को माना

भगवान् श्रीराम सदैव सदाचरण के पक्षधर रहे। उन्होंने अपने जीवन से नैतिकता के पालन का संदेश दिया। सत्यपालन उनके ऐसे ही आचरण का

अभिन्न अंग था। असत्य-भाषण से श्रीराम को सदा विरोध रहा और उन्होंने सत्य की प्रतिष्ठा पर बल दिया।

वस्तुत: वे मन-वचन-कर्म की एकरूपता में अटूट निष्ठा रखते थे। पिता दशरथ की आज्ञानुसार उन्होंने वनवास ग्रहण किया और एक बार भी उसका विरोध नहीं किया। जब वे चित्रकूट में थे, तो एक दिन जाबालि उनसे मिलने आए।

जाबालि ने उनसे अयोध्या चलकर राज्य सँभालने का आग्रह किया, क्योंकि दशरथ का अवसान हो गया था। किंतु राम ने पिता को दिए वचन से मुकरने के लिए इंकार कर दिया। तब जाबालि ने यह कहते हुए उन्हें समझाने का प्रयास किया—'आप बुद्धिमान होकर भी साधारण लोगों जैसी बात कर रहे हैं। आप अयोध्या लौटकर अपना राज्य सँभालिए, क्योंकि इस लोक की मान्यता परलोक से कम नहीं है।'

तब श्रीराम बोले, 'आपके तर्क बुद्धियुक्त प्रतीत होते हैं, किंतु वस्तुत: वे विवेक-विरोधी हैं। यदि मैं स्वेच्छाधारी होऊँगा, तो क्या प्रजा बाद में स्वेच्छाचारिणी न होगी? ऐसे आचरण से तो समस्त प्रजा में असत्य पालन को बढ़ावा मिलेगा, जब कि राजा का प्रमुख धर्म सत्य का पालन करना है।

'सत्य में ही संपूर्ण लोक प्रतिष्ठित हैं।' जाबालि ने श्रीराम के वचन सुन श्रद्धासहित उन्हें नमन किया। सार यह है कि नेतृत्वकर्ता प्रेरणास्तंभ होता है, इसलिए उसे सदैव सत्यमार्गी होना चाहिए।

□

रावण का प्रतीक हैं हमारी बुराइयाँ

अच्छे लोग अच्छे काम तो करते हैं, लेकिन दूरगामी योजना बनाने में चूक जाते हैं। अधिकांश अच्छे लोग अपनी अच्छाई को सिर्फ वर्तमान से जोड़कर देखते हैं। उसे भविष्य में कैसे रोपा जाए, इसमें जरा लापरवाह हो जाते हैं, जब कि बुरे लोग अधिक शातिर हैं।

वे अपनी बुराइयों में वर्तमान को तो लपेटते ही हैं, साथ ही भविष्य को

भी बिगाड़ देते हैं। रावण चतुर और शातिर दोनों था। ज्ञान और भोग दोनों से लबालब था। श्रीराम ने रावण के वर्तमान पर तो प्रहार किया, पर जो गड़बड़ वह भविष्य के लिए कर गया था, उसके लिए श्रीराम ने हनुमानजी को दायित्व दिया।

रावण को मारने का पर्व हर वर्ष मनता है और हनुमानजी चिरंजीव हैं। रावण बुराइयों की शक्ल में हमारे भीतर उतरा हुआ है, इसलिए अब हर विजयादशमी पर्व को जीत का महापर्व बनाने के लिए हनुमानजी का सहारा लेना होगा। श्रीहनुमान चालीसा हनुमानजी के आह्वान का अंग है।

प्रयास हों कि देशभर में जहाँ भी रावण दहन हो, उसके पूर्व एक बार वहाँ उपस्थित लोग श्रीहनुमान चालीसा का सामूहिक पाठ अवश्य करें। यह इस बात का प्रतीक होगा कि इस बार से रावण श्रीहनुमान चालीसा के चालीस तीरों से मारा जाएगा। यह सामूहिक गुंजन बनेगा। बुराई से मुक्ति का यह अभियान पूरे राष्ट्र को दुर्गुणों से मुक्त कर समूची मानवता इसे स्पर्श करने के लिए तत्पर है। भले इंसान के लिए यही एक शाम जीत के नाम होगी।

□

जापानी छात्रों की अनुकरणीय देशभक्ति

एक बार की बात है, स्वामी रामतीर्थ अमेरिका जा रहे थे। वे जिस जहाज पर सवार थे, उसी में लगभग डेढ़ सौ जापानी छात्र भी अमेरिका जाने के लिए सवार थे। स्वामीजी का उनसे परिचय हुआ और वे छात्र स्वामीजी के ज्ञान से बहुत प्रभावित हुए। उन छात्रों में से कई अत्यंत धनी परिवारों से ताल्लुक रखते थे। स्वामीजी ने बातों-बातों में उनसे पूछा, 'आप अमेरिका पढ़ने के लिए जा रहे हैं?' सभी ने स्वामीजी को बताया कि वे विशेष अध्ययन के लिए अमेरिका जा रहे हैं।

तब स्वामीजी ने उन छात्रों से सहज ही प्रश्न किया—'अच्छा, यह बताइए, आप काफी दिनों तक अमेरिका में रहेंगे, तो उसके लिए धन की व्यवस्था आप सभी के पास है?' स्वामीजी के प्रश्न का उन छात्रों ने उत्तर दिया, 'स्वामीजी! हम तो जहाज का किराया भी घर से लेकर नहीं चले हैं। जहाज में कुछ काम

करके उसका किराया दे देंगे और अमेरिका में भी अपनी पढ़ाई का खर्च कोई नौकरी करके उठाएँगे। अपने राष्ट्र का धन व्यर्थ विदेशों में क्यों खर्च करें?'

स्वामी रामतीर्थ ने देखा कि वे सभी छात्र जहाज में सफाई आदि छोटे-मोटे काम करके जहाज का किराया जुटा रहे थे। उनका देशप्रेम देखकर स्वामीजी बहुत प्रसन्न हुए और सोचा कि काश, विदेशों में पढ़ने वाले भारतीय छात्र भी ऐसी सोच रखें, तो भारत को संपन्न राष्ट्र बनते देर नहीं लगेगी। कथा का सार यह है कि देश के संसाधनों का विवेकसम्मत उपयोग ऐसी राष्ट्रसेवा है, जिससे राष्ट्र शीघ्रगामी प्रगति की ओर उन्मुख होता है। □

आइंस्टाइन की मानवीयता

कहा जाता है कि 1945 में न्यू मेक्सिको में हुए परमाणु बम के विस्फोट से पहाड़ ढहने लगे, नदियाँ सूख गईं और पेड़-पौधे मुरझा गए। आइंस्टाइन ने जब परमाणु शक्ति का यह विनाशकारी नजारा देखा तो कहा, 'हमारी आधुनिक पीढ़ी ने सारी दुनिया के लिए शक्ति का अजस्र द्वार खोल दिया है। शायद मानव-सभ्यता के इतिहास में यह सबसे क्रांतिकारी उपलब्धि है।'

मगर साथ ही उन्होंने अमेरिका के सेनाध्यक्ष को, जिसने हिरोशिमा में बम विस्फोट की योजना उनके सामने रखी थी, सख्त लहजे में समझाया। आखिर अमेरिका ने हिरोशिमा और नागासाकी पर परमाणु बम का प्रयोग कर ही दिया।

जब अमेरिकी इस जीत पर जश्न मना रहे थे, तब आइंस्टाइन का मन घोर पीड़ा से भरा हुआ था। उन्हें लगा कि उनकी खोज यदि मंगलकारी होती, तो कितना अच्छा होता। अपनी खोज उन्हें बेमानी लगने लगी। अपनी ग्लानि को कम करने के लिए आइंस्टाइन ने इस खोज के रचनात्मक उपयोगों पर लेख लिखना शुरू किए। यही नहीं, परमाणु-अस्त्रों पर रोक लगाने के लिए वे विश्वभर के नेताओं से मिले।

यू.एन.ओ. की स्थापना के लिए प्रयास किया। अपनी मृत्यु के दो दिन पूर्व रसेल के शांति प्रस्ताव पर हस्ताक्षर करते हुए उन्होंने लिखा—'केवल मानवता

को याद करो और बाकी सब व्यर्थ है, भूल जाओ। यदि तुम लोग ऐसा करोगे, तो धरती पर नया स्वर्ग उतर आएगा। अन्यथा विश्व का नाश निश्चित है।'

एक विवेकशील रचनाकार को अपने सृजन का रचनात्मक उपयोग ही सुकून देता है और विनाशकारी उपयोग दुःखी करता है। सार यह है कि जब भी कोई आविष्कार या खोज हो, उसका उपयोग मानवता के हित में ही किया जाना चाहिए।

□

संकल्प से नहीं डिगीं एनी बेसेंट

एनी बेसेंट वर्ष 1893 में मद्रास पहुँचीं और थियोसॉफी के प्रचार में जुट गईं। यहीं उन्हें उपनिषदों के अध्ययन का अवसर मिला और तब उन्होंने यह जाना कि थियोसॉफी तो उपनिषदों का ही अनुसरण है, तो वे भारत-भूमि के प्रति श्रद्धाभाव से भर गईं। उन्होंने कांग्रेस के कार्यों में स्वयं को समर्पित कर दिया। अंग्रेजों के विरुद्ध कांग्रेस के संघर्ष में एनी बेसेंट भी शामिल हो गईं। मन में बस एक ही इच्छा थी कि भारत का विगत गौरव पुनः उसे दिलाया जाए और फिर वह अपने ज्ञान से विश्व को आलोकित करे।

एनी बेसेंट ने 'न्यू इंडिया' नामक पत्र निकालना शुरू किया, जो अंग्रेजों के विरुद्ध आग उगलने लगा। तब मद्रास के गवर्नर ने उन्हें बुलाया और चेतावनी देते हुए कहा, 'श्रीमती बेसेंट! हम लोग आपको अंग्रेज जानकर छोड़ नहीं सकते। यदि आपने यह सब बंद नहीं किया, तो आपकी हर गतिविधि पर अंकुश लगा दिया जाएगा।' यह सुनकर एनी बेसेंट ने प्रभावी शब्दों में कहा, 'आप समर्थ हैं और मैं लाचार। आप जो उचित समझें, करें, किंतु इतना अवश्य कहूँगी कि ऐसा करके आप अपनी ही सरकार पर प्रहार करेंगे।' आखिर उन्हें नजरबंद कर दिया गया।

तत्कालीन भारत के सचिव मांटेग्यू की एनी बेसेंट के बारे में प्रतिक्रिया थी—'केवल इस वृद्ध महिला को यदि हम अपने साथ मिलाने में सफल हो जाते, तो हमारा काम आसान हो जाता।' सार रूप में कहा जा सकता है

कि सत्कार्य दृढ संकल्प से ही साकार होते हैं, फिर चाहे मार्ग में कितने ही संकट आएँ।'

□

श्रीराम ने बताया जन्मभूमि का महत्त्व

वाल्मीकि रामायण में एक बड़ा ही प्रेरक प्रसंग आता है। जब श्रीराम ने रावण का वध करके लंका विजय कर ली, तब उन्हें सर्वप्रथम विभीषण का राजतिलक कर उसे लंका के सिंहासन पर आसीन करना था। इस कार्य के लिए उन्होंने लक्ष्मण को चुना। लक्ष्मण से श्रीराम ने कहा, 'लक्ष्मण! तुम लंका जाकर विभीषण का विधिपूर्वक राजतिलक करो और लौट आओ।'

श्रीराम की आज्ञा पाकर लक्ष्मण लंका गए। उन्होंने जैसे ही राजधानी में प्रवेश किया, वे मंत्रमुग्ध रह गए। वहाँ के हरे-भरे वृक्ष, सुंदर पुष्पों व लताओं से आच्छादित बगीचे, कल-कल बहते जल-प्रपात, पक्षियों का मनमोहक कलरव और ऊँचे-सुंदर भवनों को देखकर लक्ष्मण का मन प्रसन्न हो गया।

उन्होंने विभीषण का राज्याभिषेक किया और फिर लौटकर राम से बोले, 'भैया! लंका ने मेरा मन चुरा लिया है। यह नगरी स्वर्ग जैसी है। आपकी आज्ञा हो, तो मैं यहीं रह जाऊँ।' श्रीराम ने उनकी बात सुनकर कहा, 'लक्ष्मण! इसमें कोई संदेह नहीं कि लंका का सौंदर्य निराला है। यह सचमुच स्वर्ग जैसी नगरी है। यहाँ चारों ओर अपार प्राकृतिक सौंदर्य हैं, समृद्धि है। किंतु याद रखो, सौंदर्य, समृद्धि व वैभव से परिपूर्ण होने के बावजूद लंका अयोध्या की बराबरी नहीं कर सकती, क्योंकि वह हमारी जन्मभूमि है। जहाँ व्यक्ति जन्म लेता है, वहाँ की मिट्टी जैसा आनंद कोई अन्य भूमि नहीं दे सकती, इसलिए हमारी अयोध्या तीनों लोकों से बढ़कर है।' यह सुनते ही लक्ष्मण की आँखों से लंका का मायाजाल हट गया। वस्तुत: जन्म देकर पालन-पोषण करनेवाली जन्मभूमि की अनुभूति दिव्य होती है। अत: उसके प्रति मन में सदा श्रद्धाभाव रहना चाहिए।

□

जब नेहरूजी ने दोष को खूबी में बदला

चीन के तत्कालीन प्रधानमंत्री चाउ एन लाई भारत आए हुए थे। पंडित जवाहरलाल नेहरू खासे उत्साहित थे। चीनी प्रधानमंत्री के सत्कार में कोई कमी न रह जाए, इसके लिए नेहरूजी स्वयं सभी व्यवस्थाओं पर निगरानी रख रहे थे। विशिष्ट अधिकारियों की पूरी टीम चाउ एन लाई के आतिथ्य में जुटी हुई थी। हर व्यक्ति चाहता था कि चीनी प्रधानमंत्री की भारत यात्रा यादगार बन जाए। पंडित नेहरू की आधिकारिक प्रधानमंत्री की वार्त्ता की मेज पर मुलाकात हो चुकी थी।

अब पंडितजी चाउ एन लाई को रात्रिभोज देने जा रहे थे। प्रधानमंत्री निवास में सभी तैयारियाँ हो चुकी थीं। पंडित नेहरू ने चाउ एन लाई के आने के दस मिनट पूर्व स्वयं आकर सारी व्यवस्था का जायजा लिया। जब अतिथि के आगमन में दो मिनट बाकी थे, तभी बिजली गुल हो गई। गहन अंधकार चारों ओर छा गया।

सभी चिंतामग्न हो गए कि अब विदेशी अतिथि के सामने हमारी प्रतिष्ठा प्रभावित होगी। लोग विद्युत् विभाग को दोष देने लगे। तभी अँधेरे में पं. नेहरू की आवाज गूँजी—'बड़ी मोमबत्तियाँ ला सकते हो?' तत्काल मोमबत्तियाँ आ गईं और पूरा हॉल उनसे जगमगा उठा।

चाउ एन लाई और इस कैंडल लाइट डिनर की व्यवस्था पर अभिभूत हो गए। बिजली गुल होने का उन्हें एहसास तक न हुआ और उन्होंने मेजबान की खूब प्रशंसा की। सार यह है कि व्यवस्थापक को विपरीत स्थितियों में भी धैर्य रखकर सही निर्णय लेना चाहिए। तभी प्रत्येक अवसर सफलता के साथ घटित होता है। □

अनुकरणीय है आनंद की समदृष्टि

आनंद भगवान् बुद्ध के प्रमुख व प्रिय शिष्य थे। उनके स्वभाव में उदारता, स्नेह व सहिष्णुता जैसे गुण शामिल थे। उनकी दृष्टि में कोई छोटा या बड़ा नहीं

था। एक बार आनंद कहीं जा रहे थे। रास्ते में उन्हें बड़े जोर की प्यास लगी। आसपास देखा तो निकट ही कुआँ दिखाई दिया। वे वहाँ पहुँचे। कुएँ से एक लड़की पानी भर रही थी। आनंद ने उसके पास जाकर कहा, 'बहन! मैं बड़ी दूर से आ रहा हूँ। मुझे बहुत जोर से प्यास लगी है। कृपा कर पानी पिला दो।'

उनकी बात सुनते ही लड़की काँप उठी, क्योंकि वह अछूत जाति की थी। वह जानती थी कि किसी ऊँची जाति के व्यक्ति को पानी पिलाना उसके अधिकार क्षेत्र से बाहर है। वह निगाह नीची कर चुपचाप खड़ी रही। आनंद ने प्यास से व्याकुल होकर फिर कहा, 'बहन! तुमने सुना नहीं। प्यास के मारे मेरे प्राण निकले जा रहे हैं। मुझे पानी पिला दो।' लड़की भयवश कुछ नहीं बोल पाई।

जब आनंद ने बड़े स्नेह से उससे पानी न पिलाने का कारण पूछा, तो वह बोली, 'मैं निम्न जाति की कन्या हूँ। आपको पानी कैसे पिला सकती हूँ?' उसकी बात सुनकर आनंद ने कहा, 'बहन! मैंने तुमसे पानी माँगा है, जाति तो नहीं पूछी।' आनंद की उदारता ने उस कन्या का भय दूर कर दिया और उन्हें पानी पिलाकर वह धन्य हो गई। कथा का सार यह है कि ईश्वर की दृष्टि सम होने के कारण उसने सभी मनुष्यों को समान शरीर, बुद्धि और भावना से नवाजा है। अतः अपने सृष्टिकर्ता के विरुद्ध जाकर मानव-मानव में भेद करना सर्वथा अनुचित है।

□

राजेंद्र प्रसाद ने किया निरुत्तर

भारत के प्रथम राष्ट्रपति डॉ. राजेंद्र प्रसाद के जीवन का एक प्रसंग है। बात आजादी के पहले की है। अंग्रेजों के प्रति गुस्सा सभी के मन में था, किंतु विरोध का साहस कम ही लोगों में था। यों भी भारतीय अपनी सहनशीलता के कारण जाने जाते थे। अंग्रेजों ने उनके इस गुण का भरपूर फायदा उठाया। वे उन पर अत्याचार करने में जरा भी नहीं चूकते थे। जहाँ भी और जितना भी परेशान कर सकते थे, अवश्य करते थे। एक दिन डॉ. राजेंद्र प्रसाद नौका में बैठकर अपने

गाँव जा रहे थे।

उनके समीप ही एक अंग्रेज अधिकारी बैठा था। कुछ देर बाद उसने सिगरेट पीना शुरू कर दिया। राजेंद्र बाबू सहित नौका में बैठे सभी लोगों को सिगरेट के धुएँ से तकलीफ होने लगी, किंतु शासक-वर्ग का होने के कारण किसी ने विरोध नहीं किया। आखिरकार राजेंद्र बाबू से रहा नहीं गया।

वे बोले, 'ये जो सिगरेट आप पी रहे हैं, क्या आपकी है?' अंग्रेज अधिकारी ने तुनककर कहा, 'मेरी नहीं, तो क्या तुम्हारी है? तुम मूर्ख हो, जो ऐसा प्रश्न कर रहे हो।' तब राजेंद्र बाबू बोले, 'तो फिर यह धुआँ भी आपका ही है, इसे दूसरों पर क्यों फेंक रहे हो? इसे भी अपने पास सँभालकर रखो।'

राजेंद्र बाबू का सटीक जवाब सुनकर अंग्रेज अधिकारी सकपका गया। उससे कुछ कहते नहीं बना। उसने सिगरेट तत्काल बुझा दी और शेष सफर चुपचाप तय किया। विरोध के अनेक ऐसे अवसरों पर हम लोग प्राय: विवाद के भय से अथवा 'हमें क्या करना' के अनुत्तरदायी भाव को पाले हुए चुप रहते हैं, किंतु 'अनुचित' का विरोध प्रत्येक स्थान पर उचित है, क्योंकि इसी से समाज एक बड़े परिवार का रूप लेता है।

□

बेईमानी से सुकून नहीं मिलता

एक आदमी रोज अलसुबह मंदिर में जाता और अत्यंत श्रद्धाभाव से दीपक जलाकर रख देता। मंदिर में उस समय आनेवाले लोग उसे देखकर बड़े ही आदर-भाव से भर उठते। एक दिन उससे एक युवक ने पूछा, 'भाई साहब! आपकी ईशभक्ति सच में प्रणम्य है। आपके जैसा श्रद्धाभाव मैं स्वयं में भी पैदा करना चाहता हूँ।' उसकी बात सुनकर आदमी हँसकर बोला, 'भाई! सवाल श्रद्धा का नहीं है। सत्य तो यह है कि एक बार मैं एक मुकदमे में फँस गया। मैंने उस समय भगवान् से प्रार्थना की कि यदि मैं मुकदमा जीत गया तो रोज मंदिर में आकर दीपक जलाऊँगा। भगवान् ने मेरी प्रार्थना सुन ली और मैं जीत गया। तभी से मैं अपने वचन का पालन कर रहा हूँ।'

युवक ने मुकदमे के विषय में जानना चाहा तो वह बोला, 'मैं चाहता था कि मेरे पड़ोसी की उपजाऊ जमीन मेरी हो जाए। मैंने अधिकारियों को रिश्वत देकर वह जमीन अपने नाम पर करा ली। पड़ोसी ने मुझ पर मुकदमा कर दिया, किंतु भगवान् की कृपा से मैंने उसे हरा दिया।' यह सुनकर युवक के मन में उसके प्रति सम्मान जाता रहा और वह बोला, 'भगवान् ने कैसे तुम्हारे अन्याय में तुम्हारा साथ दिया मैं नहीं जानता, किंतु इस धोखाधड़ी का फल तुम्हें जरूर मिलेगा। पड़ोसी का श्राप तुम्हें लगेगा।' वह आदमी व्यंग्य से हँसकर अपनी राह चला गया। युवक ने समझ लिया कि बाहर दीपक जलाने वाले इस आदमी के भीतर का दीपक बुझा हुआ है। बेईमानी से जो उपलब्धि हासिल हो, वह न तो प्रशंसनीय होती है और न ही भीतर का सुकून देती है। वस्तुतः नैतिक रूप से जो गलत है, वह सुख, संतोष और सराहना का पात्र नहीं बन सकता।

□

पुत्र ने दिखाई पिता को सही राह

जातक कथाओं में एक कथा आती है। प्राचीनकाल के वाराणसी में एक किसान गृहस्थ के घर बड़े ही योग्य पुत्र ने जन्म लिया। माता-पिता ने नाम रखा—सुजातकुमार। सुजात ने कभी ऐसा कोई काम नहीं किया, जिससे माता-पिता को कष्ट हो अथवा उनकी प्रतिष्ठा पर आँच आए।

सुजात के दादाजी का अल्प बीमारी के बाद निधन हो गया। इस शोक से सुजात के पिता मुक्त नहीं हो पाए। उन्होंने श्मशान से अपने पिता की अस्थियाँ मिट्टी का एक स्तूप बनाकर उसमें रख पूजा करनी शुरू कर दी। कई बार तो वे स्तूप के चारों ओर घूमते हुए जोर-जोर से रोते। न वे अपना खेती का काम देखते, न भोजन समय से करते।

माँ पिता को समझाकर थक गई। तब एक दिन सुजात ने एक मृत बैल की देह को अपने घर के आँगन में रख लिया और उसके सामने चारा-पानी डालकर कहने लगा, 'ले खा, ले पी।' पिता ने सुना तो वे व्याकुल होकर बेटे के पास आए और उसे समझाते हुए कहने लगे, 'तेरे चारा-पानी देने से क्या मृत

बैल जीवित हो जाएगा?' तब सुजात ने उन्हें कहा, 'तो फिर आप अस्थियों पर स्तूप बनाकर क्यों रोते हैं? क्या ऐसा करने से आपके पिताजी जीवित हो जाएँगे। आपके द्वारा ऐसा करने से उनकी आत्मा कष्ट ही पाती होगी।'

पिता को तत्क्षण अपनी गलती महसूस हुई और उन्होंने सामान्य जीवन जीना शुरू कर दिया। परिजनों की मृत्यु पर शोक उचित है, किंतु उसे स्थायी भाव बनाकर कर्महीन हो जाना अनुचित है। दिवंगत परिजनों की मधुर स्मृतियों को मन में रखते हुए अपने कर्तव्यों का समुचित निर्वहन ही बुद्धिमानों को श्रेयस्कर है। □

राष्ट्रभक्ति का रूप है कर्तव्यनिष्ठा

यह घटना जापान में कई वर्षों पूर्व घटी थी। एक जहाज जापानी बंदरगाह पर आया। उसे देखकर जापानी तट पर अधिकारी यात्रियों के सामान की जाँच करने आए। चूँकि यह उनकी नियमित प्रक्रिया का हिस्सा होता है, अतः वे तेजी से यात्रियों के ट्रंक, सूटकेस, टोकरियों व अन्य सामान की सूक्ष्मता से तलाशी लेने लगे। यदि यात्री कहता कि इसमें कस्टम का माल नहीं है तो वे उसके कथन की परख कर उसे ससम्मान आगे जाने के लिए कह देते।

यदि किसी का सामान कस्टम के अंतर्गत आता तो नियमानुसार उससे राशि लेकर उसे जाने देते। इसी दौरान इन जापानी अधिकारियों के पास किसी अन्य देश का एक व्यापारी आया। उसने कहा, 'मेरे पास फलों की कुछ टोकरियाँ हैं। इन्हें मैं आपके अधिकारियों, मंत्रियों और व्यापारियों को भेंट करना चाहता हूँ।' उसकी बात सुनकर जापानी अधिकारियों ने पूछा, 'इन टोकरियों में कौन से फल हैं और आप इन्हें किस रूप में व क्यों भेंट करना चाहते हैं?' व्यापारी ने हँसकर कहा, 'इसमें अत्यंत रसीले आम हैं, जिन्हें खाकर जापानी अधिकारी, मंत्री व व्यापारी बहुत आनंदित होंगे। मैं अपनी ओर से उपहार के रूप में इन्हें भेंट कर रहा हूँ। आप लोग भी खाकर देखिए।'

जापानी अधिकारी समझ गए कि व्यापारी फलों के रूप में रिश्वत देना चाहता है। अतः वे लोग बोले, 'क्षमा कीजिए। हमें ऐसे फल नहीं चाहिए, जो

हमारे देश के लोगों को अपने कर्तव्य से डिगा सकें।' यह कहकर उन्होंने फलों की टोकरियाँ समुद्र में फेंकवा दीं। कर्तव्यनिष्ठा राष्ट्रभक्ति का ही एक रूप है, जो संबंधित देशवासियों की नैतिक उच्चता को दर्शाता है। इसी से राष्ट्र की शीघ्र उन्नति के द्वार खुलते हैं।

□

कल्याण की वेदी पर मातृभक्ति की बलि

आदि शंकराचार्य मात्र आठ वर्ष का आयु में ही माया-मोह से विरक्त होकर और अपनी माँ के असीम स्नेह का परित्याग कर तत्त्वज्ञान की खोज में निकल पड़े थे। जब उनकी माँ विशिष्टा देवी ने उन्हें जाने से रोका, तो उन्होंने अपनी माँ को महर्षि नारद की जीवन-कथा सुनाई।

जब नारद मात्र पाँच वर्ष के थे तो संत-महात्माओं के मुख से हरिकथा सुनकर हरि से साक्षात् मिलने के लिए व्याकुल हो गए। किंतु माँ का अपार स्नेह और वात्सल्य देखकर वे गृह त्याग करने का साहस नहीं जुटा पाए। एक रात साँप ने उनकी माँ को काट लिया। इससे उनकी माता की मृत्यु हो गई।

नारद ने इसे ईश्वर की इच्छा मानकर पाँच वर्ष की आयु में ही गृह त्याग कर दिया। यह कथा सुनाकर शंकर बोले—माँ! जब नारद ने घर छोड़ा, तो वे मात्र पाँच वर्ष के थे। उन्हें माता का वियोग भी सहना पड़ा, किंतु मैं तो आठ वर्ष का हूँ और मैं इस विश्व में कहीं भी रहूँ, किंतु आपकी छत्रछाया मुझ पर सदा रहेगी। आखिर माँ शंकराचार्य की जिद के सामने हार गईं और रोते हुए उन्हें घर से विदा किया।

तब शंकराचार्य ने कहा—मैं पाषाण हृदय नहीं हूँ, जो अपनी माँ को रोते हुए छोड़कर जा रहा हूँ। मेरी माँ ने जब संतान माँगी, तो उन्हें बता दिया गया था कि पुत्र यदि अल्पज्ञ होगा तो दीर्घजीवी होगा और सर्वज्ञ होगा तो अल्पायु होगा। माँ ने सर्वज्ञ पुत्र माँगा। अत: मेरे पास आयु अधिक नहीं है।

मुझे कम समय में अधिक काम करने हैं, इसलिए वृहत्तर कल्याण की बलिवेदी पर मैं अपनी मातृभक्ति की बलि दे रहा हूँ। सार यह है कि सामाजिक

हित को व्यापक रूप से साकार करने के लिए निजी हितों की तिलांजलि देनी होती है। ऐसा करनेवाले ही सच्चे अर्थों में संत होते हैं।

□

विवेकानंद की सच्ची शिष्या निवेदिता

स्वामी विवेकानंद ब्रिटेन में एक महिला लेडी मार्जसन के घर में ठहरे थे। एक दिन वे वहाँ व्याख्यान दे रहे थे। उनकी ओजस्वी वाणी व आध्यात्मिक तेज श्रोताओं को प्रभावित कर रहे थे। श्रोताओं में मारग्रेट नोबल नामक ब्रिटिश महिला भी थी। उसे स्वामीजी की बातों में नवीनता नहीं लगी। घर लौटने के बाद चिंतन किया तो लगा कि वह स्वयं गलत है।

फिर एक अन्य अवसर पर उन्होंने स्वामीजी को यह कहते हुए सुना, 'विश्व को आज बीस नर और बीस नारियों की जरूरत है, जिनमें इतना साहस हो कि वे बाहर सड़क पर खड़े होकर पुकारकर कह सकें कि हमारे पास ईश्वर के सिवाय कुछ नहीं है, कौन आगे आएगा?' यह सुनने के बाद वे स्वामीजी से मिलीं तो उन्होंने मारग्रेट से कहा, 'अपने देश की स्त्रियों के लिए मेरे पास एक योजना है। उसमें तुम मेरी बड़ी मदद कर सकोगी।' मारग्रेट भारत चली आईं और अपना जीवन भारत-सेवा में समर्पित कर दिया। स्वामीजी ने उन्हें नाम दिया—'सिस्टर निवेदिता।' निवेदिता ने विज्ञान, कला, अध्यात्म आदि सभी क्षेत्रों में लोगों को प्रोत्साहित किया। उन्होंने बिना विदेशी मदद 'निवेदिता बालिका विद्यालय' खोला। उनकी छात्राएँ भारतीय परंपरा के अनुसार बैठतीं। वंदेमातरम् गीत से कक्षा का आरंभ करतीं और रात को कृष्ण, बुद्ध, शिवाजी को पढ़तीं।

इस प्रकार एक विदेशी होने के बावजूद उन्होंने भारतीय संस्कृति की महानता को पहचानकर उसका अधिकाधिक प्रचार-प्रसार कर भारतीयों के आत्म-विकास में महत्त्वपूर्ण योगदान दिया। भारतीय संस्कृति में ऐसे अमूल्य रत्न हैं, जिनकी आभा में जीवन का स्वाँगीण विकास किया जा सकता है। आवश्यकता उन्हें पहचानकर अपने आचरण में उतारने की है।

□

वेदव्यास को दिखाई नारद ने राह

महाभारत के रचयिता महर्षि वेदव्यास सरस्वती नदी के किनारे खिन्न बैठे विचार कर रहे थे कि महाभारत जैसा महाग्रंथ लिखने के बावजूद मैं आनंदित क्यों नहीं हूँ? तभी वहाँ महर्षि नारद का आगमन हुआ। वे वेदव्यास को प्रणाम कर बोले, 'महाभारत के अमर गायक को मैं उदास देख रहा हूँ। कारण क्या है?' वेदव्यास बोले, 'नारद! काफी प्रयत्न के बाद भी मैं अपनी उदासी का कारण खोज नहीं पाया हूँ। मैंने अब हिमालय में तप करने का निश्चय किया है।'

नारद ने विरोध करते हुए कहा, 'मैं मानता हूँ कि तप से मात्र आपका ही कल्याण होगा, किंतु आपकी रचनाओं से करोड़ों लोगों का भला होगा। इसलिए आप यह कार्य न छोड़ें।' नारद की बात सुनकर महर्षि मौन हो गए। फिर नारद ने प्रस्ताव रखा, 'चिंता छोड़कर मेरे साथ चलिए। आप घूम-घूमकर महाभारत का गान करना, मैं वीणा बजाऊँगा। इस प्रकार संभवतः हम लोगों का दुःख हर पाएँगे।' वेदव्यास बोले, 'इस खिन्न मनःस्थिति में मुझसे महाभारत का गान नहीं होगा। मुझसे कहाँ त्रुटि हुई?'

तब नारद ने कहा, 'महाकवि! आपने महाभारत के रूप में एक युग को चित्रित किया है, पर इस युग के सृष्टिकर्ता श्रीकृष्ण के संबंध में कुछ नहीं लिखा। जब तक आप उनकी लीलाओं का गान नहीं करेंगे। आप उदास रहेंगे।' इस उत्तर ने वेदव्यास की चेतना को झकझोर दिया। वे बोले, 'आपने मुझे सच्चा मार्ग दिखा दिया। अब मैं हिमालय में जाकर श्रीकृष्ण की लीलाओं का गान करूँगा।'

इसके पश्चात् वेदव्यास पुराणों की रचना में लग गए। उनकी उदासी प्रसन्नता में बदल गई। लोककल्याणार्थ रचा गया साहित्य कालजयी होता है। वह रचयिता को आत्मिक परितोष देने के साथ उसे अमर भी कर देता है।

□

सत्य ने किया बालक को भयमुक्त

गाँव में रहनेवाले एक बुजुर्ग ने एक अनाथ बालक को अपने पास रख लिया था। दोनों एक-दूसरे का सहारा बन गए थे। बालक बुजुर्ग को 'बाबा' कहता और उनका कहना मानता। बालक को बस्ती से बाहर नदी किनारे बहुत अच्छा लगता। वह जब-तब वहाँ पहुँचकर घंटों खेलता रहता, पर लौटकर आता तो बाबा की डाँट खाता।

बाबा को डर लगता कि कहीं वह नदी में गिर न जाए, इसलिए एक दिन उन्होंने बालक से कहा, 'बेटा! तुम नदी किनारे अकेले मत जाया करो। वहाँ भूत रहता है।' यह सुनकर बालक इतना भयभीत हो गया कि उसने घर से निकलना ही छोड़ दिया। बाबा ने यह नहीं सोचा था कि बालक भूत की झूठी बात से इतना डर जाएगा। आखिर एक दिन उन्होंने बालक के डर को दूर करने के लिए उसके हाथ में एक धागा बाँधते हुए कहा, 'बेटा! ये भगवान् का धागा है। अब वे तुम्हारे साथ हैं। तुम्हें भूत से डरने की कोई जरूरत नहीं है।'

इसके बाद बालक का डर दूर हो गया और वह निर्भीक होकर बाहर घूमने-फिरने लगा। एक दिन उसके हाथ का धागा कहीं गिर गया। वह सूनी कलाई लेकर बाबा के पास आया और बोला, 'बाबा! भगवान् चले गए, अब भूत आ जाएगा।' उसे डरा हुआ देखकर बाबा को अपनी गलती महसूस हुई। उन्होंने उसे समझाया, 'बेटा! न तो नदी किनारे भूत है और न धागे में भगवान्। तुम्हारी चिंता के वशीभूत होकर मैंने यह झूठ बोला। तुम सावधानी से मेरे साथ नदी चला करो। इससे मेरी चिंता और तुम्हारा भय, दोनों दूर हो जाएँगे।' यह सुनकर बालक भयमुक्त हो गया। बच्चों का मन सहज विश्वासी होता है, इसलिए उन्हें कभी असत्य व भ्रामक बातें न कहें। सदैव सत्य और साहस की शिक्षा दें।

□

संस्कार छोड़कर खोई शिवकृपा

एक दिन आकाश मार्ग से जा रहे भगवान् शंकर और माता पार्वती को पृथ्वी पर दो व्यक्ति लड़ते हुए दिखाई दिए। किसी बात को लेकर उत्तेजित होकर एक व्यक्ति किसी ब्राह्मण पर अपशब्दों की बौछार कर रहा था। ब्राह्मण शिवभक्त था और नित्य पूजा-पाठ करता था। इसलिए वह उस व्यक्ति को भद्र शब्दों में अपना पक्ष समझाने का प्रयत्न कर रहा था, किंतु वह व्यक्ति अत्यधिक क्रोधी था। जब उसने ब्राह्मण की एक न सुनी, तो ब्राह्मण चुप हो गया और उसकी जली-कटी बातें सहन करता रहा। उसके मौन पर उस व्यक्ति को और गुस्सा आया।

'तू अपने आपको बड़ा ज्ञानी समझता है न, देख आज कैसे तेरा यह भूत उतारता हूँ।' ऐसा कहते हुए वह ब्राह्मण को मारने के लिए बढ़ा। यह देखकर पार्वती ने शंकरजी से कहा, 'स्वामी! यह आदमी तो बड़ा दुष्ट है। आप अपने भक्त की सहायता कीजिए।' शंकरजी ने इसे दोनों का आपसी मामला बताते हुए मदद से इंकार किया, किंतु पार्वती की दयालुता ने उन्हें विवश कर दिया। अब ब्राह्मण ने भी अपना धैर्य और सुसंस्कार छोड़कर उस व्यक्ति पर अपशब्दों की बौछार शुरू कर दी।

उस व्यक्ति ने उसे तमाचा मारा तो ब्राह्मण ने पलटकर उसे दो मुक्के जमा दिए। यह देख पार्वती बोलीं, 'चलिए स्वामी! ब्राह्मण जब तक संस्कारित था, आपकी सहायता का पात्र था, किंतु अब तो दोनों एक ही स्तर पर आ गए हैं।' दोनों को लड़ता छोड़ शंकर-पार्वती चले गए। अच्छे संस्कार बेहतर व्यक्तित्व के निर्माता होते हैं। उन्हें छोड़ने से व्यक्तिगत और सामाजिक क्षति उठानी पड़ती है। □

बंदी बादशाह ने कैद में भी दिखाई जीवटता

अरब देश में काफी समय पहले एक बादशाह हुआ करता था। वह बड़े ठाठ से रहता था। एक बार पड़ोसी मुल्क ने उसे युद्ध के लिए ललकारा।

बादशाह अपनी सेना तैयार कर लड़ने निकल पड़ा। उसके खाने-पीने के शौक को देखते हुए तीन सौ ऊँटों पर रसोई का सामान लादा गया। जहाँ भी पड़ाव होता, बादशाह के रसोइए छप्पन प्रकार के व्यंजन तैयार कर उसे खिलाते। दुर्भाग्यवश वह दुश्मन से हार गया और बंदी बना लिया गया। उसे जिस जेल में रखा गया, वहाँ उसके रसोइए भी उसके आग्रह पर साथ ही रखे गए। बादशाह को जब विजेता राजा के रसोइयों ने कुछ पकाने को कहा तो उसने पकाने से इंकार कर दिया। इन लोगों के पास मांस का एक टुकड़ा ही बचा था।

उन्होंने वही बर्तन में डालकर उबलने रख दिया। इसी बीच वहाँ एक कुत्ता आया। मांस की गंध पाकर उसने अपना मुँह बर्तन में डाल दिया। ऐसा करने पर उसका मुँह बर्तन में फँस गया। जब वह अपना मुँह नहीं निकाल पाया, तो बर्तन समेत वहाँ से भाग गया। यह दृश्य देखकर बादशाह हँस पड़ा। पास खड़े एक व्यक्ति ने आश्चर्य से पूछा, 'आप इतनी परेशानी में भी हँस रहे हैं? कोई और होता तो मुँह लटकाकर बैठा रहता।' तब बादशाह बोला, 'मुँह लटकाने से समस्या हल नहीं होती। मुझे तो यह सोचकर हँसी आई कि कल तक मेरे रसोई के सामान को ले जाने के लिए तीन सौ ऊँटों की जरूरत पड़ती थी और अब उसके लिए एक कुत्ता ही काफी है। वक्त का फेर क्या से क्या कर देता है। किंतु असली इंसान दुःख को भी हँसकर झेलता है।' संकट के दिनों को आशावादी रहकर पार कर जानेवाले जीवटता के धनी होते हैं और ऐसे ही लोग जीवन को उचित तरीके से जी पाते हैं।

□

विवेक लाता है विचार व कार्य में संतुलन

किसी नगर की अदालत में दो आदमियों के बीच विवाद का मामला आया। पहला आदमी बोला, 'इसने मेरा सिर फोड़ दिया। देखिए, इतना खून निकला कि मरहम-पट्टी करवाना पड़ी।' दूसरे ने चिढ़कर कहा, 'हुजूर! देखिए, मेरा भी सिर इसने जख्मी कर दिया है।' न्यायाधीश ने पूछा, 'तुम्हारे बीच झगड़े की वजह क्या है?'

पहला आदमी बोला, 'इसे मैंने बताया कि मैं खेत खरीद रहा हूँ, तो इसने कहा कि मैं एक भैंस खरीद रहा हूँ। तब मैंने समझाया कि भैंस मत खरीद, किंतु यह नहीं माना।' दूसरे ने तत्काल कहा, 'मैंने भी इसे कहा था कि खेत मत खरीद, किंतु इसने मेरी उपेक्षा कर दी।' तब न्यायाधीश ने पहले से प्रश्न किया, 'तुमने इसे भैंस खरीदने से क्यों रोका?' वह बोला, 'माई-बाप! मेरे खेत में जब फसल आती तो भैंस खेत में आकर उसे खा जाती।' दूसरे आदमी ने भी दलील दी, 'फसल को देखकर मेरी भैंस लालच में आकर उसे खाने चली जाती। हुजूर! मैं हर वक्त तो उसे रोकने के लिए मौजूद नहीं रह सकता।' न्यायाधीश ने पूछा, 'तुम्हारा खेत कहाँ है और तुम्हारी भैंस कहाँ है?' दोनों ने बताया कि अभी न खेत खरीदा गया है और न भैंस।

जब न्यायाधीश ने दोनों को समझाया—'एक-दूसरे के सिर उन चीजों के लिए फोड़ डाले, जो थी ही नहीं। आवेश में बुद्धिमानी का त्याग करके तुम लोगों ने जो किया, वह अंततः तुम्हारी हानि का कारण बना। अब बेकार की बातों में लड़ना छोड़कर प्रेम से रहो।' दोनों ने गलती महसूस की और पुनः मित्र बन गए। अविवेकी काल्पनिक और व्यर्थ बातों पर बहस करते हैं, जो कई बार बड़ी हानि का कारण बन जाती है। बेहतर तो यह है कि अपनी विचारधारा को विवेक सम्मत बनाकर कार्य करें, जिससे व्यवहार और निर्णय की दिशा ठीक हो। □

आचरण बनाता है मनुष्य को विश्वसनीय

जीवन में विचारों के प्रसार के लिए प्रभावोत्पादकता जरूरी होती है और व्यक्ति सच्चे अर्थों में प्रभावशील तभी बनता है, जब वह उन विचारों पर स्वयं पूर्ण निष्ठा से आचरण करता है। आचरण से ही विश्वास आता है और दूसरे में स्वयं को विश्वसनीयता बढ़ती है। चैतन्यदेव ने वैष्णवों को दास्यभाव की शिक्षा देते हुए लिखा है—तृष्णादपि सुनीचेन···यानी घास के समान विनम्र हो जाओ। उनके जीवन की घटना है। काशी के प्रकांड वेदांती प्रकाशानंद सरस्वती चैतन्य देव के भक्ति-प्रतिवादन को कोरी भावुकता मानकर विरोध करते। संन्यासी होने

से चैतन्यदेव को ज्ञान के मार्ग का ही अवलंबन करना चाहिए, ऐसा उनका आग्रह था।

चैतन्यदेव जब काशी पहुँचे तो साधु समाज से भेंट हेतु एक आयोजन में उन्हें निमंत्रण दिया गया। वहाँ महंत-मंडलेश्वर रजत सिंहासनों पर बैठे थे और महाप्रभु वहाँ जाकर अत्यंत विनम्रता से एक कोने में भूमि पर बैठ गए, जहाँ चरण धोने से कीचड़ हो गया था। उन्हें जब आसन पर बैठने की प्रार्थना की गई तो उन्होंने अत्यंत विनयपूर्वक कहा कि वे गुरुजनों के सामने आसन नहीं ग्रहण कर सकते। स्वामी प्रकाशानंद उनकी इस देव-दुर्लभ सरलता से अभिभूत हो गए।

उन्होंने महाप्रभु से संकीर्तन के स्थान पर वेदांत चिंतन करने का आग्रह किया तो चैतन्य देव ने पुनः देशकाल पात्रता का हवाला देते हुए बताया कि वे तो गुरु आज्ञा का ही पालन कर रहे हैं। प्रकाशानंदजी ने विविध तर्क रखे, लेकिन महाप्रभु की विनय-भक्ति को देख उनका ही भाव परिवर्तित हो गया। ज्ञानी का सूक्ष्म अहंकार महाप्रभु के भक्ति-सागर की लहरों में डूब गया।

□

अनुरक्ति का महत्त्व

एक सामान्य कहावत है—केवल अपने पर निर्भर करो। आत्मनिर्भता पर बल देते हुए महाप्रभु चैतन्य का मानना था कि स्वावलंबन से ही कार्यसिद्धि होती है, इसीलिए उन्होंने राजा सुबुद्धिराय को स्वावलंबी होने का उपदेश देकर वृंदावन भेज दिया।

वे वहाँ रहकर सूखी लकड़ी बीनते और उनकी बिक्री से उपार्जित धन का उपयोग अपनी उदरपूर्ति तथा वैष्णव सेवा में करते। महाप्रभुजी के ऐसे उच्च आदर्श, उपदेश, तथा प्रेम-धर्म से आकृष्ट होकर रूप और सनातन गोस्वामी ने, जो हुसैन शाह के दरबार में (संतोष और अमरदेव के नाम से) मंत्री पद पर थे, अपने मंत्रिपद व समस्त वैभव को त्याग दिया और उनके अनुगत हो गए।

प्रतापी और ऐश्वर्य संपन्न महाराजा प्रताप रुद्र को भी उन्होंने तभी अपनाया, जब वे राजसी वेश व अभिमान त्यागकर राजा सुबुद्धिराय की तरह एक साधारण

व स्वावलंबी वैष्णव भक्त के रूप में उनके सामने आए।

महाप्रभु ने इस बात की प्रेरणा दी कि राजा होते हुए भी राजत्व अभिमान व बड़प्पन तथा विषय-आसक्ति का त्याग करना अत्यंत आवश्यक है और साथ में स्वावलंबन धर्म का पालन भी तभी भगवद्प्रीति की प्राप्ति संभव है।

□

सत्य का ज्ञान ही मुक्त करता है

वेदांत के अनुसार सत्य वह होता है, जो भूत, वर्तमान और भविष्य तीनों कालों में समान रहता है, जो परिवर्तित होता है, बदलता है, वह अनित्य होता है, सत्य नहीं। ऐसे सत्य को जानने का मार्ग है असत्य का असत्यता से परिचित हो जाना। यही आत्मज्ञान का सोपान है।

इस विषय पर वेदांत कथा है। एक गर्भवती सिंहनी शिकार करते समय चट्टान पर गिर पड़ी। शावक को जन्म दे, वह चल बसी। सिंह शावक भेड़ के झुंड में मेमनों के साथ पलने-बढ़ने लगा। वह स्वयं को मेमना ही समझने लगा; उसने मिमियाना और घास चरना सीख लिया।

एक दिन एक शेर ने भेड़ के झुंड पर धावा बोला। शेर को भेड़ों के बीच मिमियाते, भागते देख उसे भारी आश्चर्य हुआ। उसने झुंड वाले शेर को लपककर पकड़ा। वह उसे नदी किनारे ले गया और उसे जल में स्वयं की और उसकी छवि की साम्यता दिखाई और उसे मांस का टुकड़ा खिलाया। मांस खाते ही शेर को अपने सही स्वरूप का यथार्थ बोध हुआ और फिर वह अकेले जंगल की ओर बढ़ चला।

कथा का मर्म है, मनुष्य अपने यथार्थ स्वरूप को जाने और ओढ़ी हुई झूठी कमजोरी से मुक्त हो जाए। जब तक हम मानी गई पहचान के सम्मोहन में जीते हैं, तब तक हम अपने स्वरूप के प्रति अनविज्ञ होते हैं और ज्यों ही हम झूठ की असत्यता के प्रति सजग होते हैं, अपने स्वरूप को प्राप्त कर चुके होते हैं।

□

कालिदास विक्रमादित्य संवाद

तन से बढ़कर मन और मन से बढ़कर बुद्धि है, जो मनुष्य को संपूर्णता प्रदान करती है। महाकाव्य मेघदूत के रचयिता कालिदास 'मूर्ख' नाम से प्रसिद्ध हैं, जिनका विवाह सुंदर व महान् गुणवती विद्योत्तमा से हुआ था।

उन महाकवि से राजा विक्रमादित्य ने एक दिन अपने दरबार में पूछा, 'क्या कारण है, आपका शरीर बुद्धि के अनुरूप नहीं है?'

इसके उत्तर के लिए कालिदास ने अगले दिन दरबार में सेवक से दो घड़ों में पीने का पानी लाने को कहा। वह जल से भरा एक स्वर्णनिर्मित घड़ा और दूसरा मिट्टी से निर्मित घड़ा ले आया।

अब महाकवि ने राजा से विनयपूर्वक पूछा, 'महाराज, आप कौन से घड़े का जल पीना पसंद करेंगे?' विक्रमादित्य ने कहा, 'कवि महोदय, यह भी कोई पूछने की बात है, इस ज्येष्ठ मास की तपन में सबको मिट्टी के घड़े का ही जल भाता है।' कालिदास मुस्कराकर बोले, 'तब तो महाराज, आपने अपने प्रश्न का उत्तर स्वयं ही दे दिया।' राजा समझ गए कि जिस प्रकार जल की शीतलता बर्तन की सुंदरता पर निर्भर नहीं करती, उसी प्रकार बुद्धि भी शरीर की सुंदरता से नहीं आँकी जाती।

बर्ट्रेंड रसेल ने कहा है, 'दुनिया के साथ यह मुसीबत है कि मूर्ख व्यक्ति प्रत्येक मामले में सुनिश्चित होते हैं और बुद्धिमान सदैव संदेहशील रहते हैं।' □

शिष्यत्व जगाने पर मिल जाते हैं गुरु

ज्ञान प्रदान करनेवाला गुरु होता है। लोग गुरु की तलाश में सारे देश को नाप लेते हैं। जब व्यक्ति में सच्चा शिष्यत्व जन्म लेने लगता है, तब गुरु स्वयं आकर उसका दिशा-निर्देश करता है।

श्रीमद्भागवत में महर्षि दत्तात्रेय की कथा आती है। महाराज यदु ने परम

ज्ञानी दत्तात्रेय की आनंद की स्थिति देख उनसे इसका कारण पूछा। तब दत्तात्रेय ने कहा, मैंने 24 गुरुओं से शिक्षा ग्रहण की है।

पृथ्वी से मैंने धैर्य और क्षमा, वायु से अल्प में संतुष्टि, आकाश से सर्वत्र ब्रह्म का दर्शन, जल से मधुरता और पवित्रता तथा अग्नि से अपरिग्रह, चंद्रमा से जीवन में परिवर्तन में सम रहना, सूर्य से त्याग, कबूतर से मोह न करना सीखा, अजगर से भोजन के प्रति उदासीनता, सागर से गंभीरता, पतंगों से इंद्रियों के वश में होना, भँवरे से किसी एक व्यक्ति पर भार न देना।

हाथी से काम के अधीन न होना, शहद निकालने वाले से धन का संचय न करना, हिरण से संगीत गान में अधिक रुचि न लेना, मछली से स्वाद पर संयम और वेश्या से धन व शरीर के सुख की आशा छोड़ने की शिक्षा ली।

कुकर पक्षी से भोग का साधन छोड़ने, छोटे बालक से मान-अपमान में स्थिर रहकर आत्मा में स्थिर रहने की, कन्या की बजती चूड़ी से एकांतवास की, बाण बनाने वाले से एकाग्रता की, साँप से अनिकेत (मकान रहित) रहने की, मकड़ी के जाल बनाने व निगलने से सृष्टि की रचना और अंत में भृंगी से विचार और चिंतन के प्रभाव की शिक्षा ली।

गुरु के रूप में प्रतिष्ठित दत्तात्रेय का यह आख्यान बताता है कि यदि हममें ज्ञान के प्रति सच्ची ललक है तो गुरुओं की तलाश में भटकने की आवश्यकता नहीं है। ज्ञान विभिन्न माध्यमों से प्रकट होकर हमें प्राप्त होता है।

□

इंद्र के अहंकार का दमन

देवताओं के राजा इंद्र का अहंकार चरम पर था। उन्होंने विश्वकर्मा को अपने लिए एक विशाल महल बनाने की आज्ञा दी। कई वर्षों तक महल का काम चलता रहा। इसी बीच इंद्र के अहंकार को जानकर भगवान् विष्णु एक बालक का रूप धारण करके उस स्थान पर पहुँचे, जहाँ महल तैयार हो रहा था।

इंद्र भी वहीं था। विष्णु ने बालक रूप में महल को आश्चर्य से देखते हुए पूछा, "इस महल को कितने विश्वकर्मा बना रहे हैं?" इंद्र ने हँसकर कहा, "तुम

कैसी बातें कर रहे हो।" बालक बने विष्णु बोले, "मैंने तो सुना है कि यह संसार बहुत बड़ा है, इसमें कई ब्रह्मांड हैं और उसमें न जाने कितने ब्रह्मा, विष्णु, शिव तथा विश्वकर्मा हैं।"

अभी उनकी बात समाप्त न हो पाई थी कि वहाँ एक वयोवृद्ध महात्मा आए। उन्होंने कहा, "मेरा नाम लोमश है। एक इंद्र के समाप्त होने पर मेरे शरीर का एक रोयाँ गिर जाता है। पता नहीं कितने इंद्र, ब्रह्मा आदि मर गए और कितने और मरेंगे। मुझे भी मरना है, यही सोचकर मैंने अपनी गृहस्थी नहीं बसाई।"

मेरे पास अपना कहने को एक झोंपड़ी तक नहीं है। जब इंद्र ने सुना कि इतनी लंबी आयु वाले व्यक्ति ने अपने रहने की चिंता नहीं की तो उसे अपने अहंकार का पता चला। अपनी भूल पर पछताते हुए उसने विश्वकर्मा को महल-निर्माण के कार्य से तुरंत मुक्त कर दिया।

□

परमात्मा की खोज ज्ञान से नहीं

सत्य की खोज स्वयं की खोज या परमात्मा की खोज न तो ज्ञान से होती है, न भक्ति से, क्योंकि ज्ञान भी हमारे अहंकार के केंद्र पर इकट्ठा हो जाता है और भक्ति भी। मनुष्य का अहंकार जहाँ है, यहाँ कोई संभावना सत्य के द्वार खुलने की नहीं है और मनुष्य जो कुछ भी करेगा, वह सभी उसके अहंकार का पोषण बन जाता है। पीछे मैं कर रहा हूँ, इस भावना को छोड़ना असंभव है।

वह चाहे समर्पण कर दें, तो भी मैंने भी किया है। समर्पण या बोध पीछे खड़ा रह जाएगा। वह चाहे सेवा करे, वह चाहे शास्त्रों से ज्ञान को अर्जित करे, वह चाहे प्रेम करे, लेकिन मैं का भाव, ईगो, अहंकार पीछे खड़ा रहेगा और जो कुछ भी किया जाएगा, उस सबसे वह अहंकार और भी बलिष्ठ हो जाता है।

अहंकार के अतिरिक्त और कोई अवरोध नहीं है, अहंकार के अतिरिक्त और कोई बंद द्वार नहीं है। इसलिए मनुष्य कुछ भी करे—चाहे ज्ञान, चाहे भक्ति, चाहे त्याग—जो भी मनुष्य करेगा, उसके द्वारा नहीं पहुँचा जा सकता है। इसलिए मैंने पहली रात आपको कहा था, जो दौड़ेगा वह खो देगा, जो रुक जाएगा वह

पा लेता है, जो कुछ करेगा, वह नहीं पा सकेगा, लेकिन जो न करने की स्थिति में ठहर जाएगा, वह निश्चित ही उपलब्ध कर लेता है।

□

स्वयं का शत्रु है क्रोध

क्रोध एक ऐसा दुर्गुण है, जो अपने आश्रयदाता का तेजी से विनाश करता है। इससे बचने का मार्ग भी बड़ा आसान है और वह है—क्रोध से पीड़ित व्यक्ति के उकसावों का प्रतिकार न करना तथा शांति बनाए रखना। श्रीमद्भागवत में महर्षि दुर्वासा और अंबरीश की एक कथा है। क्रोधी स्वभाव के लिए प्रसिद्ध दुर्वासा राजा अंबरीश की कीर्ति से ईर्ष्यावश एकादशी के दिन राजा के पास पहुँचे।

उन्होंने अंबरीश से उपवास छोड़ने के लिए भोजन कराने को कहा और स्नान करने चले गए। राजा अंबरीश के साथ बच्चे-बूढ़े, पशु--पक्षी सभी ने एकादशी का व्रत रखा था। वे सब भूख से व्याकुल होने लगे। राजा ने जल पीकर व्रत खोला और प्रजा ने भोजन किया। देर से लौटे दुर्वासा अंबरीश द्वारा उनकी प्रतीक्षा किए बिना भोजन करने पर आग-बबूला हो गए।

अंबरीश को मारने के लिए उन्होंने कृत्या उत्पन्न की, लेकिन इस सारे घटनाक्रम में अंबरीश का अप्रतिकार देखने योग्य रहा। सारे आक्रमणों में वे शांत बने रहे। कहते हैं, भक्त की रक्षा के लिए भगवान् विष्णु के सुदर्शन चक्र ने कृत्या का अंत किया और दुर्वासा के पीछे चल पड़ा।

प्राणों की रक्षा के लिए तीनों लोकों में घूमने के बाद अंत में दुर्वासा को अंबरीश की शरण में ही जाना पड़ा, लेकिन इस विजय की घड़ी में भी अंबरीश को न राग था न द्वेष। उल्टे उन्होंने सुदर्शन चक्र व दुर्वासा से क्षमा माँगी। ऐसी वैष्णवी सहिष्णुता देख महर्षि भी नतमस्तक हो गए। यह कथा बताती है कि क्रोध पर अक्रोध की एवं हिंसा पर अहिंसा की ही विजय होती है।

□

सत्य की खोज

सम्राट् बिंबिसार को सत्य का स्वरूप जानने की इच्छा हुई। उन्होंने भगवान् महावीर से कहा, "भगवन्, मनुष्य को दुःख से मुक्ति दिलाने वाले सत्य को मैं जानना चाहता हूँ। सत्य को मैं प्राप्त करना चाहता हूँ। उसे प्राप्त करने के लिए मेरे पास जो कुछ भी है, वह सब देने के लिए मैं तत्पर हूँ।" सम्राट् की बात सुनकर भगवान् महावीर को लगा कि दुनिया जीतने वाला सम्राट् सत्य को भी उसी भाँति जीतना चाहता है। अहंकार के वशीभूत वह सत्य को भी क्रय की वस्तु मान रहा है और उसे खरीदना चाहता है। उन्होंने बिंबिसार से कहा, "सम्राट् सत्य को प्राप्त करने के लिए पहले आपको सामयिक का फल प्राप्त करना होगा। अपने राज्य के पुण्य श्रावक से आप सामयिक का फल प्राप्त कीजिए।"

उसके सहारे सत्य और मोक्ष-प्राप्ति के मार्ग पर आगे बढ़ सकते हैं। बिंबिसार सामयिक फल का अर्थ नहीं जानते थे। वे पुण्य श्रावक के पास गए और उन्होंने उनसे कहा, "श्रावक श्रेष्ठ! मैं याचक बनकर आपके पास आया हूँ, मैं सत्य को जानना चाहता हूँ। मुझे सामयिक फल दीजिए। उसके लिए आप जो मूल्य माँगोगे, मैं दूँगा।" श्रावक ने कहा, "महाराज! सामयिक फल कोई किसी को दे नहीं सकता। उसे तो खुद ही प्राप्त करना पड़ता है और अपने मन से राग-द्वेष को हटाने का ही दूसरा नाम है—सामयिक फल। यह कोई किसी को कैसे दे सकता है? उसे तो आपको खुद ही प्राप्त करना होगा। सत्य को न खरीदा जा सकता है, न उसे दान या भिक्षा के द्वारा पाया जा सकता है और न ही उस पर आक्रमण करके विजय प्राप्त की जा सकती है।" सम्राट् बिंबिसार को अपनी गलती का एहसास हुआ। श्रावक ने उन्हें बताया, "शून्य के द्वार से सत्य का आगमन होता है और अहं जब शून्य होगा, तभी सत्य का आगमन होगा।"

□

कबीर की सत्यनिष्ठा

महात्मा कबीर का पालन-पोषण एक जुलाहे के घर हुआ था। एक बार कबीर रुई पींज रहे थे, पास ही पींजी हुई रुई का ढेर लगा था। उसी समय एक आदमी दौड़ता हुआ कबीर के पास आया और बोला, "महाराज, कृपा करके मुझे बचा लीजिए। मैं निरपराध हूँ। सिपाही किसी चोर के बदले मुझे पकड़ना चाहते हैं। मुझे कहीं छिपा लीजिए, वरना मैं बेमौत मारा जाऊँगा।"

कबीर ने उसकी तरफ देखा और कहा, "इस रुई के ढेर में छिप जाओ।" और वह आदमी तत्काल रुई के ढेर में छिप गया। कबीर फिर से रुई पींजने में तल्लीन हो गए। तभी सिपाही आ गए।

उन्होंने कबीर को प्रणाम किया और पूछा, "यहाँ कोई चोर तो नहीं आया न?" कबीर ने सहजभाव से उत्तर दिया—"चोर तो इस रुई के ढेर में छिपा है।" सिपाहियों ने इस बात को मजाक समझा और वहाँ से चले गए।

थोड़ी देर बाद रुई के ढेर में छिपा आदमी बाहर आया और गुस्से से बोला, "ऐसे मौके पर सच बोलने की क्या जरूरत थी। अगर मैं पकड़ा जाता तो?" कबीर ने कहा, "भैया, इतना नाराज क्यों होते हो? यदि मैं सच नहीं बोलता तो वे तुम्हें जरूर ढूँढ़ लेते। यह मेरे सच बोलने का ही नतीजा है कि सिपाही चले गए और तुम्हारी जान बच गई।"

□

दुर्व्यवहार का नतीजा

एक राजकुमार था। वह बड़ा ही घमंडी और उद्दंड था। उसके मुँह से सदा कठोर बचन निकलते रहते थे। राज्य के लोग उसके इस दुर्व्यहार से बहुत तंग और परेशान थे। राजा उसे बहुत समझाता था, लेकिन उस पर कोई असर नहीं होता था। विवश होकर राजा भगवान् बुद्ध के पास गया और उन्हें अपनी परेशानी कह सुनाई।

बुद्ध ने उसे सांत्वना देकर कहा, "घबराओ नहीं, सब ठीक हो जाएगा।"

इसके बाद फिर एक दिन राजकुमार बुद्ध से मिलने आया। बुद्ध ने उससे कहा, "सामने रखे पौधे से कुछ पत्तियाँ तोड़ लाओ।"

राजकुमार पत्तियाँ तोड़ लाया।

बुद्ध बोले, "इन्हें खा लो।"

राजकुमार ने ज्यों ही पत्तियाँ मुँह में डालीं कि थूक दीं। इतना ही नहीं, वह दौड़कर गया और उस पौधे को उखाड़कर फेंक दिया।

बुद्ध ने पूछा, "क्यों क्या हुआ ?"

राजकुमार ने कहा, "इस पौधे की पत्तियाँ कड़वी हैं। आगे चलकर यह पौधा विषवृक्ष बन जाएगा, इसलिए मैंने इसे उखाड़ दिया।"

बुद्ध मुस्कराए। बोले, "राजकुमार, तुम लोगों से कड़वी बातें कहते हो। अगर वे भी तुम्हारे दुर्व्यवहार से क्षुब्ध होकर वही करें, जो तुमने इस पौधे के साथ किया है तो क्या नतीजा निकलेगा ?"

राजकुमार को अपनी भूल का एहसास हुआ और उस दिन से उसने अपना व्यवहार बदल दिया।

□

संघर्ष की आग में तपकर बने महान्

कई उत्कृष्ट लोगों ने अपने जीवन में समस्याओं और बाधाओं को पार किया। ज्यादातर अमर साहित्य जेलों में लिखा गया। हर काल के महानतम चिंतकों के महानतम विचारों में से अधिकांश को आग से गुजरना पड़ा। बनयन ने 'पिलग्रिम्स प्रोग्रेस' जेल में लिखी थी। फ्लोरेंस नाइटिंगेल इतनी बीमार थी कि बिस्तर से नहीं उठ सकती थीं, फिर भी उन्होंने इंग्लैंड के अस्पतालों को पुनर्गठित किया। लकवे के आधे शिकार और एपीलेप्सी के लगातार खतरे के बीच पाश्चर इस बीमारी पर अथक आक्रमण करते रहे।

अपने जीवन के ज्यादातर समय अमेरिकी इतिहासकार फ्रांसिस पार्कमैन इतने ज्यादा बीमार रहे कि वे एक बार में पाँच मिनट से ज्यादा काम नहीं कर

सकते थे। उनकी आँखों की रोशनी इतनी खराब थी कि किसी पांडुलिपि पर सिर्फ कुछ बड़े-बड़े शब्द घसीटकर लिख पाते थे, परंतु इसके बावजूद उन्होंने इतिहास पर बीस शानदार किताबें लिखीं।

किसी व्यक्ति को आप फोर्ज घाटी की बर्फ में दफन कर दें, तो आपको एक जॉर्ज वाशिंगटन मिल जाता है। उसे बेहद गरीबी में बड़ा करें, तो आपको एक अब्राहम लिंकन मिल जाता है। उसे शिशु-पक्षाघात (इन्फैटाइल पैरालिसिस) का शिकार बना दें, तो वह फैकलिन डी. रूजवेल्ट बन जाता है। उसे मंदबुद्धि कहें, उसे अशिक्षणीय कहकर नकार दें, तो आपको अल्बर्ट आइंस्टाइन मिल जाता है। जूझने की क्षमता और आगे बढ़ने की इच्छाशक्ति को इस बात से समझा जा सकता है कि अगर आपको इंद्रधनुष चाहिए, तो आपको बारिश को भी सहन करना पड़ेगा।

□

विश्वास सफलता की कुंजी

अध्यात्म के द्वारा मनुष्य ऐसी आत्मिक शक्तियों को प्राप्त कर सकता है, जिनके माध्यम से बाधाओं पर विजय प्राप्त करके लक्ष्य की सिद्धि सुगमता से हो सकती है। स्वामी विवेकानंद के जीवन की एक ऐसी ही घटना है। भारतीय दर्शन का प्रचार करने वे अमेरिका गए। कुछ दिन भ्रमण करते उनकी जमा पूँजी खत्म हो गई।

एक व्यक्ति ने बोस्टन जाने का किराया दिया और विश्व धर्म सम्मेलन के एक सदस्य के नाम पत्र भी। वह पत्र मार्ग में कहीं खो गया। ठंड के मारे उन्हें लकड़ी के बक्से में रात बितानी पड़ी। वे सुबह पैदल चल पड़े। थककर एक आलीशान भवन के नीचे बैठ गए और सोचने लगे, अब क्या करूँ? पत्र भी खो गया, अब धर्म सम्मेलन में प्रवेश कैसे हो? उन्होंने ईश्वर से प्रार्थना की। उस भवन से एक संभ्रांत महिला इस दिव्य मुख मंडल वाले संन्यासी को एकटक देख रही थी। उसने स्वामीजी को ऊपर बुलाया। यह महिला श्रीमती एच.डब्ल्यू. हैल थीं, जिनकी पहुँच इस विश्व सम्मेलन के सदस्यों तक थी। स्वामीजी को सम्मेलन में सही प्रतिनिधित्व प्राप्त हो गया।

ऋग्वेद में लिखा है, 'वह व्यक्ति परमात्मा की शक्ति प्राप्त करता है, जिसका हृदय संदेह से मुक्त है तथा विश्वास से भरा हुआ है।'

□

अहिंसा

मोहनदास को बचपन में पेड़ों पर चढ़ने का शौक था। एक बार उनके बड़े भाई ने उन्हें पेड़ पर चढ़ते देखा तो टाँग पकड़कर नीचे उतार दिया। वह रोते हुए घर आए।

"माँ, भाई ने मुझे मारा है," उन्होंने शिकायत की। "तो तू भी उसे मार," माँ ने उन्हें कह दिया। "नहीं माँ, मैं उसे नहीं मारूँगा। आप मारने वाले को तो मारने से रोकती नहीं, मार खाने वाले को ही मारना सिखाती हैं।" माँ ने उनकी बात सुनी तो चकित रह गई। "तुझे ऐसा जवाब कहाँ से सूझा, रे मोहन? कौन सिखाता है तुझे ऐसी बातें?" कहकर उन्होंने प्यार से उन्हें गोद में उठा लिया। यह वही मोहनदास करमचंद गांधी थे, जिन्होंने अहिंसा का मार्ग अपनाकर भारत को आजादी दिलवाई और आज हम जिन्हें राष्ट्रपिता कहकर याद करते हैं।

□

निर्णय से पूर्व सोचें

महर्षि रमण के आश्रम के समीप ही एक अध्यापक रहते थे। प्रतिदिन के पारिवारिक कलह से वे बहुत ज्यादा व्यथित हो गए थे। अंत में उन्होंने रोज-रोज की अशांति से मुक्ति पाने के लिए आत्महत्या करने की सोची, किंतु आत्महत्या का निर्णय लेना उन्हें इतना आसान नहीं लगा। मनुष्य को अपने परिवार के भविष्य के बारे में भी सोचना पड़ता है। ऐसी ऊहापोह में पड़े वे अध्यापक महर्षि रमण के आश्रम पहुँचे। महर्षि रमण को प्रणाम कर उन्होंने अपने जीवन की सारी बातें बताकर आत्महत्या के बारे में उनकी राय जाननी चाही।

महर्षि रमण उस समय आश्रमवासियों के भोजन के लिए बड़े मनोयोग से पत्तलें बना रहे थे। वे चुपचाप अध्यापक की बातें सुनने लगे। अध्यापक महोदय को महर्षि की पत्तल बनाने में तल्लीनता और परिश्रम को देखते हुए ऐसा लगा कि उन्हें निर्णय लेने में समय लगेगा। अत: उन्होंने साहस कर पूछ ही लिया, "भगवन्! आप इन पत्तलों को इतने परिश्रम से बना रहे हैं, लेकिन थोड़ी देर बाद भोजन के उपरांत यह कूड़े में फेंक दी जाएगी।"

महर्षि मुस्कराते हुए बोले, "आप ठीक कहते हैं, लेकिन किसी वस्तु का पूर्ण उपयोग हो जाने के बाद उसे फेंकना बुरा नहीं है। बुरा तो तब कहा जाएगा, जब उसका उपयोग किए बिना ही अच्छी अवस्था में उसे कोई फेंक दें। आप तो सुविज्ञ हैं, मेरे कहने का तात्पर्य समझ ही गए होंगे।" इन शब्दों से अध्यापक महोदय की समस्या का समाधान हो गया। उस परिस्थिति में भी उनमें जीने का उत्साह आ गया और आत्महत्या करने का विचार त्याग दिया।

□

मृत्यु के भय से परिवर्तन

सुकरात ने कहा है कि मृत्यु से बड़ा सत्य नहीं है। इसे याद रखना बहुत सी बुराइयों से दूर रहना है। एक बहुत ही सिद्ध और सच्चे भक्त थे। वे सदैव प्रसन्न रहते थे। एक दिन एक शिष्य ने पूछा, "महाराज, आप को कभी अप्रसन्न नहीं देखा, आप कैसे हमेशा प्रसन्न रह पाते हैं?" संत ने उत्तर दिया, "मैं अपनी प्रसन्नता से पहले तुम्हारे बारे में कुछ बताना चाहता हूँ।" "मेरे बारे में," शिष्य ने आश्चर्य से पूछा। संत ने कहा, "हाँ, तुम्हारे बारे में, दरअसल तुम आज से एक सप्ताह बाद ही मृत्यु को प्राप्त हो जाओगे।" यह भविष्यवाणी सुनकर शिष्य सन्न रह गया।

उसके मन पर इनका बहुत गहरा प्रभाव पड़ा और उसी दिन से उसके स्वभाव में आश्चर्यजनक परिवर्तन आ गया। वह छोटी-छोटी बातों से ऊपर उठ गया। सभी से प्रेम-पूर्ण व्यवहार करने लगा, उसके मन में उदारता ने जन्म ले लिया। अचानक एक सप्ताह बाद जब वह संध्या कर रहा था और मन में मृत्यु

की कल्पना थी, तभी वे संत वहाँ आ गए और उससे पूछा, "कहो, कैसा लग रहा है?"

शिष्य ने शांत भाव से उत्तर दिया, "महाराज! इस पूरे सप्ताह मुझे किसी पर क्रोध नहीं आया। कड़वा भी नहीं बोला, बल्कि सब के साथ प्रेमपूर्वक रहा। सोचा, क्यों थोड़े से समय के लिए बुराई का टोकरा सिर पर उठाऊँ।" संत ने कहा, "मैंने तुम्हारी मृत्यु की भविष्यवाणी की थी कि तुम जान सको कि मृत्यु को याद रखनेवाला क्रोध, घृणा व ईर्ष्या आदि के बारे में सोचता भी नहीं और यही मेरे प्रसन्न रहने का कारण है। जाओ, प्रसन्न रहो, अभी तुम्हारी काफी आयु शेष है।"

□

सुगंध से भी सूक्ष्म रहे साधक की सतर्कता

साधक जीवन में सतर्कता के महत्त्व की शायद ही अतिशयोक्ति की जा सकती है। जब व्यक्ति स्वयं के बल पर सत्य की खोज में निकलता है, तब साथ देने के लिए उसके पास सतर्कता ही होती है, जो निरंतर सजग रख उसे अज्ञान की वृत्ति से बचाती है। यह सतर्कता भीतर होती है। इसे बाहर से सीखा नहीं जा सकता, खुद को इसे विकसित करना होता है। आध्यात्मिक साधना का यह अत्यंत महत्त्वपूर्ण अंग है। भगवान् बुद्ध द्वारा कही गई एक जातक कथा है।

एक तालाब के किनारे तपस्वी ब्राह्मण रहता था। एक दिन जब वह बैठा ताल के कमलों के सुवास का आनंद ले रहा था, वनदेवी आई और उसने ब्राह्मण पर चोरी से सुगंध लेने का आरोप लगाया। तपस्वी ने प्रतिवाद किया कि मैंने पुष्प तो तोड़े नहीं, बस पवन के साथ आई सुगंध का ही आनंद लिया है। थोड़ी देर में एक व्यक्ति वहाँ आया और कुछ फूल तोड़कर ले गया। वन देवी ने उससे कुछ न कहा।

यह देख तपस्वी ने इसका कारण पूछा। वनदेवी बोली—मर्यादाहीन व्यक्ति के लिए मेरे पास शब्द नहीं, परंतु शुद्ध चरित्र मनुष्य के जीवन में एक मामूली त्रुटि काले बादल के समान दिखती है।

इस बात से अभिभूत तपस्वी ने देवी से कृपा करने व आगे गलती होने पर

सचेत करने का आग्रह किया। वनदेवी बोली, "मैं यहाँ लोगों को शिक्षा देने के लिए नहीं आई हूँ, मित्र! अपने योग्य मार्ग का चयन स्वविवेक से करो।" बुद्ध ने बताया, वह तपस्वी कोई और नहीं वरन् उनका ही पूर्व जन्म था।

यही स्वविवेक अप्पो दीप भव, अर्थात् स्वयं के प्रकाश दीप भी आप खुद बनो के रूप में बौद्ध धर्म के आधार सिद्धांत के तौर पर स्थापित हुआ है, जिसका मूल निरंतर सतर्क रहने में ही छिपा है।

□

श्रेय का मार्ग चुनें

हम जीवन में निरंतर निर्णय लेते रहते हैं। इस निर्णय से हमारे सामने श्रेय और प्रेय, दो विकल्प आते हैं। श्रेय का अर्थ है, वह जिसे किया जाना चाहिए और प्रेय का अर्थ होता है, वह जिसे हम करना चाहते हैं। कोई आश्चर्य नहीं कि इन दोनों में भेद बना रहता है। जीवन में नैतिकता का हर प्रश्न कहीं-न-कहीं इस श्रेय और प्रेय के बीच चयन को लेकर ही होता है और ऐसा कोई स्थान नहीं, जहाँ इन दोनों का समझौता हो।

दोनों के बीच स्तर का अंतर होता है और जब तक हम क्षुद्र दृष्टि से सुख भोग नहीं छोड़ते, वृहद् दृष्टि के आनंद से दूर रहते हैं। उद्दालक ने विश्वजीत यज्ञ किया और दक्षिणा में वृद्ध और कृश हो चुकी गाय दान की। पुत्र नचिकेता इस दान को समझ न सका और उसने पिता से पूछा, "आपने मुझे किसे दान में दिया?" नचिकेता के इस श्रेयस्कर आचरण के संकेत को न समझ उद्दालक ने क्रोध में कहा, "जा, मैंने तुझे यम (मृत्यु के देवता) को दान दिया।"

कठोपनिषद् में वर्णन आता है, नचिकेता यमलोक गया। कठिन परीक्षा के बाद यम प्रसन्न हुए और उसे तीन वर माँगने को कहा। नचिकेता ने पिता के क्रोध को शांत करने, अग्निविद्या का रहस्य और आत्मतत्त्व संबंधी ज्ञान का वरदान माँगा। यम ने संसार के समस्त सुख-भोग, स्वर्ग आदि का आनंद जैसे कई प्रलोभन देकर नचिकेता को परखा, किंतु श्रेयमार्ग का पथिक नचिकेता तनिक भी विचलित नहीं हुआ और आत्मतत्त्व संबंधी ज्ञान लेकर ही संतुष्ट हुआ।

इसके बाद से अग्निविद्या का नाम नचिकेता के नाम पर पड़ा और यम-नचिकेता का यह संवाद 'कठोपनिषद्' के नाम से प्रसिद्ध हुआ।

□

अन्य को देखकर चोर साधु में परिवर्तन

कभी-कभी किसी आचरण को झूठे रूप में अपना लेना भी मनुष्य के मन-परिवर्तन का कारण बन जाता है। एक चोर राजा के महल में चोरी के उद्देश्य से पहुँचा। उस समय राजा अपनी पुत्री के विवाह की बात रानी से कर रहे थे। उनका विचार था कि पुत्री का स्वभाव बहुत निर्मल है।

अतः किसी साधु से उसका विवाह ठीक रहेगा, ताकि वह शांति से रह सके। राजा की बात सुनते ही चोर ने सोचा कि राजा का दामाद बनने का इससे अच्छा अवसर कहाँ मिलेगा। वह तुरंत वहाँ से लौट गया और गंगा तट पर साधु वेश में रहने लगा। लगभग एक सप्ताह तक वह प्रतीक्षा करता रहा, अंततः राजा के कुछ दूत सच्चे साधु की खोज में आए।

कई साधुओं से उन्होंने राजकुमारी के विवाह का प्रस्ताव रखा, लेकिन अधिकांश साधुओं ने दूतों के प्रस्ताव को ठुकरा दिया। दूत जब साधु बने चोर के पास पहुँचे तो वह पकड़े जाने के भय से मौन रहा। दूतों ने राजा को बताया कि सभी साधु प्रस्ताव को अस्वीकार कर चुके हैं, लेकिन एक साधु इस बात पर मौन धारण किए हुए है।

दूसरे दिन राजा ढेर सी भेंट सामग्री लेकर साधु वेशधारी चोर के पास पहुँचा और विनयपूर्वक अपना प्रस्ताव रखा। चोर इन दिनों में साधु जीवन व्यतीत करते-करते अपना मूल आचरण खोने लगा था।

किसी कारण उसने सोचा कि जब मात्र इस वेशभूषा के कारण राजा तक मेरे सामने हाथ बाँधे खड़ा है तो राजा से बड़ा तो वैसे ही हो गया। क्या करूँगा राजा का दामाद बनकर। एक ही क्षण में उसका हृदय-परिवर्तन हो गया। राजा के प्रस्ताव को ठुकराकर उसने सच में ऋषियों जैसा जीवन अंगीकार कर लिया।

□

बहते जल की तरह निःस्पृह रहे, वह संत

शरीर की भौतिक जरूरतों की पूर्ति गृहस्थ को करनी पड़ती है तो संतों को भी प्रकृति का सम्मान सभी की तरह करना पड़ता है; लेकिन संत मुफलिसी में भी बादशाहों से अधिक प्रसन्न रहते हैं और आम आदमी सब ऐश्वर्य भोगने के बाद भी किसी कंगाल की तरह दुःखी रहता है।

गहराई से देखें तो इसका कारण पदार्थों में आसक्ति है। यदि पदार्थों को आवश्यकता पूर्ति का साधन मात्र समझा जाए (साध्य नहीं) तो कई अनावश्यक क्लेशों से बचा जा सकता है।

इस संबंध में एक कथा है—संत मौलाना वारिस अली शाह के जीवन की घटना है। किसी व्यक्ति ने मौलाना को एक जरीदार बनारसी रजाई भेंट की। उन्होंने रजाई को बड़ी खुशी से ओढ़ लिया। दूसरे ही दिन एक गरीब जुलाहा आया और उसने एक मामूली छींट की रजाई नजर की। मौलाना ने जुलाहे की रजाई ओढ़ ली, उसे कीमती बनारसी रजाई दे दी और बोले, "यह छींट की रजाई ज्यादा खूबसूरत और कीमती है।"

निःस्पृहता का उदाहरण एक बार और देखने को तब मिला, जब एक सिपाही उनके मकान में चोरी के लिए घुसा और कुछ और न पा कुरआन मजीद लेकर चल पड़ा। सिपाही को राह न सूझी। वह पकड़ा गया। उसे देख वारिस अली शाह खूब हँसे और घर का सारा माल उस सिपाही सहित लोगों में बाँट दिया और फिर घर में मिट्टी का बर्तन तक न रखा। शाह ने अपने आचरण से अनासक्त रहने का संदेश दिया।

□

जीवन का सूत्र है बढ़ते चलो

जीवन एक अनवरत यात्रा है। अनंत का हिस्सा, जब तक विभिन्न सोपान पार कर पुनः अपने मूल गंतव्य तक नहीं पहुँच जाता, सफर जारी रहता है।

लोकजीवन में भी हम यही पाते हैं, जो जितनी कर्मठता से अपने लक्ष्यों की ओर प्रयासरत रहता है, उतनी ही शीघ्रता से वह सफल होता है।

ऐतरेय ब्राह्मण के हरिश्चंद्र आख्यान में इसी शिक्षा को सुप्रसिद्ध सूत्र चरैवेति के रूप में दिया गया है, जिसका अर्थ होता है—'चलते रहो, बढ़ते रहो।' हरिश्चंद्र का पुत्र रोहित जब पिता से मिलने नगर आ रहा था, तब इंद्र ने उसे पाँच उपदेश दिए, जिसमें श्लोक के अंत में टेक होता चरैवेति।

उपदेश का मर्म था—बैठने वाले की किस्मत बैठ जाती है, उठने वाले की चमकने लगती है, इसलिए चलते चलो। लेकिन कई बार जीवन के सुखद अनुभवों का आकर्षण ही प्रगति में बाधक बन जाता है। बढ़ते रहने के संदेश को समझाने के लिए श्रीरामकृष्ण परमहंस एक कथा सुनाते थे। ब्रह्मचारी ने लकड़हारे को वन में आगे बढ़ते जाने का उपदेश दिया।

वह आगे बढ़ा तो चंदन का जंगल मिला। वह बहुत खुश हुआ और धनवान बना। फिर उसने सोचा कि मुझे तो आगे बढ़ने के लिए कहा गया था, चंदन वृक्षों तक जाने के लिए नहीं, सो वह आगे बढ़ा। वहाँ उसे चाँदी की खान मिली। वहाँ भी संपन्न हो वह नहीं रुका, आगे बढ़ा तो सोने की खान मिली। लकड़हारा इतने पर भी शिथिल न हुआ और आगे उसे हरि-रत्न आदि की खानें मिलीं। जीवन की यात्रा में इसी प्रकार अनमोल खजाने बिखरे पड़े हैं, जो पथिक पड़ाव को ही गंतव्य नहीं मानता तथा निरंतर आगे बढ़ता जाता है, वह अनंत ऐश्वर्य का अधिकारी बनता है।

□

दूसरों का दुःख हमसे ज्यादा नहीं

एक दुःखी व्यक्ति को ऐसा लगता था कि उसका दुःख संसार में सबसे अधिक है। एक बार एक संत से उसकी मुलाकात हो गई। उसने उनसे अपने दुःख के बारे में बात की। संत ने उसे सुझाव दिया कि अपने दुःख की गठरी को गाँव के बाहर पीपल के पेड़ पर लटका आओ।

वहाँ और लोग भी अपने-अपने दुःखों की गठरी लेकर आनेवाले हैं, वहाँ

शायद तुम्हारे दुःखों का निवारण हो सके। अगले दिन वह व्यक्ति पीपल के पेड़ के पास अपने दुःखों की गठरी लेकर पहुँचा। उसने देखा कि वहाँ असंख्य गठरियाँ लटक रही हैं। संत वहीं बैठे थे।

उन्होंने उस व्यक्ति से कहा, "तुम्हारी समस्या यह है कि तुम्हें अपना दुःख दूसरों से ज्यादा लगता है। तुम ऐसा कर सकते हो कि यहाँ जो दूसरी गठरियाँ लटक रही हैं, उनमें से कोई छोटे दुःख की गठरी छाँट लो और अपनी बड़ी गठरी वहाँ लटका आओ। वह व्यक्ति पेड़ के पास पहुँचा, लेकिन किसी भी दूसरी गठरी से अपनी गठरी नहीं बदल सका। उसने सोचा, अपना दुःख तो जाना-पहचाना है।

उसके साथ रहने का अभ्यास हो गया है। दूसरे का दुःख भले ही छोटा हो, लेकिन पता नहीं कैसा हो? यह भी हो सकता है कि वह मेरे लिए बड़ा साबित हो। काफी देर तक अनिर्णय की स्थिति में रहकर जब वह अपनी गठरी उठाकर वापस जाने लगा तो संत उसके पास आए और उसके कंधे पर हाथ रखकर बोले कि अपना दुःख परिचित होने के कारण ज्यादा सहनीय होता है। इसे दोस्त बनाओ। यह परेशान नहीं करेगा।

□

स्वतंत्रता का अर्थ

जॉर्ज बर्नार्ड शा ने कहा है, स्वतंत्रता का अर्थ उत्तरदायित्व है, इसलिए अधिकांश लोग इससे डरते हैं। चालीस साल पहले आधुनिक युग के चिंतक जे. कृष्णमूर्ति द्वारा संचालित विद्यालय की बारह वर्षीय एक छात्रा ने अपने अध्यापक से निवेदन किया—मेरी प्रबल इच्छा है कि मैं स्वतंत्रता का उपभोग करती हुई जीवन व्यतीत करूँ। मैं जब चाहूँगी, कक्षा में आऊँगी और जहाँ जाने का मन होगा, वहाँ जाऊँगी।

अध्यापक ने बड़े स्नेह के साथ उत्तर देते हुए कहा, यदि स्वतंत्रता के बारे में तुम्हारी यही अवधारणा है तो तुम जो चाहो सो करो, परंतु अपने शरीर की सुरक्षा के संबंध में सावधान रहना।

बालिका चली गई, लेकिन आधा घंटा व्यतीत होने से पहले ही वह लौट आई। इसका कारण जब पूछा गया, तब उसने उत्तर दिया, इस अल्प अवधि में मैंने अनुभव किया कि स्वतंत्र होने का मतलब है, अपने विचारों एवं कार्यों के परिणाम स्वयं ही भोगना, इसके लिए कोई अन्य व्यक्ति उत्तरदायी नहीं होगा।

आठवीं कक्षा में पढ़ने वाली इस बालिका की उक्त अनुभूति यह स्पष्ट करती है कि जीवन में स्वतंत्रता का अर्थ है—आत्मशासन एवं आत्मानुशासन। स्वतंत्र वातावरण में सत्य एवं ईमानदारी के बल पर श्रम करते हुए सभी सकारात्मक विचार एवं कार्य संपन्न होते हैं।

इसलिए अंग्रेजी के सुविख्यात कवि जॉन मिल्टन ने लिखा है कि जब लोग स्वतंत्रता-स्वतंत्रता चिल्लाते हैं, तब उनका अभिप्राय उच्छृंखलता से होता है; क्योंकि स्वतंत्रता से प्रेम करने के पहले व्यक्ति को ज्ञानवान और नेक होना चाहिए।

□

संत हृदय नवनीत समाना

संतों का हृदय मक्खन के समान कोमल होता है। या यों कहें कि जिसका दिल दूसरों के कष्टों को देखकर पिघलता है, वही संत होता है। दूसरों के दुःखों के प्रति उनकी सहानुभूति सच्ची होती है।

यही कारण है कि संसार के कष्ट पा रहे मनुष्य उनके चरणों में बैठ शांति का अनुभव करते हैं। संतों का प्रेम मनुष्य तक सीमित भी नहीं रहता, पशु-पक्षी, पेड़-पौधे सब उनके प्रेम के भागीदार होते हैं।

संत सलीम चिश्ती का जीवन ऐसे ही प्रेम का जीवंत उदाहरण था। एक बार उनकी जानकारी में आया कि शहंशाह अकबर के सरदारों व दरबारियों के लड़के फतेहपुर सीकरी (जो उस समय भारत की राजधानी थी) के नजदीक के जंगलों में जानवरों का अंधाधुंध शिकार करते हैं। वे बहुत दुःखी हुए।

उन्होंने तत्काल अकबर को अपनी झोंपड़ी में बुलाया और जमकर फटकार लगाई। परिणाम यह हुआ कि अकबर ने न केवल जानवरों के शिकार पर पाबंदी

लगा दी, बल्कि राजधानी को भी आगरा ले आए।

संतों की संवेदना ने प्रकृति की रक्षा का पाठ पढ़ाया। जिसमें भेदभाव का स्थान नहीं होता, वरन् सारी कायनात परमेश्वर की ही कृति के रूप में दिखती है।

प्रकृति से आत्मवत् प्रेम के द्वारा पर्यावरण की रक्षा की यह भारतीय दृष्टि उपयोगितावादी पर्यावरण रक्षा के प्रचलित सिद्धांत से कहीं अधिक गहरी और नैतिक है; इसमें संदेह नहीं कि भोगवाद से प्रेरित विज्ञान से पृथ्वी की रक्षा इसी संवेदनशीलता में निहित है।

□

श्रद्धा से प्रबल होता है ज्ञान

श्रद्धा का भाव अनमोल है। जब मानव अंतर्मन में यह प्रस्फुटित होता है, तो इच्छा-शक्ति को एक विरला ही बल प्राप्त होता है। कुदरत के नियम तब बौने हो जाते हैं और ऐसे भाव से संपन्न मनुष्य के संकल्प के आड़े कोई ताकत नहीं आती; उसे ज्ञान, चरित्र व अन्य विधाएँ सहज प्राप्त हो जाती हैं।

ऐसे ही गुणों से युक्त सनंदन आचार्य शंकर का विशेष प्रिय शिष्य था। अन्य शिष्य उससे ईर्ष्या करते। यह देख आचार्य ने उन्हें शिक्षा देने की सोची। हिमालय में अलकनंदा नदी के एक किनारे आचार्य की कुटी थी और दूसरे किनारे सनंदन की। एक दिन आचार्य ने उच्च स्वर में पुकारा—"सनंदन! सनदन! शीघ्र आओ।"

गुरु निश्चय ही किसी संकट में हैं, ऐसा सोच सनंदन अलकनंदा की जलधारा में कूद पड़ा। दूसरी ओर खड़े शिष्य उसकी मृत्यु निश्चित मान विलाप करने लगे। कहते हैं, नदी में सनंदन गुरु के चिंतन में जब दौड़ पड़ा, तब जहाँ उसके पैर पड़ते, उसके नीचे कमल खिल उठते। हाँफते हुए वह आचार्य के पास पहुँचा।

अन्य शिष्य यह सब देख अवाक् रह गए। इसी घटना को ध्यान में रख आचार्य ने सनंदन का नाम 'पद्मपाद' रखा। दूसरे शिष्य ने भी दुर्भाव रखने के लिए क्षमा माँगी। सबको आशीर्वाद देते हुए आचार्य बोले, "पद्मपाद के समान बनने का

प्रयत्न करो, तभी वह मनुष्य जन्म सार्थक होगा।" निष्ठा और निश्छल मन के बिना ज्ञान रूक्ष और अपूर्ण है। वस्तुतः ज्ञान को सच्चा बल श्रद्धा से ही प्राप्त होता है। □

मृत्यु बताती है— कौन है ज्ञानी, कौन अज्ञानी

भौतिक उपलब्धियाँ जीवन में चाहे जितनी महत्त्वपूर्ण लगें, अंत में उनका मूल्य नगण्य ही सिद्ध होता है। मृत्यु की तलवार धनवान-निर्धन, ज्ञानी-मूर्ख, सब पर समान रूप से चलती है। उसी व्यक्ति का जीवन सफल कहा जा सकता है, जिसको अंत में सुख और आत्म-संतुष्टि प्राप्त होती है।

उस अंतिम क्षण में सारे जीवन का हिसाब-किताब हो जाता है और ऐसे समय सच्चा आदमी संतुष्टि पाता है तथा भोगी व्यक्ति मूढ़ सिद्ध होता है। कथा है, एक साहूकार था। उसे धन बटोरने का भारी चस्का था।

अपनी इस योग्यता पर उसे खासा गुमान भी था। साधू-फकीर जब उसके द्वार पर आते तो वह उनकी सेवा करता और कभी-कभी चुटकी भी लेता। एक दिन उसने एक फकीर को भोजन कराया। एक आईना देकर कहा कि अपने प्रवास में आपको जो व्यक्ति सबसे बड़ा मूर्ख दिखे, उसे यह दे दीजिएगा।

फकीर ने विदा ली। वर्षों बीत गए। फकीर घूमता-फिरता पुनः साहूकार के नगर पहुँचा। साहूकार के घर जाकर देखा तो वह अंतिम शय्या पर था। फकीर ने उससे पूछा, "सेठ, क्या कोई ऐसी विद्या तुम जानते हो, जिससे तुम्हारे प्राण बच सकें?" सेठ ने कातर भाव से गर्दन हिलाकर इंकार किया।

फकीर ने फिर पूछा, "क्या तुम्हारा धन तुम्हें इस मौत से बचा सकता है?" साहूकार बोला, "नहीं महाराज।" फकीर ने तब अपने झोले से वह आईना निकाला और सेठ को देकर कहा, "सेठ, मुझे अब तक सबसे बड़े मूर्ख तुम ही मिले जिसने धन के आगे अपनी जिंदगी व्यर्थ गँवा दी।"

□

सबसे कीमती भेंट

एक व्यापारी ने व्यापार में खूब कमाई की। उसकी तिजोरियाँ भर गईं। एक दिन उसने एक बहुत ही मूल्यवान वस्तु खरीदी और उसे ईसा मसीह को अर्पित करने चल दिया।

पुलकित मन से वह उनके पास पहुँचा और अपनी भेंट आगे करके बोला, "प्रभु, मेरी इस तुच्छ भेंट को स्वीकार कीजिए।" ईसा मसीह ने व्यापारी की ओर देखा, फिर उस वस्तु पर निगाह डाली और नीचे देखने लगे।

उनकी भाव-भंगिमा से व्यापारी का सारा उल्लास खत्म हो गया। उसने विनम्र शब्दों में कहा, "प्रभो, यह चीज बड़ी कीमती है। मैंने बड़ी कठिनाई से जुटाई है। इसे ग्रहण कर मुझे उपकृत कीजिए।"

ईसा मसीह ने दृष्टि ऊपर उठाकर कहा, "मैं यह भेंट नहीं ले सकता। तुमने इसे चोरी के पैसे से खरीदा है।" व्यापारी को काटो तो खून नहीं। बोला, "यह आप क्या कहते हैं? मैंने तो इसे अपनी मेहनत की कमाई से खरीदा है।"

ईसा बोले, "तुम्हारा पड़ोसी भूखा हो और तुम्हारी तिजोरी भरी हो, तो यह पैसा चोरी का नहीं तो और किसका हो सकता है? तुम इस भेंट को ले जाओ और इसे बेचकर जो पैसे मिलें, उसे भूखों को खाना और गरीबों को कपड़ा देने में खर्च करो।"

व्यापारी ने प्रार्थना करते हुए कहा, "प्रभो, मेरे पास अभी बहुत धन है। आप जो आदेश दे रहे हैं, मैं उसका पालन करूँगा, पर भेंट को तो आप ले ही लीजिए।" लेकिन ईसा मसीह ने वह भेंट नहीं ली। बोले, "जो जरूरतमंदों की सहायता करता है, वह मुझे सबसे कीमती भेंट देता है। इंसान की सेवा, मेरी ही सेवा है।"

□

लालच बुरा है

एक बार एक व्यक्ति ने टालस्टाय से पूछा, "जीवन क्या है?" टालस्टाय ने एक क्षण उस व्यक्ति की तरफ देखा, फिर कहा, "एक बार एक यात्री जंगल से गुजर रहा था। अचानक एक जंगली हाथी उसकी तरफ झपटा, बचाव का अन्य कोई उपाय न देखकर वह रास्ते के एक कुएँ में कूद गया।

"कुएँ के बीच में बरगद का एक मोटा पेड़ था। यात्री उसी की एक जटा पकड़कर लटक गया। कुछ देर बाद उसकी निगाह कुएँ में नीचे की ओर गई, नीचे एक विशाल मगरमच्छ अपना मुँह फाड़े उसका नीचे टपकने का इंतजार कर रहा था। डर के मारे उसने अपनी निगाह ऊपर कर ली, ऊपर उसने देखा कि शहद के एक छत्ते से बूँद-बूँद मधु टपक रहा है। स्वाद के सामने वह भय को भूल गया। उसने टपके हुए मधु की ओर बढ़कर अपना मुँह खोल दिया और तल्लीन होकर बूँद-बूँद मधु पीने लगा, किंतु यह क्या? उसने आश्चर्यचकित होकर देखा, वह जटा के जिस मूल को पकड़कर लटका हुआ था, उसे एक सफेद और एक काला चूहा कुतर-कुतरकर काट रहे थे।

प्रश्नसूचक मुद्रा देख टालस्टाय ने कहा, "नहीं समझे तुम? वह हाथी काल था, मगरमच्छ मृत्यु था, मधु जीवनरस था और काला तथा सफेद चूहा रात-दिन। इन सबका सम्मिलित नाम ही जीवन है।"

□

सम्यक् आहार-विहार से जीवन का विकास

शरीर का भोगों द्वारा पोषण व्याधि को आमंत्रण देना है। बुद्ध कहते हैं—शरीर की सम्यक् आवश्यताओं को पूर्ण कर मस्तिष्क को दया, करुणा, सम्यक् दृष्टि, व्यवहार आदि से पोषित करना चाहिए, क्योंकि जो भोगों का चयन करता है, वह भोगों द्वारा लील लिया जाता है। निर्वाण मार्ग का पथिक सुखी और लंबा जीवन जीकर परम सत्य ही उपलब्ध होता है।

भगवान् बुद्ध श्रावस्ती में ठहरे हुए थे। एक धनवान व्यक्ति उनके पास आया, जो कई रोगों से पीड़ित था। वह हाथ जोड़कर प्रभु से बोला, "भगवन्, मुझे क्षमा करें, मैं आपके योग्य रीति से प्रणाम नहीं कर सकता। मैं मोटापे के आलस्य सहित कई व्याधियों से परेशान हूँ। मैं घूम-फिर भी नहीं सकता।" तथागत ने उसके ऐश्वर्यमय जीवन को देखा और बोले, "क्या तुम इन बीमारियों का कारण जानना चाहते हो?"

उसने हामी भरी। बुद्ध बोले, "अधिक भोजन, निंद्रा, सुख-भोग, विवेकहीनता और श्रमहीनता—ये पाँच कारक तुम्हारी वर्तमान अवस्था के लिए जिम्मेवार हैं। भोजन में सम्यकता अपनाओ एवं स्वयं श्रम करो, जिससे तुम्हारी क्षमताएँ उपयोग में आएँ और दूसरों का कल्याण करो। इससे तुम्हें सुदीर्घ जीवन मिलेगा।"

उस व्यक्ति ने बुद्ध की सलाह पर चलना आरंभ किया और कुछ समय बाद पुन: स्वस्थ तारुण्य पाकर तथागत के पास पहुँचा और बोला, "भगवन्! मैंने शरीर की व्याधियों से छुटकारा पा लिया है। अब आपके पास मैं पूर्ण ज्ञान प्राप्त करने आया हूँ।" बुद्ध बोले, "सांसारिक व्यक्ति शरीर का पोषण करते हैं और नाश को प्राप्त होते हैं। जो सम्यक् जीवन के मार्ग पर चलता है, वह बुराइयों से मुक्त होकर दीर्घ जीवन प्राप्त करना है।"

□

चरित्र-धर्म प्रचार का साधन

धर्ममत के प्रचार का मार्ग क्या है? इस संबंध में परंपराओं में भेद है और इसके चलते विश्व भर में बड़ी अशांति भी फैलती है। फिर भी व्यक्ति जब धर्ममत संबंधी चर्चा करता है, तो उसके द्वारा इस दौरान किया गया मूल्यांकन किसी मत का प्रचार, तो किसी का अप्रचार करता है।

इतिहासकारों के अनुसार विश्व का प्रथम प्रचारक धर्म संभवतया बौद्ध धर्म रहा है। धर्ममत के प्रचार के सही मार्ग का दर्शन हमें भगवान् बुद्ध और उनके शिष्य पूर्ण के संवाद में मिलता है। पूर्ण ने बुद्ध से सुनापरांत देश में धर्म प्रचार

के लिए जाने की अनुमति माँगी। बुद्ध ने पूछा—उस प्रांत के लोग कठोर हैं। वे तुम्हें गालियाँ देंगे, तब तुम क्या करोगे? पूर्ण ने कहा, "ये लोग बड़े अच्छे हैं, जो अपशब्द ही बोलते हैं, मारते नहीं।" बुद्ध ने पूछा, "यदि वे मारेंगे तो क्या करोगे?" पूर्ण बोला, "तब सोचूँगा, ये लोग कितने अच्छे हैं कि पत्थर तो नहीं मारते।"

बुद्ध ने पूछा, "यदि वे पत्थर फेंकें तो?" पूर्ण बोला, "फिर मैं सोचूँगा, ये लोग अच्छे हैं, जो शस्त्र से प्रहार तो नहीं करते।"

"वे शस्त्र प्रहार से तुम्हें घायल कर दें तो तब तुम क्या करोगे?" भगवान् ने पुनः पूछा। पूर्ण बोला, "मैं सोचूँगा, चलो ये लोग अच्छे हैं, जो मुझे जान से नहीं मारा।" पूर्ण की बातें सुन भगवान् संतुष्ट हुए और पूर्ण को धर्म यात्रा पर जाने की अनुमति दी। धर्म का यथार्थ प्रचार आचरण से होता है।

विचार या अन्य कार्य प्रचार के बहुत उथले और भौतिक साधन हैं, जो शायद ही कभी धर्म की गहनता को छू पाते हैं। धर्मावलंबी का चरित्र ही उसके धर्म का सर्वश्रेष्ठ प्रचारक होता है।

□

फूलों का संदेश

एक दिन अपने शिष्यों के साथ टहलते हुए गुरुजी गुलाब के पौधे के सामने रुके। एक शिष्य बोला, मुझे तो फूलों में सबसे सुंदर गुलाब फूल लगता है। दूसरा शिष्य बोला, उस क्यारी में जो लिली के फूल तुम देख रहे हो, वे ही सबसे सुंदर हैं। इनकी तुलना में दूसरे सभी फूल तो कहीं नहीं ठहरते। इसी प्रकार तीसरे शिष्य ने बनफशा के फूल की सुंदर व्याख्या कर डाली।

शिष्यों के विचार सुनकर गुरुजी बोले, "ये तीनों फूल, जो तुम्हें भा रहे हैं, तीनों ही बहुमूल्य गुणों के प्रतीक हैं। बनफशा का रंग विनम्रता, लिली का फूल पवित्रता तथा गुलाब नेकी और प्रेम का सूचक है। ये गुण हमारे जीवन में बहुमूल्य उपहार हैं—विनम्रता, पवित्रता और नेकी।"

□

छोटे की सहायता राशि की पवित्रता

बहुत पहले चीन के चांग चू नामक प्रदेश में वहाँ के एक महंत ने भगवान् बुद्ध की एक मूर्ति बनवाने के लिए धन इकट्ठा करने के प्रयोजन से अपने शिष्यों को घर-घर भेजा। इसी प्रक्रिया में एक शिष्य को एक तिन-नू नाम की बालिका मिली। उसके पास एक सिक्का था। श्रद्धावश उसने अपने सिक्के को दान करना चाहा। मगर महंत के शिष्य ने सिक्के को अति तुच्छ समझकर लेने से इंकार कर दिया। तत्पश्चात् कुछ दिनों के बाद जब काफी मात्रा में धन इकट्ठा हो गया, तब मूर्ति निर्माण कार्य आरंभ हुआ, परंतु बार-बार के प्रयास के बाद भी मूर्ति सुंदर ढंग से पूर्ण नहीं हो पा रही थी। इस पर महंत को संदेह हुआ।

महंत के आदेशानुसार सभी शिष्यों ने बारी-बारी से अपने वृत्तांत सुनाए। एक के वृत्तांत में तिन-नू का प्रसंग आया। इससे महंत को झटका लगा। तुरंत महंत के आदेश से वह शिष्य उस बालिका के पास गया और क्षमा माँगते हुए, उस सिक्के को सहर्ष ले लिया। कहा जाता है कि धातुओं के घोल में उस सिक्के को मिला देने पर सहज ही एक सुंदरतम मूर्ति का निर्माण हो गया। आश्चर्य का विषय है कि अभी भी इस बुद्ध प्रतिमा के हृदयभाग के ठीक ऊपर एक सिक्के जैसा उभार है।

□

प्रभु भक्ति में ही जीवन की श्रेष्ठता है

सहिष्णुता, उदारता, विनम्रता जैसे गुण मनुष्य को देवतुल्य बना देते हैं। क्योंकि वे अहंकार-शून्य होते हैं, ऐसे जीवन की संगत में दूसरे लोगों की दुष्प्रवृत्तियाँ अपने आप लुप्त हो जाती हैं।

अपने पूरे प्रवासकाल में एक दिन श्री चैतन्य महाप्रभो जगन्नाथजी के मंदिर में गरुड़ स्तंभ के सहारे खड़े होकर दर्शन कर रहे थे। एक स्त्री श्रद्धालुओं की भीड़ को चीरती हुई देवदर्शन के लिए उसी स्तंभ पर चढ़ गई और अपना एक

पाँव प्रभुजी के दाएँ कंधे पर रखकर दर्शन करने लगी।

यह दृश्य देखकर उनका एक भक्त घबराकर धीमे स्वर में बोला, "हाय! सर्वनाश हो गया। जो प्रभु स्त्री के नाम से दूर भागते हैं, उन्हीं को आज एक स्त्री का पाँव स्पर्श हो गया। न जाने अब क्या कर डालेंगे?"

वह स्त्री को नीचे उतारने को आगे बढ़ा ही था कि चैतन्य महाप्रभु ने सहज भावपूर्ण शब्दों में उससे कहा, "अरे नहीं, इसको जी भरकर दर्शन करने दे, इस देवी के तन, मन में कृष्ण समाए हैं, इसकी तन्मयता धन्य है, इसकी कृपा से मुझे भी ऐसा व्याकुल प्रेम हो जाए।" उन्होंने कहा, "तृण से भी नम्र, वृक्ष से भी अधिक सहनशील और निरभिमानी होकर सब को मान देना ही मानव जीवन की श्रेष्ठता है, यही ईश्वरभक्ति है।"

□

श्रेष्ठ विचारों को अपनाया जाए

विचारों की शक्ति अत्यंत प्रबल होती है। हम जैसा चिंतन करते हैं, वैसा हमारा संकल्प बनता है।

संकल्प के अनुरूप कर्म और कर्म के परिणाम में फल मिलता है, इसलिए आवश्यक है कि विश्वासपूर्ण सबल चिंतन करें। क्योंकि यही कल्पवृक्ष की तरह हमारी कामनाएँ पूर्ण करता है। रामायण के लंकाकांड की एक कथा में इस तथ्य की पुष्टि रावण अपने अनुभव से करता है।

रावण सीताजी को पाने के सारे हथकंडे अपनाकर थक चुका था। कुंभकर्ण ने रावण से पूछा, "तुम तो मायावी हो, तुम खुद माया से राम का रूप क्यों नहीं धर लेते?" रावण बोला, "ख्यह भी करके देख लिया, परंतु सफलता नहीं मिली।"

कुंभकर्ण को आश्चर्य हुआ कि ऐसा कैसे हो सकता है कि राम का रूप धारण करने पर भी सफलता नहीं मिली। रावण बोला, "हाँ भाई, बिल्कुल सही बात कह रहा हूँ, जब मैं राम का चिंतन कर उसका रूप धरता हूँ, तब मेरी बुद्धि ही बदल जाती है और मैं अपने पूर्व का निश्चय भूल जाता हूँ।"

रावण सुधरना नहीं चाहता था, सो उसने सद्चिंतन के बल के इस प्रत्यक्ष से उदाहरण से कोई सीख नहीं ली। लेकिन चिंतन हम पर कुछ इसी प्रकार प्रभाव डालता है। एक विचार ही रावण जैसे राक्षस को बदल सकने की क्षमता रखता है।

इसमें हमारे लिए संदेश छिपा है कि यदि हम सद्चिंतन को अपनाएँ तो वह निश्चय ही समय आने पर हमारा जीवन भी बदलकर रख देगा।

□

सत्य पर विश्वास रख अनीति का मुकाबला करें

संसार की गति विचित्र है। इसमें सज्जन और दुर्जन दोनों प्रकार के लोग सफलता अर्जित करते हैं। कई बार नीतिहीन व्यक्ति का सफलता प्राप्त कर लेने के बाद का अंदाज निराला ही होता।

सत्ता के मद में चूर वह किसी को कुछ नहीं समझता। जगत् में ऐसे वातावरण में सज्जन व्यक्ति के लिए व्यवहार का तरीका है। सत्य पर विश्वास रखकर फरेब की चमक-दमक से प्रभावित न होना।

रामायण के सुंदरकांड का एक प्रमुख प्रसंग है, हनुमान को रावण के सामने पेश किया जाना। अशोक वाटिका विध्वंश के बाद हनुमान को बाँध इंद्रजीत द्वारा रावण के दरबार में लाया गया। लंका की राजसभा का वैभव अतुलनीय था। रावण का ऐश्वर्य, धन-सैन्य देख हनुमान भी प्रभावित हो गए। रावण की आवाज के पीछे भौतिक उपलब्धियों का तेज था।

लेकिन जब हनुमान ने श्रीराम के सद्गुणों का स्मरण कर विश्वासपूर्वक रामदूत के रूप में रावण को उसकी अनीति पर आधारित खोखले बल की वास्तविकता उघाड़ी और श्रीराम के नैतिक बल का वर्णन किया, तो रावण का सारा दर्प खंडित हो गया। उसने हनुमान की पूँछ में आग लगाने का आदेश दे दिया, तो यही आग लंका दहन का कारण बन मानो झूठ के पुलंदों की सच्चाई बयाँ कर दी गई।

ठीक इसी प्रकार नीतिहीन का बल, ऐश्वर्य राख होने के इंतजार में ही रहता है। जब कोई सज्जन व्यक्ति अपने मूल्यों पर डटकर खड़ा हो जाता है तो वह अनीति को ही उसकी अंतिम परिणति तक पहुँचा देता है।

□

धर्म की जीवंतता का लक्ष्य है परिवर्तनशीलता

धर्म का अस्तित्व गतिशील है, इसलिए लाजिमी है उसके आचार-नियम भी लचीले हों, समय के साथ बदलने वाले हों। सनातन परंपरा में तो नियम देने वाले स्मृति शास्त्रों को आध्यात्मिक सत्य उद्‌घाटित करनेवाले वेद-उपनिषद् से निम्न स्थान पर रखा गया है। देश, काल, परिस्थिति के अनुरूप बदलने की स्वतंत्रता भी दी है।

आचार मनुष्य के लिए है। मनुष्य नियमों के लिए नहीं, इस तथ्य का सुंदर व्यवहार प्रभु यीशु के जीवन में देखने को मिलता है। यीशु गलिली प्रांत में झील के तटवर्ती क्षेत्र की यात्रा के दौरान एक सभाग्रह में उपदेश दे रहे थे। एक मिस्त्री वहाँ आया और अपने सूख गए दाएँ हाथ को दिखाकर उसे ठीक करने की प्रार्थना करने लगा, अब वह भीख माँगने के लिए मजबूर हो गया था।

वहीं कई रूढ़िवादी फरीसी आदि भी थे। यहूदी परंपरा के अनुसार, वह विश्राम का दिवस था, जिस दिन कार्य करना निषिद्ध होता था। यीशु ने आंगतुक से कहा, "उठो! और बीच में खड़े हो जाओ।" वह खड़ा हो गया। फिर वह परंपरावादियों की ओर मुड़े और पूछा, "विश्राम के दिन भलाई करना उचित है या अनुचित, जान को बचाने की अनुमति है या नहीं।" सब फरीसी निरुत्तर थे।

यीशु फिर बोले, "आप में से ऐसा कौन है, जो अपनी भेड़ गड्ढे में गिर जाने पर विश्राम के दिन नहीं निकालेगा। क्या मनुष्य इससे मूल्यवान नहीं।" फिर उन्होंने गंभीर स्वर में मिस्त्री से कहा, "अपना हाथ बढ़ाओ।" वैसा करते

ही उसका हाथ ठीक हो गया। परिर्वतनशीलता ही धर्म को जीवंतता देती है। पाषाणवत् नियमों को धर्म मानना न केवल भूल है, बल्कि यह हठवादिता धर्म व अन्य धर्मावलंबियों के प्रति महान् अपराध भी है।

□

परोपकार को मान्यता

परोपकार किसी धर्म विशेष का न होकर सभी धर्मों में माननीय है। इससे व्यक्ति ऊँचा उठता है। मदर टेरेसा जब कलकत्ता के कालीघाट के निकट मरणासन्न लोगों की सेवा करने के लिए निर्मल हृदय भवन की नींव रख रही थीं, तब कुछ लोग उनके काम को लेकर विपरीत टिप्पणियाँ करने लगे, बात काफी बढ़ कई और काफी भीड़ एकत्र हो गई। मदर टेरेसा अडिग थीं।

उन्होंने भीड़ को संबोधित करते हुए कहा, "ठीक है, मुझे मार डालो। ईसा की राह पर मुझे मरना स्वीकार है, पर यह गुंडागर्दी बंद करो और मरणासन्न लोगों को शांति से जीने दो।" लेकिन बात बढ़ती गई और यह मामला पुलिस कमिश्नर तक पहुँच गया। उन्होंने कहा, "मैं खुद उस स्थल के कार्यों की निगरानी करूँगा और तब निर्णय दूँगा कि 'निर्मल हृदय' बनेगा या नहीं।"

कमिश्नर जब वहाँ पहुँचे तो मदर एवं उनके दल का कार्य देखकर ठिठक गए। सभी पूरी तन्मयता से लोगों की सेवा कर रहे हैं। लोगों ने हर्ष-ध्वनि की, यह काम रोक दिया जाएगा।

तभी कमिश्नर ने कहा, "मैं मदर टेरेसा को यहाँ से जाने के लिए कह सकता हूँ, लेकिन शर्त यह है कि आप सब अपनी माता-बहनों को ऐसे काम में लगा दो। मैं कालीघाट स्थित काली माँ की मूर्ति में इस मदर टेरेसा का दर्शन कर रहा हूँ।" यह सुनकर उपस्थित जनसमूह स्तब्ध रह गया और कमिश्नर ने वहाँ भवन-निर्माण की अनुमति दे दी।

□

भावना

एक दिन तानसेन के एक गाने से प्रसन्न होकर बादशाह अकबर ने पूछा, “इतना सुंदर गीत तुमने किससे सीखा ?” तानसेन ने जवाब दिया, “अपने गुरु हरिदास से।” अकबर ने कहा, “चलो, उनके पास चलें।”

इसके बाद अकबर तानसेन को लेकर अपनी मंडली के साथ हरिदासजी के पास गया। हरिदासजी नित्य ईश्वर की भक्ति में मस्त रहते थे। वे ईश्वर भजन के सिवाय और कोई गाना नहीं गाते थे। बादशाह ने हरिदासजी से कोई गाना सुनाने की प्रार्थना की।

बादशाह की विनती से उन्होंने एक सुंदर भजन गाया। अकबर बहुत प्रसन्न हुआ और उनका यथोचित सत्कार करके लौट आया। एक रोज कचहरी में अकबर ने तानसेन से उस दिन वाला भजन गाने को कहा। तानसेन ने गाया जरूर, पर बादशाह को उस दिन जैसा आनंद नहीं मिला।

अकबर ने उनसे पूछा, “उस दिन जैसा आनंद आज क्यों नहीं मिला ?”

तानसेन ने जवाब दिया, “मैं आपको प्रसन्न करने के लिए गाता हूँ, किंतु हमारे गुरुजी ने आपको प्रसन्न करने के लिए नहीं गया था, बल्कि बादशाहों के बादशाह को प्रसन्न करने के लिए गाया था।” अंतर भावना का है, अन्यथा शास्त्रीय ढंग तो वही है अनुरूप भाव उदय होता है तथा उसी स्तर का प्रभाव क्रिया में पैदा होता है।

□

प्रेम दो, प्रेम पाओ

एक बार महात्मा बुद्ध एक गाँव में पहुँचे। उस गाँव में ज्यादातर लोग शराबी और जुआरी थे। महात्मा बुद्ध ने वहाँ उपदेश शुरू किया। वे कहने लगे, “भाइयो, बुराई का जवाब बुराई से मत दो। बुराई से बुराई खत्म नहीं होती, और ज्यादा बढ़ जाती है। पापी के साथ पापी मत बनो, क्योंकि कीचड़ को कीचड़ से नहीं धोया जा सकता, जो तुम्हारे साथ बुरा करे, तुम उसका भी भला ही करो,

तभी वह बुरा करनेवाला आदमी सुधर सकता है।"

वहाँ बैठा हुआ एक व्यक्ति भी महात्मा बुद्ध की ये सभी बातें सुन रहा था। जब प्रवचन खत्म हो गया तो वह बुद्ध के पास आकर बोला, "अरे ओ पाखंडी! तुम यहाँ पाखंड फैलाने क्यों चले आए? बड़ी-बड़ी बातें करते हो, ऐसी बातें सुनने वाला यहाँ कौन है?"

बुद्ध ने बहुत ही शांति के साथ उससे पूछा, "तुम्हें और कुछ कहना है?"

वह बोला, "हाँ, कहना है और यह कहना है कि तुम ढोंगी, चालबाज और झूठे हो।"

बुद्ध ने कहा, "मैंने तुम्हारी बात सुनी, अब मुझे भी तुम से कुछ कहना है। मुझे यह कहना है कि तुम्हारे पास एक रोटी है और तुम वह रोटी मुझे देना चाहते हो, मगर मैं लेना नहीं चाहता तो वह रोटी किसके पास रहेगी?"

उसने कहा, "सीधी सी बात है कि मेरे ही पास रहेगी।" बुद्ध ने फिर कहा, "ठीक कहा, अब तक तुमने कितने भी अपशब्द कहे हैं, मैंने नहीं लिये, इसलिए तुम्हारे दिए हुए अपशब्द तुम्हारे ही पास हैं।" वह व्यक्ति बुद्ध की बात सुनकर हैरान-परेशान हो गया और सोचता ही रह गया। उसी दिन बुद्ध दूसरे गाँव के लिए आगे बढ़ गए। अगले दिन जब वे दूसरे गाँव में उपदेश दे रहे थे तो वही व्यक्ति वहाँ पहुँचा और दौड़कर उनके पाँवों में गिर पड़ा। फिर कहने लगा, "मुझे माफ कर दीजिए, कल मैंने आपका अपमान किया। मैं समझ गया, आप जो कहते हैं, वह करते भी हैं। बताइए, आपने मुझे माफ कर दिया है?"

बुद्ध ने कहा, "अरे तुम अभी तक कल में ही उलझे हुए हो। अतीत की गलतियों में उलझे रहने से कुछ भी हासिल होनेवाला नहीं है। बस एक ही बात याद रखो, प्रेम दो और प्रेम पाओ।"

□

चैतन्य महाप्रभु का त्याग

अपने आरंभिक जीवन में चैतन्य महाप्रभु नवद्वीप में रहते हुए निमाई बाबू के नाम से ही जाने जाते थे। सोलह वर्ष की आयु में उन्होंने संस्कृत व्याकरण

की शिक्षा पूर्ण कर न्यायशास्त्र का गहन अध्ययन किया और उस पर एक ग्रंथ लिखने लगे। उन्हीं दिनों उनके सहपाठी पं. रघुनाथ भी न्याय पर दाधितीकनाम व्याख्या ग्रंथ लिख रहे थे, जो इस विषय का प्रख्यात ग्रंथ माना जाता है। पं. रघुनाथ नितांत निर्धन थे। पं. रघुनाथ को विदित हुआ कि निमाई भी न्याय पर कोई ग्रंथ लिख रहे हैं। उन्होंने उस ग्रंथ को देखने की इच्छा प्रकट की।

दूसरे दिन निमाई अपना ग्रंथ साथ ले आए और पाठशाला के मार्ग में दोनों साथी जब नाव पर बैठे तो निमाई अपना ग्रंथ सुनाने लगे। उस ग्रंथ को सुनने पर पं. रघुनाथ को बड़ा दु:ख हुआ। उनके नेत्रों से आँसू टपक पड़े। निमाई पढ़ने में तल्लीन थे। सहसा उन्होंने सिर उठाया तो देखा कि साथी की आँखों से आँसू टपक रहे हैं। वे बोले, "भैया, तुम रो क्यों रहे हो?" पं. रघुनाथ ने सरल भाव से कहा, "मैं इस अभिलाषा से एक ग्रंथ लिख रहा था कि वह न्यायशास्त्र का सर्वश्रेष्ठ ग्रंथ माना जाए और मेरे दुर्दिन दूर हों, किंतु अब मेरी आशा नष्ट हो गई है। तुम्हारे इस ग्रंथ के सम्मुख मेरे ग्रंथ को कौन पूछेगा?"

"बस इतनी सी बात के लिए आप इतने संतप्त हो रहे हैं?" यह कहकर निमाई बालकों की भाँति खुलकर हँसे और बोले, "यह पुस्तक तो बहुत ही बुरी है, इसने मेरे मित्र को इतना कष्ट दिया।" रघुनाथ उनके कुछ कहने का अभिप्राय समझ पाएँ, इससे पूर्व ही निमाई ने अपने ग्रंथ को उठाकर गंगाजी के प्रवाह को अर्पित कर दिया। उसके पन्ने भागीरथी की लहरों पर बिखरकर तैरने लगे। रघुनाथ के मुख से दो क्षण तो एक शब्द भी नहीं निकला और फिर वे निमाई के पैरों पर गिर पड़े, किंतु निमाई ने उनको बीच में ही पकड़कर अपनी विशाल भुजाओं में भरकर हृदय से लगा लिया।

□

पुरुषार्थ का महत्त्व

अथर्ववेद में कहा गया है कि पुरुषार्थ मेरे दाएँ हाथ में है और सफलता मेरे बाएँ हाथ में। इसका सीधा अर्थ यह है कि भाग्य के भरोसे वही व्यक्ति बैठा रहता है, जो कर्म को जीवन का उद्‌देश्य नहीं बनाता।

कर्मशील व्यक्ति पुरुषार्थ से भाग्य को भी बदल देता है। राजा विक्रमादित्य के पास सामुद्रिक लक्षण जानने वाला एक ज्योतिषी आया। विक्रमादित्य के सामुद्रिक लक्षण देखकर वह चिंतामग्न हो गया।

उसके शास्त्र के अनुसार तो राजा को दीन, दुर्बल और कंगाल होना चाहिए था। लेकिन वह तो सम्राट् थे, स्वस्थ थे। लक्षणों में ऐसी विपरीत स्थिति संभवत: उसने पहली बार देखी थी।

ज्योतिषी की दशा देखकर विक्रमादित्य उसकी मनोदशा समझ गए और बोले कि बाहरी लक्षणों से यदि आपको संतुष्टि न मिली हो तो छाती चीरकर दिखाता हूँ, भीतर के लक्षण भी देख लीजिए।

नहीं महाराज! मैं समझ गया कि आप निर्भय हैं, पुरुषार्थी हैं, इसीलिए आपने परिस्थितियों को अनुकूल बना लिया है और भाग्य पर विजय प्राप्त की है। यह बात आज मेरी भी समझ में आ गई है कि युग मनुष्य को नहीं बनाता, बल्कि मनुष्य युग का निर्माण करने की क्षमता रखता है।

यदि उसमें पुरुषार्थ हो, क्योंकि एक पुरुषार्थी मनुष्य ही हाथ की लकीरों को बदलने का सामर्थ्य रखता है।

□

सत्य अनर्थ का कारण न बने

सत्य के बल का सबसे बड़ा साक्ष्य यही है कि असत्य को भी बचने के लिए सत्य का भेष धरना पड़ता है। अनीति के मार्ग पर चलने वाले भी सत्य की दुहाई देते हैं, लेकिन सत्य भाव-निरपेक्ष नहीं रह सकता।

कोई व्यक्ति गलत कार्य के लिए सत्य की दुहाई दे तो उसे न मानना ही नीति है। क्योंकि सत्य को शिव यानी कल्याण स्वरूप होना चाहिए।

कथा है, किसी नदी संगम पर कौशिक नाम का सत्यनिष्ठ ब्राह्मण रहता था। सात्त्विक और निष्कपट व्यवहार के लिए उसकी कीर्ति दूर-दूर तक फैली थी। एक दिन कुछ डाकू आए और उनसे पूछा, "महाराज, आप सत्यवादी ब्राह्मण हैं, कृपा कर बताएँ कि यात्री किधर गए?"

यह सुनकर यात्रियों को लूटने का उनका भाव समझ और सत्य भाषण की कसौटी का वे विचार करने लगे। डाकुओं ने उनसे प्रार्थना करते हुए कहा, "सत्यवादी सत्य कहने में विलंब नहीं करते। ब्राह्मणदेव आप अधिक विचार न करें।" कौशिक सत्य की गहनता न पकड़ सके और उन्होंने अंगुली का इशारा कर डाकुओं को मार्ग सुझा दिया। असहाय यात्री मारे गए और सत्य एक अनर्थ का कारण बना।

कथा कहती है, इस सत्य के पालन से कौशिक को नरक में जाना पड़ा। विवेक की परीक्षा इसी बात से होती है कि वह जड़ता से नियमों का पालन न करे, बल्कि सजगता से हर परिस्थिति का नए सिरे से आकलन कर नीति को अपनाए।

□

विद्रोह सकारात्मक होना चाहिए

जीवन में विद्रोह का अत्यंत महत्त्वपूर्ण स्थान है। यह यांत्रिकता और जड़ता के विरुद्ध चेतना का प्रतिकार होता है। सूक्ष्म रूप से देखें तो मानव इतिहास की दिशा और विकास विद्रोह की घटनाओं का क्रमबद्ध ब्योरा भर है।

सच्चा विद्रोह मौजूदा परिस्थितियों को किसी बेहतर स्थिति के लिए बदलाव मात्र न होकर जीवन में गुणात्मक परिवर्तन लाना होता है। यह विद्रोह परिस्थितियों के साथ लोगों के जीवन को मूलभूत रूप से बदल देने वाला होता है। रामानंदाचार्य का काल राजनैतिक व सांस्कृतिक संक्रमण का था।

एक ओर विदेशी आक्रांता की सत्ता थी, तो दूसरी ओर अस्पृश्यता आदि रूढ़ियों में बँधा समाज। आचार्य भारत भ्रमण पर निकले और देश की स्थिति का जायजा लेकर जब पुन: काशी पहुँचे तो मठ में स्थिति उनके गुरु भाइयों ने उनका इस आधार पर विरोध किया कि यात्रा के दौरान उनसे वर्णाश्रम के नियमों की अवहेलना अवश्य हुई होगी।

आचार्य इस घटना से न क्षोभित हुए न विचलित। उन्होंने स्थिति को समग्र रूप से समझ काशी से ही एक नए विद्रोह का शंखनाद किया। उन्होंने भक्ति के

सागर में अस्पृश्यता, सामाजिक निष्क्रियता और कायरता को डुबो दिया।

कबीर, पीपा और सेना नाई जैसे उज्ज्वल शिष्यों के माध्यम से समाज में अलख जगाई। उन्होंने न केवल तत्कालीन समाज को नई दिशा दिखाई, बल्कि समाज को कई कुरीतियों से भी हमेशा के लिए मुक्त किया।

इस प्रकार उन्होंने अपने जीवन के उदाहरण से प्रस्तुत किया कि विद्रोह का सकारात्मक पक्ष देश व समाज के लिए कितना प्रभावशाली हो सकता है। मध्य काल के भक्ति एवं समस्त सुधार आंदोलनों के स्रोत आचार्य रामानंद ही थे। □

भक्ति तो छिपी ही रहे

सामान्यतः प्रभु प्राप्ति के मार्ग को पदार्थों के त्याग का मार्ग माना जाता है, लेकिन बाहरी निवृत्ति को ही महत्त्व देना वांछित नहीं। भक्ति का मर्म परमेश्वर से प्रीति में है और ऐसी भक्ति अगर छिपी रहे तो उसकी महिमा निराली ही होती है। वैष्णव भक्ति सिद्धांत में तो गृहस्थ वैष्णव के जीवन को अधिक श्रेष्ठ एवं साधना योग्य माना जाता है। गुप्त रूप से इस प्रकार के साधनामय जीवन जीने वाले लोग बिरले होते हैं।

भक्त उन सैकड़ों प्रलोभनों के बीच सघन साधनामय जीवन में लीन रहता है, जिन्हें विपदा समझ लोग संसार त्याग देते हैं। प्रकट रूप में जमींदारी के वैभव भरे जीवन में आकंठ डूबे दिखने वाले पुंडरीक विद्यानिधि इसी कोटि के साधक थे। एक बार वे चैतन्य महाप्रभु से मिलने नवद्वीप आए।

उनके भक्तिभाव की प्रशंसा सुन महाप्रभु के अतरंग शिष्य गदाधर अपने मित्र मुकुंद के साथ उनकी भेंट लेने पहुँचे। स्नान कर राजसी ठाठ-बाट से शैया पर बैठे विद्यानिधि ने उनसे बातचीत की। भोग-ऐश्वर्य की विपुल सामग्री के बीच भक्त को देख गदाधर को आश्चर्य हुआ और संदेह भी। मुकुद उनके मन की बात ताड़ गए और उन्होंने वार्त्तालाप के दौरान भागवत के कृष्ण कृपा के दो श्लोक गाए।

यह सुनते ही विद्यानिधि अचेत होकर नीचे गिर पड़े। उन्हें महाभाव हो

आया और सारा श्रृंगार फेंक वे कृष्ण विरह में तड़पने लगे। वे बार-बार प्रभु का गुणगान सुनाने की प्रार्थना करने लगे।

गदाधर को अपनी भूल का एहसास हुआ और वैष्णव के प्रति किए अपराध की क्षमा पाने के लिए उन्होंने विद्यानिधि को गुरु बनाया। जब चैतन्य देव ने यह बात सुनी तो उन्होंने अत्यंत प्रसन्न होकर इसका अनुमोदन किया।

□

शक्ति के अनुरूप लक्ष्य बनाया जाए

लक्ष्य बनाना मानव का स्वभाव है और यह भी सत्य है कि जो मनुष्य लक्ष्य बनाता है, वही उन्हें पूर्ण भी कर पाता है। इसके माध्यम से हम अपनी कामनाओं और महत्त्वाकांक्षाओं को लक्ष्य बनाते हैं, लेकिन यह बात ध्यान देने की है कि सपने या लक्ष्य कल्पित क्षमताओं के दंभ पर आधारित न हों।

संसार का नियम है कि विचारों के अनुरूप कर्म और कर्म के अनुरूप फल की प्राप्ति होती है। यदि विचार यथार्थ के धरातल पर न बनाए जाएँ तो वे न केवल असफल होते हैं, मनुष्य को भारी हानि पहुँचाने वाले भी सिद्ध होते हैं।

जातक कथा है, हिमालय की गुफा में सिंह रहता था। एक दिन शिकार के बाद जब वह गुफा की ओर लौट रहा था, उसे मार्ग में एक सियार दिखा। सिंह को देखकर सियार घबराया और जमीन पर लेट गया। सिंह ने ऐसा करने का कारण पूछा, तो वह बोला कि वह सिंह की सेवा करना चाहता है।

शेर को उस पर दया आई। वह उसे साथ लेकर आया और अपने बचे शिकार से उसे भोजन कराने लगा। सियार मोटा और दंभी होने लगा और हाथी का शिकार करने की योजना बनाने लगा। शेर के समझाने पर भी वह न माना। वह बड़ी शान से तीन बार चिल्लाया और हाथी के शिकार पर निकला।

घाटी में जा रहे एक हाथी पर उसने छलाँग लगा दी। लक्ष्य चूक गया और वह हाथी के पैर के आगे जा गिरा। हाथी के पैरों से कुचलकर उसकी दर्दनाक मौत हो गई। कथा बताती है, दंभ तो विनाश करता है, यदि वह दंभ

झूठे कल्पित गुणों का हो तो इसमें अधिक समय भी नहीं लगता, इसीलिए जरूरी है कि शक्ति का आकलन करके ही लक्ष्य बनाया जाए।

□

सच्चा समत्व आंतरिक दृष्टि से आता है

समत्व दृष्टि का विकास अध्यात्म साधना का महत्त्वपूर्ण अंग होता है। अस्तित्व के धरातल पर इस सत्य के साक्षात्कार के मायने बहुत गहरे हैं। समाज-सुधार के पैरोकार राजनीतिक और सामाजिक आधार पर जिस समानता की बात करते हैं, उससे कहीं अधिक प्रभाव सच्ची आंतरिक दृष्टि से प्राप्त समत्व से होता है। ऐसी समत्व दृष्टि सदियों पुरानी रूढ़ियों को क्षणभर में तोड़ने में सक्षम होती है। यही कारण है कि लगभग सभी भारती चिंतकों का विश्वास व्यक्ति के विकास द्वारा समाज के विकास में रहा है, न कि उथले सामाजिक परिवर्तनों में। भगवद्पाद शंकराचार्य के जीवन की घटना है। एकमात्र ब्रह्म को ही सत्य व जगत् को मिथ्या मानने वाले आचार्य काशी में गंगा के तट पर स्नान कर रहे थे। एक चांडाल वहाँ से उन्हें स्पर्श करता गुजरा। आचार्य को क्षोभ हुआ एवं अपवित्र करने के लिए उन्होंने चांडाल को फटकारा। वह मुस्कराता हुआ खड़ा रहा और आचार्य से बोला कि न मैंने आपको छुआ न आपने मुझे। शुद्ध आत्मत्व शरीर या पंच तत्त्व आदि भी नहीं है।

शंकराचार्यजी को उसी क्षण अपनी त्रुटि का बोध हुआ, वे नतमस्तक हो ज्ञान रूप-शिव के अवतार की स्तुति करने लगे। लंबे समय से सीखे लोक-व्यवहार के संस्कारों का बंधन टूटने में कोई समय न लगा। घटना बताती है, खरा समत्व तभी संभव है, जब हम आंतरिक स्तर पर लौकिक घटनाओं को अनुभव करें। ऐसा होने पर ही व्यक्ति और समाज का सम्यक् एवं वास्तविक विकास संभव है और यही धर्म एवं अध्यात्म का तकाजा भी है।

□

भावनात्मक बुद्धिमत्ता का महत्त्व

बुद्धिमत्ता के आयाम विस्तृत होते हैं। सामान्यतया जीवन में मानसिक बुद्धिमत्ता को ही पर्याप्त मानकर ज्ञान के दूसरे पक्ष, भावनात्मक बुद्धिमत्ता के महत्त्व को नजरअंदाज कर दिया जाता है, जबकि सच्चाई यह है कि मानसिक बुद्धिमत्ता की परिणति मनुष्य के भावनात्मक विकास में ही है।

आधुनिक मनोविज्ञान इस विभेद को इंटेलीजेंट कोशंट आई.क्यू. एवं इमोशनल कोशंट ई.क्यू. के रूप में देखता है। संस्कृति समाज के जिस लक्ष्य के लिए प्रयत्नशील रहती है, वह है इन दोनों के समन्वित आदान-प्रदान से संतुलित समग्र व्यक्तित्व का निर्माण। चैतन्य महाप्रभु के जीवन की घटना है।

एक यात्रा के दौरान चैतन्य देव ने देखा कि एक ग्रामीण युवक गीता के संस्कृत श्लोक बोल रहा है और रो रहा है। संस्कृत उच्चारण भी शुद्ध न थे।

महाप्रभु ने उससे पूछा, "क्या तुम इनका अर्थ जानते हो?" युवक बोला, "नहीं महाराज।" चैतन्य देव ने पूछा, "फिर तुम इस तरह क्यों भाव-विभोर हो रहे हो?" वह बोला, "प्रभु, मैं तो अज्ञानी हूँ; लेकिन जब मैं यह सोचता हूँ कि कुरुक्षेत्र में भगवान् श्रीकृष्ण अर्जुन को उपदेश कर रहे हैं। बस मुझे और कुछ समझ नहीं आता और मैं अपने आँसू नहीं रोक पाता।" चैतन्य देव ने प्रेम से उसे बाहुपाश में भर लिया और अपने शिष्य से कहा, "यथार्थ गीता तो मात्र इस बालक ने ही समझी है।" महाप्रभु के इस वचन का मर्म भावनात्मक अनुभूत से ज्ञान प्राप्त के महत्त्व में है।

इस विधि में ज्ञान की उपलब्धि यांत्रिक न रहकर अंतर्वेद पर आधारित हो जाती है और फिर व्यक्ति गूढ़ से गूढ़ ज्ञान को भी क्षण भर में प्राप्त कर लेता है। □

विद्यासागर की महानता

परोपकार ऐसी अनुभूति है, जिसे अपनाने वाला ही समझ सकता है। कलकत्ता की भीड़ भरी सड़क से एक सज्जन पुरुष निकल रहे थे। उन्होंने एक

वृद्ध व्यक्ति को चिंता से सिर झुकाए देखा।

वे उसके पास पहुँचे और पूछा, "भाई, तुम्हें क्या दुःख है?" उस वृद्ध ने टालने की कोशिश की, परंतु आगंतुक ने सहानुभूति जताते हुए पूछा, "आप अपनी परेशानी निःसंकोच बताइए, शायद मैं आपकी कोई मदद कर सकूँ।" वृद्ध बोला, "मैं एक गरीब आदमी हूँ, बेटी के विवाह के लिए कर्ज लिया था, जिसे अभी तक चुका नहीं सका हूँ। उस व्यक्ति ने मुकदमा दायर कर दिया है।"

उस सज्जन ने उस गरीब वृद्ध से पूरा विवरण लिया और चले गए। मुकदमे की निश्चित तारीख पर वह वृद्ध घबराया हुआ अदालत पहुँचा और अपने नाम के पुकारे जाने का इंतजार करने लगा।

शाम तक जब उसका नाम नहीं पुकारा गया तो वह चिंतित हुआ। अदालत के कर्मचारी से पूछने पर पता चला कि उसके कर्ज की पूरी रकम जमा करवा दी गई है। बाद में जानकारी करने पर उस व्यक्ति को पता चला कि उसका कर्ज उतारने वाले वही सज्जन पुरुष थे, जो एक दिन सड़क के किनारे उससे दुःखी होने का कारण पूछ रहे थे, वे थे—बंगाल के महान् परोपकारी समाज सुधारक ईश्वरचंद्र विद्यासागर।

□

विवेकानंद की माँ के प्रति सच्ची भक्ति

नरेन डे, स्वामी विवेकानंद अपने छात्र जीवन में आर्थिक विषमता से जूझ रहे थे, तब एक दिन उन्होंने अपने गुरु परमहंस रामकृष्ण से कहा, "यदि आप काली माँ से प्रार्थना करेंगे, तो वे मेरे वर्तमान आर्थिक संकट दूर कर देंगी।"

रामकृष्णजी बोले, "नरेन, संकट तुम्हारे हैं, इसलिए तुम स्वयं मंदिर में जाकर काली माँ से माँगो, वह अवश्य सुनेंगी।" यह कहकर उसे मंदिर में भेज दिया, लेकिन उसने और कुछ न कहकर माँ मुझे भक्ति दो कहा और फिर उनके निकट लौट आया। उन्होंने पूछा—क्या माँगा?

"माँ मुझे भक्ति दो", नरेन ने कहा। अरे इससे तेरे संकट दूर नहीं होंगे, तू फिर से अंदर जा और माँ से स्पष्ट माँग। वह गया और उसने पूर्ववत् जैसा

किया। जब तीसरी बार जाने पर भी उसने काली माँ से केवल यही कहा—"माँ मुझे भक्ति दो।"

तब परमहंसजी हँसे और कहने लगे—"नरेन, मुझे मालूम था, तू भौतिक सुख नहीं माँगेगा, क्योंकि आध्यात्मिक ज्ञान प्राप्त करने की पूर्ण जिज्ञासा तेरे हृदय में उत्पन्न हो चुकी है, इसीलिए मैंने तुम्हें तीनों बार भक्ति माँगने के लिए ही अंदर भेजा था। तेरे वर्तमान आर्थिक संकट का समाधान तो मैं स्वयं ही कर सकता था।"

स्पष्ट है कि सच्चे गुरु के निकट उसके शिष्य का अंतर्मन सदा बना रहता है, जिससे उन्हें शिष्य के हर पल की जानकारी रहती है और वे उसके जीवन-कल्याण के लिए स्वयं ही उसका मार्गदर्शन करते रहते हैं।

□

अच्छे काम ही धर्म हैं

कर्तव्य का पालन ही जीवन में सर्वोपरि है, चाहे तो हम उसे मानव का परमधर्म कह सकते हैं। चीन के महान् दार्शनिक संत ताओ बू चीन के पास चुंगसिन नामक एक व्यक्ति आया।

उसने उनसे धर्म की शिक्षा देने की प्रार्थना की। संत ताओ बू चीन ने उस व्यक्ति को कुछ समय तक तो अपने पास रखा और फिर दीन-दुःखियों की सेवा में लगा दिया। कुछ समय बाद चुंगसिन ने संतजी से निवेदन किया—"महाराज, आपके पास रहते इतने दिन हो गए, लेकिन आपने मुझे धर्म की शिक्षा नहीं दी।"

संतजी ने कहा, "तेरा तो जीवन ही यहाँ रहते हुए धर्ममय हो गया है। फिर मैं तुम्हें धर्म के विषय में क्या बताता और क्या शिक्षा देता? तू अपने कर्तव्यों का पालन निष्ठापूर्वक करता है। तुझसे बड़ा धार्मिक और कौन होगा?" चुंगसिन समझ गया कि अपने कर्तव्य को लक्ष्य मानकर मेरे मन-मस्तिष्क में एक ही विचार रहना चाहिए।

मैं इस धर्म का निर्वाह एवं पालन किस प्रकार से करूँ? श्रीमद्भगवतगीता का निष्काम-कर्म का रहस्य उस व्यक्ति की समझ में आता है, जो प्रत्येक कार्य

को कर्तव्य-पालन का भाव लेकर ही करता है; क्योंकि कर्तव्य-पालन करते समय हानि-लाभ का विचार प्रायः निःशेष हो जाता है।

□

निःस्पृह साहित्य साधना

मान-सम्मान और पुरस्कारों की प्रतिस्पर्धा के इस दौर में जो स्थितियाँ बन रही हैं, उस परिप्रेक्ष्य में यदि हम देखें कि एक दौर में पुरस्कार पाने के अधिकारी किस प्रकार उन्हें ठुकराते थे, तो सहसा विश्वास नहीं हो पाता था।

रायगढ़ के राजा स्वर्गीय चक्रधर सिंहजी के मन में एक बार यह उमंग उठी कि हिंदी के आलोचक, सर्वश्रेष्ठ कवि और सर्वश्रेष्ठ कहानीकार की वे नियमित रूप से आर्थिक सेवाएँ कर सकें तो उनका अहोभाग्य! यह लगभग सात दशक पूर्व की बात है। आलोचकों में आचार्य महावीर प्रसार द्विवेदी चुने गए।

कहानीकारों में प्रेमचंदजी और कवियों में निरालाजी। प्रेमचंदजी ने तो शिष्टतापूर्ण उत्तर भेजा कि उन्हें इस प्रकार के बंधन से मुक्त ही रखा जाए, परंतु निरालाजी के पास राजा साहब और डॉ. बलदेव प्रसादजी मिश्र के पारस्परिक सुहृदय जब वह पत्र लेकर गए तब वे पत्र हाथ में लेकर मित्र से इधर-उधर की चर्चा करते रहे और उनका हाथ आप ही आप उस पत्र को मोड़-माड़कर टुकड़े-टुकड़े करता रहा।

मित्र महोदय विदा होने के समय जब पत्र का उत्तर माँगने लगे, तब जैसे सोते से जागकर निरालाजी ने कहा, "अरे, यह पत्र तो अब टुकड़े-टुकड़े हो गया। बस, यही उत्तर आप मेरी ओर से पहुँचा दीजिएगा।" ऐसे निःस्पृह होते थे पहले के साहित्यकार।

□

मुक्त करता है उदात्त प्रेम

अनुभूति का सबसे उदात्त भाव प्रेम का है। संसार में जीवन का जो ताना-बाना दिखाई पड़ता है, उसमें जोड़ के हर स्थान पर प्रेम की ही गाँठ होती है। आनंद के हर अनुभव के पीछे भी प्रेम की झलक होती है। प्रेम के कई आयाम होते हैं। ज्यों-ज्यों प्रेम विराट् होता जाता है, उसकी शुद्धता बढ़ती जाती है।

बुद्ध के महान् शिष्यों में एक भिक्षु उपगुप्त थे। एक सुंदर वेश्या ने उनके सौंदर्य पर रीझकर उन्हें अपना प्रेमी बनाना चाहा। भौतिक सुख अंततः दुःखदायी होते हैं, यह कहकर उपगुप्त आगे बढ़ गए, लेकिन वादा भी कर गए कि उसे जब आवश्यकता होगी, वे लौटकर आएँगे। कई वर्ष बीत गए। वह रमणी असाध्य रोग से पीड़ित हो गई। अपना सौंदर्य गँवा दयनीय जीवन गुजर करने लगी। उसे उपगुप्त की याद आई। वे तत्काल उसके पास पहुँचे। रमणी ने पूछा, "जब वस्त्र व अलंकार से भूषित मैं तरुण व सुंदर थी, तब तुम क्यों नहीं आए? अब जब मैं ऐसी घृणित हो गई हूँ, अब क्यों आए?" उपगुप्त ने उत्तर दिया—"बहन, जिसके पास दृष्टि और बुद्धि है। उसके अनुसार तुमने कुछ नहीं गँवाया है। मेरा प्रेम उस प्रेम से गहरा है, जो व्यर्थ बाह्य सौंदर्य पर आधारित होता है।" उपगुप्त ने उसकी सेवा की और बुद्ध के संदेश को ग्रहण कर वह रमणी अंततः परमज्ञान और शांति को प्राप्त हुई।

उदात्त हुआ प्रेम एक ऐसी विशिष्ट शक्ति से संपन्न हो जाता है, जो संपर्क में आए लोगों के जीवन को बदलकर रख देता है। प्रेम को संकुचित बनाकर रखना ही मानव के लिए बंधन हो जाता है और सेवा के रूप में उसका फैलाव ही मुक्ति और परमशांति का कारक बन जाता है। □

जीवन के प्रति सम्मान हो

संसार में शक्ति को विध्वंस का पर्याय मान लिया जाता है। एक कहावत है कि जिसकी लाठी उसकी भैंस पर आज जिस सत्यता से विश्वास किया जाता है, वह शक्ति के इस विद्रूप स्वरूप के मानव चेतन में गहन पैठ को ही परिलक्षित

करता है। लेकिन संस्कृति और सभ्यता का तकाजा कुछ और है, जहाँ अधिकार कर्तव्य के पालन में निहित होता है।

प्राण लेने वाले से प्राण देने वाला बड़ा होता है। भगवान् बुद्ध के जीवन की कथा है। बालक सिद्धार्थ (बुद्ध) चचेरे भाई देवदत्त के साथ सुबह उद्यान में घूम रहा था। उसे एक हंस उड़ता हुआ दिखा। तभी देवदत्त ने अपने एक बाण से निशाना साधा और हंस लहूलुहान हो जमीन पर आ गिरा। सिद्धार्थ ने दौड़कर हंस को उठा लिया, बाण निकालकर उसकी मरहम-पट्टी की। वह सेवा-शुश्रुषा कर ही रहा था कि देवदत्त आया और हंस पर अपना अधिकार जताने लगा। सिद्धार्थ के मनाकर देने पर विवाद हुआ और दोनों राजा शुद्धोधन के पास पहुँचे।

उन्होंने दोनों की बातें सुनीं और निर्णय दिया—प्राण लेने वाले से प्राण बचाने वाला बड़ा होता है, इसलिए हंस पर सिद्धार्थ का ही अधिकार है। भद्रता का यह पैमाना जीवन के प्रति सम्मान भाव जगाता है। तात्कालिक परिणामों में भले ही यह प्रभावशाली न दिखे, लेकिन मानव के विकास का यह एक अत्यंत महत्त्वपूर्ण बिंदु है।

□

झूठे की बात का कोई मूल्य नहीं होता

विश्वप्रसिद्ध चित्रकार पिकासो एक बार चित्र बना रहा था तो एक मित्र उसके पास आया। उसने उसको चित्र बनाते हुए देखा तो उसकी एकाग्रता में व्यवधान नहीं डाला। वापस लौट गया। जब वह चित्र बाजार में बिका तो उस व्यक्ति ने उसे खरीद लिया, क्योंकि बाजार में पिकासो के झूठे चित्र बिक रहे थे और वह तो असली चित्र था, क्योंकि उसने वह चित्र पिकासो को बनाते हुए देखा था। उसने उस चित्र की भारी कीमत चुकाई।

एक बार वह व्यक्ति उस चित्र को लेकर पिकासो के पास गया और पूछा, "पिकासो, यह चित्र तो प्रामाणिक है न? क्योंकि मैंने स्वयं तुम्हें इस चित्र को बनाते हुए देखा था।" पिकासो ने कहा—"बनाया तो मैंने ही है, लेकिन प्रामाणिक नहीं है।" वह मित्र बड़ा हैरान हुआ, क्योंकि प्रामाणिक का तो अर्थ

यही होता है कि चित्रकार ने उसे स्वयं बनाया है। किसी ने नकल और कॉपी नहीं की है। पूरी तरह ऑथेंटिक है। पिकासो ने कहा, "यह सही है कि मैंने यह चित्र बनाया है, पर मेरी दृष्टि में यह प्रामाणिक नहीं है, क्योंकि मैंने अपने पहले बनाए गए चित्रों की प्रतिकृति की है। बनाते समय मैं रचनाकार नहीं था, इसे बनाते समय मैं सिर्फ अपने ही चित्रों की कॉपी कर रहा था। इस चित्र को बनाते समय मैं सृष्टा नहीं रहा था।" मित्र बड़ा हैरान हुआ। इतनी बड़ी राशि व्यय करके उसने चित्र खरीदा था और चित्रकार स्वयं कह रहा है कि चित्र प्रामाणिक नहीं है। उसने झल्लाकर पूछा, "सृष्टा से तुम्हारा अर्थ क्या है?" तो पिकासी ने कहा, "सृष्टा मैं तभी होता हूँ, जब मैं अद्वितीय बनाता हूँ, बेजोड़ बनाता हूँ और जब मैं अपनी ही कृतियों की नकल करता हूँ, तब कैसा सृष्टा, इसलिए कवि चित्रकार, मूर्तिकार वस्तुत: जब कोई मौलिक चीज बनाते हैं, तब परमात्मा के निकटतम होते हैं। उतने ही निकट, जितने कि भक्त और संत होते हैं। जब हम किसी चीज का सृजन करते हैं और सृजन यदि मौलिक है, नकल या कॉपी नहीं, तो वह भी एक प्रकार की प्रार्थना ही होती है।"

□

शैतान और भगवान् की उपासना एक साथ नहीं की जा सकती

एक समय की बात है, राजा भोज व माध पंडित सैर करने निकले। चलते समय साहित्य चर्चा में ऐसे खो गए कि रास्ता ही भूल गए। उन्हें एक बुढ़िया दिखाई दी। दोनों ने उस बुढ़िया को प्रणाम करके पूछा, "माँ, यह रास्ता कहाँ जाएगा?" बुढ़िया ने उत्तर दिया—"यह रास्ता तो यहीं रहेगा, इसके ऊपर चलने वाले जाएँगे। भाई, तुम कौन हो?" दोनों बोले, "माँ, हम तो पथिक हैं।" बुढ़िया ने चट से उत्तर दिया—"पथिक तो दो ही हैं—एक सूरज, दूसरा चंद्रमा, तुम कौन से पथिक हो?" "माँ, हम तो पाहुने हैं।" माध बोला। पाहुने दो ही हैं—"एक, धन; दूसरा, यौवन। तुम कौन हो?" बुढ़िया ने पूछा? भोज बोला, "हम तो राजा हैं।"

बुढ़िया बोली, "राजा तो बस दो ही हैं—एक इंद्र; दूसरा यमराज। तुम कौन हो?" यह सुन दोनों चकित हो बोले, "हम तो क्षमतावान हैं।" "भाई, क्षमतावान तो दो ही हैं—पृथ्वी और स्त्री। तुम तो इनमें से नहीं दिखते। फिर तुम कौन हो?" भोज बोला, "माँ, हम तो साधु हैं।" बुढ़िया सिर हिलाती हुई बोली, "साधु तो बस दो ही हैं—एक तो शील व दूसरा संतोष। सच-सच कहो, तुम कौन हो?" माध बोले, "माँ, हम परदेशी हैं।" "जीव व पेड़ का पत्ता, परदेशी तो ये दोनों ही हैं। तुम कौन हो?" भोज और माध उस बुढ़िया की बुद्धि से चकित थे। पर हार उन्हें स्वीकार न थी। वे बोले, "माँ, हम तो गरीब हैं।" बुढ़िया फिर चट से बोली, "गरीब दो ही हैं, एक तो बकरी का जाया बकरा और दूसरी लड़की।" तब माध पंडित आगे बढ़कर बोले, "माँ, अब क्या कहें? हम तो हारे हुए हैं।" बुढ़िया बोली, "देखो भाई, हारे हुए तो बस दो ही हैं--एक ऋण लेने वाला व दूसरा बेटी का बाप। तुम कौन हो?" अंत में वे हारकर उस बुद्धिमान बुढ़िया से बोले, "अब क्या बताएँ, माँ, हम तो कुछ भी नहीं जानते। सच तो यह है कि सबकुछ जानने वाली तू ही है।" तब कुछ गंभीर हो वह बुढ़िया बोली, "तुम दोनों को अपनी विद्वत्ता व ऐश्वर्य का घमंड हो गया था। मैं तो तुम्हारी बातों से ही जान गई थी कि तू राजा है और यह माध पंडित, जाओ, धारा नगरी का रास्ता यही है।"

□

लालच से दूर

संतोष ऐसा धन है कि जिसे भी मिल जाए, उसके लिए संसार का बड़े-से-बड़ा वैभव भी तुच्छ हो जाता है। काशी में गंगा तट पर रैदास की झोंपड़ी थी, उसमें वह पत्नी के साथ रहते थे और झोंपड़ी के बाहर बैठकर जूते गाँठते थे।

जो कुछ मिल जाता, उसी में गुजर-बसर कर लेते। एक दिन एक साधु रैदास के पास आया और रैदास की गरीबी देखकर अपनी झोली में से एक पत्थर निकाला और कहा, "यह पारस पत्थर है, लोहे को सोना बना देता है।"

इतना कहकर उन्होंने लोहे का टुकड़ा लिया और उसको सोना बनाकर दिखा दिया। रैदास ने कहा, "महाराज, अपनी इस नियामत को आप अपने पास

ही रखिए, मुझे नहीं चाहिए। अपनी मेहनत से मुझे जितना मिल जाता है, वही हमारे लिए काफी है। पसीने की कमाई में अपना आनंद होता है।" पर साधु ने जब बहुत आग्रह किया तो रैदास ने कहा, "महाराज, आप इस पारस पत्थर को राजा को दे दीजिए, वह बड़ा गरीब है। उसे हर घड़ी पैसे की जरूरत रहती है या फिर दीजिए उस गरीब मनवाले धनी को, जो रात-दिन पैसे के पीछे पड़ा रहता है।" इतना कहकर रैदास जूते गाँठने में लग गए। साधु अपना सा मुँह लेकर चला गया। □

मातृभूमि महान् है

मातृभूमि के प्रति भारतीय मनीषियों का एक समय क्या दृष्टिकोण था, इसे प्रस्तुत घटना से समझा जा सकता है। स्वामी रामतीर्थ भारतवर्ष का संदेश देने अमेरिका पहुँचे। वहाँ उन्हें विद्वानों एवं जनता ने सम्मानित किया। अमेरिका में उन्होंने भारतीय धर्म और संस्कृत पर व्याख्यान देते हुए ढाई वर्ष व्यतीत किए। वहाँ उन्हें भेंट स्वरूप प्रचुर धनराशि भी मिली, किंतु वह सब स्वामीजी ने अन्य देशों में बुभुक्षितों को समर्पित कर दी। अपने लिए कुछ भी नहीं स्वीकार किया।

अमेरिका से लौटे तो एक दिन पहनने के कुछ कपड़े लेने के लिए अमेरिकी भक्त उनसे आग्रह करने लगे। रामतीर्थ ने वे कपड़े ले लिये। उन्होंने कोट-पैंट को पहनने की बजाय शरीर पर लटका लिया और अमेरिकी जूते पाँव में डालकर खड़े हो गए। एक कीमती टोप, जो उन्हें अमेरिका में मिला था, उसे उन्होंने मस्तक पर धारण नहीं किया, बल्कि टोप के बदले सुंदर प्रकार का साफा ही माथे पर लपेट लिया।

उनसे पूछा गया, "आपने इतना सुंदर टोप तो पहना ही नहीं?" उन्होंने उत्तर दिया, "राम के मस्तक पर सदा महान् भारतवर्ष ही रहेगा। अमेरिका पाँवों में पड़ा रह सकता है।" इतना कहकर उन्होंने नीचे झुककर मातृभूमि की मिट्टी उठाई और माथे पर लगा ली। अलमस्त, अवधूत महाप्राण का स्वाभिमान ऐसा ही था। □

जीवट का धनी

कहा गया है कि किसी भी कार्य अथवा लक्ष्य की प्राप्ति के लिए आवश्यक होता है, उसके प्रति किया गया संकल्प और इच्छाशक्ति। अपंग होने के कारण अंग्रेज लेखक फ्रैंक स्कली को वर्षों बिस्तर पर रहना पड़ा, फिर भी उन्होंने हिम्मत न हारी और अनेक पुस्तकें तथा हजारों लेख लिख डाले।

एक बार एक व्यक्ति ने उनसे पूछा, "इतने दिन बिस्तर पर पड़े रहने के बावजूद आपने इतना काम कैसे कर लिया?" इस पर स्कली महोदय ने उत्तर दिया—"बीमारी के दौरान मरीज को यह निर्णय कर लेना पड़ता है कि उसे आगे जीवित रहना है या मर जाना है। जब से मैं अपंग घोषित किया गया हूँ, हर रोज प्रात: अखबार का मृत्यु सूचना वाला स्तंभ देखा करता हूँ और जब मुझे तसल्ली हो जाती है कि मेरा नाम मृतकों में नहीं है, तब मैं अपने दिनभर के काम की योजना बनाता हूँ।"

काम के दौरान मैं अपनी असहायावस्था को भूल जाता हूँ और दिन की समाप्ति पर यह देखकर मुझे संतोष होता है कि मैंने उस दिन का ढेर-सा काम कर लिया है। महाप्राण जन शारीरिक अक्षमताओं की चिंता किए बगैर मृत्यु से निशंक आजीवन अपने मिशन संकल्प की पूर्ति में रत रहते हैं।

□

प्रोत्साहन से विकसित होता है आत्मविश्वास

हर मनुष्य में विकास की अनंत संभावनाएँ मौजूद हैं। सुप्त रूप में रहनेवाली क्षमताओं के विकास के लिए आंतरिक प्रेरणा तो जरूरी होती ही है, बाहरी वातावरण का प्रभाव भी कम महत्त्व नहीं रखता।

मित्र व सहकारियों का सकारात्मक प्रोत्साहन ऐसा कार्य करने में मददगार बन जाता है, जो अन्यथा नितांत असंभव दिख पड़ता है। रामायण में श्री हनुमान

और जामवंत का संबंध कुछ ऐसा ही है। हनुमान का शक्ति-बल अतुलनीय था, लेकिन एक मुनि के शाप से वे अपनी क्षमताओं को भूल गए थे।

इस शाप का निदान था—किसी के द्वारा उन्हें बल का स्मरण करवाना। सीता की खोज में जब दल दक्षिणी छोर पर समुद्र तक पहुँचा, तो आगे सागर पार कर लंका जाने की समस्या खड़ी हुई। इस दुष्चक्र से जामवंत ने राह दिखाई।

उन्होंने हनुमान को पूर्व में किए बल क्षमताओं को याद दिलाया और परिणाम यह हुआ, अपने बल को पहचान हनुमान सहज छलाँग में समुद्र पार कर लंका पहुँच गए और वहाँ से सीता का संदेश लाए। श्रीराम की सेना में नवप्राण संचार हुआ और लंका पहुँचकर उसने विजयश्री प्राप्त की।

जामवंत का हनुमान को प्रोत्साहन इस कड़ी का महत्त्वपूर्ण बिंदु है, क्योंकि उन्होंने ही हनुमान के भीतर आत्मविश्वास और आंतरिक प्रेरणा को जगाया था। जीवन में यदि दूसरों को सकारात्मक विचार दें तो सद्कार्यों में सफलता मिल सकती है और बेहतर समाज का निर्माण हो सकता है। एक-दूसरे की मदद और सहकार से हम संस्कृत के विकास की नई मंजिल पा सकते हैं।

□

हृदय-परिवर्तन

जूलिया कार्नी का कथन है कि दया के छोटे-छोटे कार्य प्रेम के जरा-जरा से शब्द हमारी पृथ्वी को स्वर्गोपम बना देते हैं। कथा है कि एक नि:संतान स्त्री ने एक संत की बहुत कीर्ति सुनी। वे संत प्रेम, परोपकार और सेवा के साक्षात् प्रतीक माने जाते थे। संतान-प्राप्ति के लिए अनेक व्रत, उपवास और महात्माओं की शरण में जानेवाली वह स्त्री जब उन संत की कृपा प्राप्त करने उनके पास पहुँची तो संत ने उसे अपनी झोली से दो मुट्ठी चने देकर पास के पेड़ की छाया में बैठने को कहा और यह समझा दिया कि जब उसे बुलाया जाए, वह तभी संत के पास आए।

पेड़ की छाया में बैठी स्त्री जब चने खा रही थी, तभी कुछ बच्चे खेलते हुए उसके पास पहुँच गए और उसकी ओर देखने लगे। कहीं बच्चे चने न माँग लें,

इसलिए अपना मुँह दूसरी ओर करके चने खाने लगी।

उसने एक भी चना किसी बच्चे को नहीं दिया। थोड़ी देर बाद संत ने उसे बुलाया और उसकी परेशानी सुनी तो वे बोले, "अरे भलीमानस! जब मुफ्त में मिले चनों में से चार दाने भी तुम से बच्चों को देते नहीं बना, तब भगवान् हाड़-मांस का बच्चा तुम्हें कैसे दे सकता है।"

प्रभु भी उसी पर दया दिखाते हैं, जो दूसरों के प्रति दया व प्रेम का भाव रखता है। दया व प्रेम तो व्रत-उपवास से भी बड़ा होता है। अत: पहले आप अंदर वह भाव पैदा करो कि वही भाव ईश्वर तुम्हारे बारे में बनाए।

□

ईश्वर की सर्वश्रेष्ठ अभिव्यक्ति है गुरु

सूर्य को दिखाने के लिए मशाल या दीपक की आवश्यकता नहीं होती। सूर्य को देखने के लिए हम मोमबत्ती नहीं जलाते। सूर्य का उदय होते ही उसके उदित होने का ज्ञान हमें स्वत: ही हो जाता है। उसी प्रकार जब हमें सहायता देने के लिए किसी जगद्गुरु का आगमन होता है, तब आत्मा को अपने स्वभाव से ही ऐसा लगने लगता है कि उसे सत्य की प्राप्ति हो गई।

सत्य स्वयंसिद्धा है। सत्य स्वयंप्रकाश है। वह हमारी प्रकृति की अंतरतम गुहाओं तक को भेद देता है और समस्त विश्व उठ खड़ा होता है और कहता है, यही सत्य है, महान् आचार्य ऐसे ही होते हैं। जिनसे हम दीक्षा लेना चाहते हैं या जिन्हें हम गुरु बनाना चाहते हैं, उनके विषय में उचित राय कायम कर सकने के लिए पर्याप्त अत:शक्ति हममें बहुधा नहीं होती, इसलिए कुछ कसौटियों की आवश्यकता होती है।

गुरु वह है, जो शास्त्रों के मर्म को जानता हो। गुरु निष्पाप और सच्चा हो। जिसने ईश्वर का साक्षात्कार कर लिया है, वही गुरु हो सकता है। जब गुरु में ये आवश्यक बातें मिल जाएँ, तो तुम निरापद हो, तुम्हें कोई डर नहीं है। गुरु धार्मिक पूर्वज और शिष्य उसका धार्मिक वंशज होता है।

आध्यात्मिक गुरु द्वारा दिया गया जो ज्ञान आत्मा को प्राप्त होता है,

उससे उच्चतर एवं पवित्र वस्तु और कुछ नहीं है। गुरु को ईश्वर की सर्वश्रेष्ठ अभिव्यक्ति समझकर उसमें हमें अपना ध्यान केंद्रित कर देना चाहिए और ज्यों-ज्यों उसमें हमारी यह ध्यान-शक्ति एकाग्र होगी, गुरु के मानव रूप का चित्र विलीन हो जाएगा; मानव शरीर का लोप हो जाएगा और ईश्वर ही वहाँ शेष रह जाएगा।

□

रामचरितमानस

गांधीजी के साथ उनके आश्रम में कुछ दिन रहे एक व्यक्ति ने देखा कि वे रामचरितमानस की बहुत प्रशंसा करते हैं और अक्सर उसके उद्धरण भी सुनाते हैं। आश्रम से जाने के बाद उसने मानस का बड़े ही मनोयोग से अध्ययन किया, कुछ विद्वानों से भी बात की, फिर गांधीजी को एक पत्र लिखा, रामचरितमानस में स्त्री जाति की निंदा है, बालि के वध और विभीषण के देशद्रोह की प्रशंसा है। काव्य चतुर्थ भी उसमें कुछ विशेष नजर नहीं आता। फिर आप उसे सर्वोत्तम ग्रंथ क्यों मानते हैं?

गांधीजी को पत्र मिला तो पढ़कर वे मुस्कराए। फिर बाकी काम छोड़कर पहले उसी का जवाब देने बैठ गए। जवाब में गांधीजी ने लिखा, "मेरे सामने ऐसे विचार पहले भी कुछ विद्वान् लोग व्यक्त कर चुके हैं। वे अपने ज्ञान की सार्थकता रामायण को दोषों का पिटारा साबित करने में ही समझते हैं। यों तो वेद, कुरआन और बाइबल के भी आलोचकों का अभाव नहीं है। पर जो गुणदर्शी हैं, वे उनमें दोष नहीं देखते। मानस को मैं सर्वोत्तम इसलिए नहीं कहता कि कोई उसमें एक भी दोष नहीं निकाल सकता, बल्कि इसलिए कहता हूँ कि उससे करोड़ों लोगों को शांति मिलती है। वह भक्ति और अनुभवजन्य ज्ञान का भंडार है।"

□

प्रसन्नचित्त होना चिंतामुक्त

सम्राट् समुद्रगुप्त एक बार बहुत सारी चिंताओं से घिरे शांति के लिए वन की तरफ चल पड़े। अचानक उनके कानों में बंसी की सुरीली धुन पड़ी। उन्होंने अपना घोड़ा उसी दिशा में मोड़ लिया।

जाकर देखा कि पहाड़ी झरने के पास, वृक्षों के झुरमुट के नीचे एक युवा चरवाहा बड़ी प्रसन्न मुद्रा में बंसी बजा रहा था। सम्राट् ने कहा, "युवक! तू तो ऐसा आनंदित है जैसे तुझे कोई साम्राज्य मिल गया हो।" युवक हँसता हुआ बोला, "हे मित्र! मैं अभी ही सम्राट् हूँ, साम्राज्य मिलने पर कोई व्यक्ति सम्राट् नहीं रह सकता।"

युवक की बात सुनकर समुद्रगुप्त हैरान हो गए। उनकी हैरानी भाँपकर युवक ने कहा, "महाशय, कोई व्यक्ति संपत्ति से नहीं, बल्कि स्वतंत्रता से सम्राट् होता है। मेरे पास आज वह स्वतंत्रता है। प्रकृति के अद्‌भुत दृश्य निहारने के लिए मेरे पास आँखें हैं। भगवान् के बारे में चिंतन करने के लिए मेरे पास मन है। मुझ पर उतनी ही चाँदनी बरसती है, जितनी कि सम्राट् पर। फिर आप ही बताएँ कि सम्राट् के पास ऐसा क्या है, जो मेरे पास नहीं है?"

इन बातों को सुनकर समुद्रगुप्त विचार करने लगे कि स्वतंत्रता का यही मर्म वे सम्राट् होकर भी नहीं समझ पा रहे थे, इसीलिए उन्हें चिंताएँ घेरे रहती थीं। □

साधु की शिक्षा

एक बार एक साधु रानी रासमणि के कालीजी के मंदिर में आया, वहाँ पर रामकृष्ण परमहंस रहा करते थे। एक दिन उनको कहीं से भोजन न मिला। उन्होंने किसी से भी भोजन के लिए नहीं कहा। थोड़ी दूर पर एक व्यक्ति रोटी खा रहा था। वे दौड़कर उसके पास गए और बोले, "भैया, तुम मुझे बिना खिलाए क्यों खा रहे हो?" फिर उसी के साथ खाने लगे। भोजन करने के पश्चात् काली मंदिर

चले आए और इतनी भक्ति से माता की स्तुति करने लगे कि सारे मंदिर में सन्नाटा छा गया। जब वे जाने लगे तो रामकृष्ण परमहंस ने अपने भतीजे हृदय मुखर्जी से कहा, "बच्चा, इस साधु के पीछे-पीछे जाओ और वह जो कहे, उसे मुझसे आकर कहो।" हृदय ने कहा, "महात्माजी मुझे कुछ शिक्षा दीजिए।" साधु ने उत्तर दिया, "जब तू इस गंदे घड़े के पानी को और गंगाजल को समान समझेगा और जब इस बाँसुरी की आवाज और इस जनसमूह की कर्कश आवाज तेरे कानों में समान मधुर लगेगी, तब तू सच्चा ज्ञानी बन सकेगा।" हृदय ने लौटकर सारा वृत्तांत रामकृष्ण परमहंस को सुनाया। परमहंस ने कहा, "उस साधु को वास्तव में ज्ञान और भक्ति की कुंजी मिल चुकी है।" पहुँचे हुए साधु ही समदर्शी होते हैं।

□

सोच बदलो

एक तपस्वी के पास आए दिन एक पाखंडी आकर अपनी हाँकने लग जाता। कभी किसी की बुराई करता तो कभी किसी को पागल बताता। आए दिन तपस्वी उसकी बातें सुनता और अनसुनी कर देता। एक दिन तपस्वी ने अपने शिष्यों को कहा, "जो व्यक्ति दूसरों की बुराई करता है और अपने को श्रेष्ठ बताता है, वह इंसान नहीं हो सकता। ऐसे व्यक्ति से तो पशु भी बेहतर होते हैं।" तपस्वी ने अपनी सोच बदलने की प्रार्थना की। जब तपस्वी अपने शिष्यों को ये सभी बातें समझा रहे थे, तब वह पाखंडी भी उनकी बातें सुन रहा था। जब तपस्वी ने अपना व्याख्यान समाप्त किया तो पाखंडी पानी-पानी हो गया। तपस्वी ने बस इतना ही कहा, "अपनी सोच बदल डालो।" पाखंडी को क्षमा माँगनी पड़ी।

□

अनर्थ की जड़

शे फरीद एक बहुत बड़े संत थे। उनकी माँ ने उन्हें बचपन में सिखाया कि बेटे, भूखे मर जाना, पर किसी के आगे हाथ मत फैलाना। शेख की सबसे

बड़ी विशेषता यह थी कि वे अगले दिन की चिंता नहीं करते थे। मानते थे कि जिसने आज के लिए दिया है, वह कल के लिए भी देगा। उनका नाम चारों ओर फैल गया। एक दिन एक धनिक पास आया और उन्हें चाँदी की बहुत सी मुद्राएँ दे गया। शेख ने अपने एक शिष्य से कहा, "इन सबको गरीबों में बाँट दो।" शिष्य ने यही किया। जब वह उन्हें बाँट रहा था, एक मुद्रा नीचे गिर गई। सारी मुद्राएँ बँट गईं तो उसका ध्यान नीचे पड़ी मुद्रा की ओर गया। उसने मुद्रा को उठाकर रख लिया। सोचा, बाद में किसी को दे देगा। फिर वह भूल गया। शाम को शेख नमाज पढ़ने बैठे तो और दिन की तरह उनका मन नहीं लगा। तभी उन्होंने अपने शिष्य से पूछा, "क्यों, मैंने जो मुद्राएँ तुम्हें दी थीं, वे सब तुमने बाँट दी थीं?" शिष्य को अचानक याद आया कि एक मुद्रा बच रही थी और वह उसके पास है। उसने यही बात उनसे कह दी और गलती के लिए माफी माँगी।

शेख ने कहा, "जाओ और उस मुद्रा को किसी गरीब को दे आओ।" शिष्य फौरन उठ खड़ा हुआ, बाहर गया और एक जरूरतमंद को मुद्रा देकर लौट आया। उसके बाद शेख ने चैन की साँस ली और नमाज पढ़ी, तो उनका दिल ठीक वैसे ही लगा, जैसे कि और दिन लगा करता था। ठीक ही कहा गया है—अर्थ अनर्थ की जड़ होता है।

□

सौंदर्य भाव का हो सम्मान

सौंदर्य में आकर्षण होता है। शास्त्रों के अनुसार श्री सौंदर्य और गुणों में ईश्वर की शक्ति होती है। फिर प्रश्न उठता है, ऐसे पवित्र आधार वाली वस्तु बुराई की प्रेरक कैसे बन जाती है। यह जान लेना बड़ा उपयोगी है।

जब हम कोई सुंदर वस्तु देखते हैं तो हमारे मन में दो प्रकार के भाव उत्पन्न होते हैं या तो हम उस गुण से प्रभावित हों, उसे सम्मान की दृष्टि से देखते हैं या फिर उसके उपभोग की लालसा करते हैं। इन दो दृष्टियों में ही सारा भेद छिपा है। सौंदर्य के प्रति सम्मान का भाव तो नैतिक आदर्श स्थापित करता है, भोगदृष्टि सब के लिए दु:ख और विनाश का कारण बनती है। महापुरुषों का जीवन ऐसा

ही सजग दृष्टिकोण अपनाने की प्रेरणा देता है। छत्रपति शिवाजी की सेना ने विजय में प्राप्त वस्तुओं में एक किलेदार की पुत्रवधु को भी छत्रपति की सेवा में पेश किया। यह उस काल में राजाओं के लिए एक मान्य परिपाटी थी।

सुंदर युवती को देख छत्रपति अभिभूत हो बोल पड़े, "यदि मेरी माता ऐसी सुंदर होती तो मैं भी ऐसा ही सुंदर होता।" उन्होंने उस युवती को उसके परिजनों के पास पहुँचाने का इंतजाम किया और बहुत सी भेंट देकर उसे विदा किया।

सौंदर्य के प्रति यह सूक्ष्म विवेक-बुद्धि आध्यात्मिक सत्यों के प्रति सजग रहने का परिणाम होती है। सौंदर्य के प्रति सम्मान के भाव को विकसित करने के लिए सजग रहना जरूरी होता है।

□

भीड़ का भविष्य

राजा विक्रमादित्य का नियम था कि वह उठते ही सबसे पहले कबूतरों को चुग्गा डालते थे। इसके बाद जो भी पहले याचक आता, उसे वे दो स्वर्ण मुद्राएँ देते थे। राजा के इस नियम से व्यवस्था में व्यवधान आने लगा। राजमहल के सामने सुबह काफी भीड़ और पहले मैं पहले मैं करके धक्का-मुक्की भी होने लगी। मंत्री व सभासदों ने सारी स्थिति से राजा को अवगत कराया। दूसरे दिन विक्रमादित्य के पास जो भी सबसे पहले आया, उसे दो स्वर्ण मुद्राएँ तो मिलीं, पर इसके साथ ही आदेश भी मिला कि कुछ काम करो और मेरे पास दोबारा माँगने तब ही आना, जब तुम चार स्वर्ण मुद्राओं के मालिक बन जाओ। राजा ने नित्य यही कर्म अपनाया। धीरे-धीरे भीड़ कम होने लगी।

एक दिन सभासदों ने राजा से भीड़ कम होने का कारण पूछा, तो विक्रमादित्य ने बड़ी सहजता से उत्तर दिया कि जो मेहनती थे, उन्होंने तो दो से चार और चार से आठ करना सीख लिया और जो निकम्मे थे, वे दोबारा सामने आते भी कैसे?

क्यों न दुआ करें कि आज हम सभी को इसी तरह मेहनत करने की बुद्धि मिले।

□

फूल की विनम्रता

एक दिन पत्थर फूल पर बहुत नाराज हुआ। उसने कहा—'जानता नहीं, मेरी शक्ति तुझे जरा सी देर में पीसकर रख देगी।' फूल मुस्कराया और विनम्रता से बोला—'तब तो आप मेरी सुगंध को दूर-दूर तक फैला देने का उपकार ही करेंगे। महोदय, इसमें मुझे न खिन्न होना है, न उद्विग्न।'

□

रचनात्मक अनुशासन का मूल है परहित चिंतन

अनुशासन और शिक्षा देने के मार्ग सर्वथा नवीन हो सकते हैं। यदि हमारा चिंतन परहित से प्रेरित हो तो दंड के तरीके में भी कुछ ऐसी संभावनाएँ पैदा हो जाती हैं, जिसमें बिना प्रताड़ना के ही व्यक्ति पूर्ण परिवर्तन के लिए संकल्पित हो जाता है। लेकिन ऐसा रचनात्मक अनुशासन किसी करुणामय एवं संयमित मनुष्य के लिए संभव है। संयम जो आत्मानुशासन और साधना से आता है। स्वामी विवेकानंद के भ्रमण के दौरान की घटना है। उन्हें एक तेजस्वी साधु मिले। प्रसंग में प्रसिद्ध योगी पवहारी बाबा की चर्चा निकली। साधु ने एक कथा सुनाई। एक रात कोई चोर सामान चुराने के लिए बाबा की गुफा में घुसा। जब वह बर्तन व अन्य सामान लेकर भागने लगा तो वजन अधिक होने की वजह से सामान गिरने लगा। योगीराज की तंद्रा टूटी। सारा माजरा समझ तेज कदमों से चोर के पीछे पड़े। दूर तक पीछा कर अंत में उन्होंने चोर को पकड़ लिया। वे हाथ जोड़कर आँसू भरे नेत्रों से कातर स्वर में कहने लगे—"नारायण, आप अपना यह सब सामान कृपा करके ले जाएँ।" ऐसा कहकर उन्होंने साथ लाया सब सामान उसे सौंप दिया। उस साधु ने स्वामीजी से कहा, "आप जानते हैं, वह चोर मैं था!" एक संत की सच्ची सहृदयता से चोर महात्मा बन गया।

अनुशासन का मूल सिद्धांत है कि वह व्यक्ति के मन में भय नहीं, विश्वास

का भाव जगाता है और इसी के चलते व्यक्ति बड़े-से-बड़े अपराधी में भी आमूलचूल परिवर्तन करने की क्षमता रखता है।

□

नेकी करे, नेक बनो

व्यक्ति के जीवन में धर्म जब आचरण की जगह विचार-चिंतन का विषय मात्र बनकर रह जाता है तो वह अज्ञान का ऐसा अंधकार पैदा कर देता है, जिससे पार पाना अत्यंत कठिन होता है। ऐसी स्थिति में मनुष्य का मन तो निम्न कामनाओं में भटकता रहता है, परंतु मानसिक स्तर पर वह धर्म के सिद्धांतों के चिंतन में विलास करता रहता है। वह सबकुछ जानकर भी अज्ञानी रह जाता है। ऐसे व्यक्ति के लिए यीशु मार्ग बताते हैं—नेकी करो और नेक बनो। एक यहूदी धर्म शिक्षक ने यीशु से सच्चे जीवन का मार्ग पूछा। यीशु ने पूछा, हमारे धर्म-शास्त्रों में क्या लिखा है? उसने जवाब दिया—"हमें प्रभु से पूर्ण प्रेम करना चाहिए। आप अपने कार्य व चिंतन से दूसरों को यह अपने जीवन में दिखाना चाहिए। सबसे आत्मवत् प्यार करना चाहिए।" यीशु ने कहा, "यही सच्चे जीवन की राह है। धर्म शिक्षक संतुष्ट न हुआ, तब यीशु ने कथा सुनाई। यरूशलम से येरिहो नगर जा रहे एक व्यक्ति को डाकू लूटकर अधमरा छोड़कर भाग गए। मार्ग से पुरोहित गुजरा, तो वह भी उस आदमी को देख कतराकर चला गया। मंदिर का सहायक पुरोहित वहाँ से गुजरा तो वह भी देखते हुए आगे बढ़ गया। तीसरा व्यक्ति सामरी प्रदेश का परदेसी उसे अपने गधे पर बैठाकर सराय ले गया, वहाँ उसकी देखभाल की व दूसरे दिन सराय मालिक को पैसे देकर घायल की सेवा करने का निर्देश देकर वह आगे बढ़ गया। कहानी के अंत में यीशु ने धर्म शिक्षक से पूछा—तीनों में से किसने घायल व्यक्ति के प्रति सच्चा प्रेम दर्शाया। शिक्षक बोला—उसने जिसने दया की। यीशु ने उससे कहा तो जाओ और उसके उदाहरण को अपनाओ।

□

अतिरिक्त धन दान के लिए है

मेहनत और सच्चाई के मार्ग से धन अर्जित करना अच्छी बात है, लेकिन इससे कहीं अधिक श्रेष्ठ इस प्रकार अर्जित धन को उन लोगों की मदद में लगाना है, जो धन के अभाव में मुसीबत में हैं। इस सरल जीवनशैली में ऐसा गरिमामय पुरुषार्थ छिपा है, जो सारे समाज को चिरकाल तक कर्तव्य के निर्वहन का पैगाम देता है। पैगंबर हजरत मोहम्मद कहते थे—आदम की संतान को इन कुछ सामग्रियों के अतिरिक्त किसी अन्य वस्तुओं का हक नहीं—रहने को झोंपड़ा, तन ढकने को कपड़ा, पेट भरने को रूखी-सूखी रोटी और पानी। उनका व्यक्तिगत जीवन इसी दर्शन की मिसाल था। उनके पास जब खिराज (टैक्स) का खजाना आता, उसे वे मस्जिद के सेहन में डाल देते और उसे बाँटकर ही घर लौटते। एक रात माल पूरा बाँटा न जा सका। जब तक दुनिया का माल शेष है, मैं घर नहीं जा सकता—ऐसा कहकर उन्होंने रात मस्जिद में ही गुजारी। उनके जीवन की अंतिम दिनों की घटना है। बीमारी के चलते बेचैन हैं कि उन्हें याद आता है कि घर में कुछ अशर्फियाँ पड़ी हैं। वे कह उठते हैं, उन्हें दान कर दो। क्या मोहम्मद अपने रब से इस तरह मिलेगा कि उसके पीछे उसके घर में अशर्फियाँ पड़ी हों। व्यावहारिक जीवन में उनकी इस सादगी और निःस्पृहता शिक्षा ने अरब क्षेत्र की संस्कृति को परहित चिंतन की नई दृष्टि दी। जो इस्लाम में भाईचारे के रूप में विकसित हुआ। इस भाव को भलीभाँति आत्मसात् कर प्रेम और भाईचारे के संदेश को यथार्थतः समझा जा सकता है। धन व पदार्थों के न्यायपूर्ण हकदार हम तब ही बनते हैं, जब वह दूसरों की आवश्यकताओं की पूर्ति में भी नियोजित हुआ होता है।

□

लक्ष्य-प्राप्ति का मूल मंत्र है जागृति

जाग्रत् रहना बहुमूल्य सूत्र है, जो जीवन के हर क्षेत्र में उपयोगी होता है। धर्म साधना का अर्थ यदि कर्मकांड मात्र न लेकर उसके विराट् रूप में

लिया जाए तो यह बात स्पष्ट होती है कि वास्तव में जागृति में ही परमात्मा की चैतन्यता विराजती है। एकाग्रता की साधना के पीछे का मर्म भी हर क्षण जागरूक रहने में निहित है। जब कि होता यह है कि हम एक कार्य के संपादन के समय मानसिक रूप से दूसरे कार्य में व्यस्त रहते हैं और यह अराजकता हमारे जीवन का अंग बन जाती है। सजग निष्ठा से प्रेरित मन जब किसी सांसारिक कार्य की सिद्धि का या ईश्वर प्राप्ति का संकल्प लेता है, तो उसे लक्ष्य पाने में कोई कठिनाई नहीं होती। तांत्रिक वामाक्षेपा उच्च कोटि के संत थे। एक दिन वे तारापीठ के पास नदी में स्नान कर रहे थे। जल में एक जमींदार भी था, जो अर्घादि से उपासना कर रहा था। वामाक्षेपा हँसते हुए उस पर पानी उड़ाने लगे। जमींदार ने प्रतिरोध कर कहा, "क्या आप देखते नहीं, मैं उपासना कर रहा हूँ।" वामाक्षेमा हँसते हुए बोले, "तुम कहाँ हो, तुम तो कलकत्ते की मूर कंपनी की दुकान से जूता खरीद रहे हो।" यह सुनते ही जमींदार अवाक् रह गया। क्योंकि उस समय वास्तव में वह कलकत्ते की मूर कंपनी से जूते खरीदने के खयालों में ही डूबा हुआ था। वह क्षमा माँगने लगा, तब संत ने उसे पूर्ण मनोयोग से उपासना करने के महत्त्व को समझाया। लक्ष्य की प्राप्ति के लिए सर्वाधिक आवश्यक बात यही है कि हम उसके प्रति सतत जागरूक रहें, ऐसा होने पर ही हमारी शक्तियाँ केंद्रित होकर हमें आगे बढ़ाती हैं—अध्यात्म, जिसका लक्ष्य जीवन का समूल रूपांतरण है, वह तो साधक से प्रति क्षण जागृति की अपेक्षा रखता है।

□

हालत नहीं बदलते

ब्राउनिंग ने कहा है—विचार कर्म की आत्मा है। विचार की पवित्रता से ही विश्व का निर्माण हुआ है, जैसा कि सृष्टि से पूर्व ईश्वर ने सोचा था कि मैं एक से अनेक हो जाऊँ और फिर उसने प्रकृति की रचना की, चूँकि महान् विचार हृदय से आते हैं, हम मन की शुद्धि से अपने व्यक्तित्व, समाज, देश तथा विश्व में कल्याणकारी परिवर्तन ला सकते हैं। एक गड़रिए से एक व्यक्ति ने पूछा,

"आज मौसम कैसा रहेगा?" उसने कहा, "जैसा मैं चाहूँगा," व्यक्ति ने कहा। पूछा, "ऐसा कैसे हो सकता है? क्या मौसम तुम्हारा गुलाम है?" गड़रिए ने उत्तर दिया, "नहीं, गुलाम नहीं है। मौसम हर हाल में वैसा ही रहेगा, जैसा ईश्वर चाहेगा और उसकी प्रसन्नता में ही मेरी प्रसन्नता है।" कितना साफ-सुथरा विचार है उस गड़रिए का। प्रश्नकर्ता उसकी बात सुनकर भौचक्का रह गया। उसने गड़रिए का विचार जानकर यह सबक सीखा कि हालात तो जैसे हैं, वैसे ही रहेंगे, उन्हें बदला नहीं जा सकता। बदलने वाली चीज तो हमारा मन है। फिर क्यों न हम उसे बदलें। गीता कहती है, "मनुष्य अपने मन की मलिनता को हटाकर समभाव ग्रहण करे, जिससे उसके विचारों का दृष्टिकोण सीमितता से हटकर व्यापक बने। इसी में विश्वकल्याण निहित है।"

□

जिंदगी की अहमियत

दीपक का तेल खत्म हो गया था। सिर्फ रुई की बाती जलकर हल्की रोशनी बिखेर रही थी। उसका आखिरी वक्त पास आते देख एक आदमी ने पूछा, "तुम जीवन भर रोशनी देकर दूसरों को राह दिखाते रहते हो। इतनी भलाई करते हो। तुम्हारा यह दु:खद अंत देखकर मेरा कलेजा फटा जा रहा है।" बुझते हुए दीपक ने आखिरी बार अपनी रोशनी को बिखेरते हुए कहा, "भाई, इस दुनिया में जिसका जन्म होता है, उसका अंत भी होता है। हम कोशिश करने पर भी उसे बचा नहीं सकते। इतना जरूर कर सकते हैं कि अपने जीवन की कीमती घड़ियाँ को बेकार बरबाद न होने दें।"

□

ब्राह्मण का विश्वासघात

कृतज्ञता महान् गुण है। एक चीनी कहावत है, जब कभी झरने से जल पियो तो उसे कभी मत भूलो। शिवाजी वेश बदले हुए एक दरिद्र ब्राह्मण के यहाँ रुके

थे। ब्राह्मण का नाम विनायक देव था। वह अविवाहित था और अपनी माँ के साथ रहता था, एक दिन से अधिक के लिए वह भिक्षा नहीं लेता था। उस दिन उसे बहुत थोड़ा अन्न मिला। उसने भोजन बनाकर शिवाजी और अपनी माँ को खिला दिया और स्वयं भूखा रह गया। शिवाजी को अपने आश्रयदाता की यह दरिद्रता असह्य हो गई। उन्होंने पहले तो सोचा, दक्षिण जाकर ब्राह्मण को धन भेजूँगा, लेकिन उन्होंने उसी समय उसकी दरिद्रता दूर करने का उपाय ढूँढ़ लिया। उन्होंने एक पत्र ब्राह्मण के हाथ वहाँ के सूबेदार को भिजवा दिया, जिसमें लिखा था—शिवाजी इस ब्राह्मण के घर टिका है। इसके साथ आकर पकड़ लें, लेकिन इस सूचना के लिए इस ब्राह्मण को दो हजार अशर्फियाँ दे दें। सूबेदार शिवाजी के चरित्र को जानता था। उसने दो हजार अशर्फियाँ ब्राह्मण को दे दीं। शिवाजी गिरफ्तार हो गए। तानाजी से यह सुनकर कि उनके अतिथि और कोई नहीं, शिवाजी महाराज थे, ब्राह्मण छाती पीठ-पीटकर रोने लगा। वह मूर्च्छित हो गया। रास्ते में सूबेदार से तानाजी ने संघर्ष किया और शिवाजी को मुक्त करा दिया।

□

सेवा का आनंद

जमशेदजी मेहता कराची के प्रख्यात सेठ थे। एक अस्पताल के लिए चंदा एकत्र किया जा रहा था। चंदा देने वालों को यह बताया जाता था कि जो दस हजार रुपए दान में देंगे, उनके नाम के पत्थर अस्पताल के मुख्य द्वार पर लगाए जाएँगे। बहुत से व्यक्तियों ने दस हजार या इससे अधिक रुपए दान में दिए, ताकि उनके नाम का पत्थर अस्पताल के मुख्य द्वार पर लग जाए। परंतु जमशेदजी मेहता ने दस हजार से चालीस रुपए कम दिए। इस पर किसी ने कहा कि सेठजी चालीस रुपए और दे दें तो आपके नाम का पत्थर भी लग जाएगा। इस पर सेठजी ने उत्तर दिया कि सेवा में जो आनंद है, वह आनंद नाम का पत्थर लगवाने में नहीं है।

□

विराट् के लिए लघु हित का त्याग साधा जाए

जीवन में त्याग की भावना का स्थान अनुपम है। यह संबंधों में स्नेह की तरह कार्य करता है और इसका मर्म होता है, परिवार के लिए व्यक्तिगत और समाज के लिए परिवार के हित का त्याग। धर्म जिस विराट् देश को विकसित करने की प्रेरणा देता है, उसका प्रयोग यहीं से शुरू होता है। व्यवहार में भले ही परिवार-जातिगत संबंधों को श्रेष्ठ माना जाता हो, लेकिन लोकहित का तकाजा तो अधिसंख्य लोगों के लाभ के लिए लघुस्तर के हित त्यागने में ही है। रामायण में विभीषण इस भाव का श्रेष्ठ उदाहरण है। सीता हरण के विरोध के खतरों से विभीषण अनजान नहीं था। रावण का मोह और क्रोध वह पहले कई अवसरों पर देख चुका था। रावण के अत्याचारों का चरम सीता हरण के रूप में विकसित हुआ। उसके इस दुस्साहस में न केवल राक्षसों का विनाश था। अहंकार और अधर्म का चरम बिंदु भी था। इसलिए जब सलाहकार रावण को योग्य सलाह देने के कर्तव्य से बच रहे थे, तब विभीषण ने सभा में सीता हरण के दुष्परिणाम बताए और श्रीराम को सीता लौटा देने की सलाह दी। रावण ने सलाह नहीं मानी, उल्टे भ्रातृदोह का आरोप लगाया। विभीषण ने भाई व कुल के स्थान पर वृहद् समाज हित को तरजीह दी और रावण का साथ छोड़ दिया। उस समय न भविष्य की योजना उसके मस्तिक में थी, न लोकनिंदा की कल्पना। सिर्फ लोकसमाज के व्यापक हित को ध्यान में रख उन्होंने सभी ऐश्वर्य को तिलांजलि दे दी और मर्यादा पुरुषोत्तम के धर्मस्थापना के कार्य में प्रमुख कारण बना।

□

जो भी बनें, आदर्श बनें

एक जिज्ञासु व्यक्ति कबीरदास के पास आया और कहने लगा। महात्मन्! मुझे क्या बनना चाहिए—संन्यासी या गृहस्थी? कबीरदास ने कहा, जो बनो

आदर्श बनो। समझाने की दृष्टि से उन्होंने दो घटनाएँ दिखाईं। पहली है—उन्होंने अपनी पत्नी को बुलाया। सूरज पूरी तेजी के साथ आकाश में विद्यमान था। पत्नी से कहा कि मुझे दीपक जलाकर दो, ताकि मैं कपड़ा अच्छी तरह से बुन सकूँ। पत्नी बिना तर्क किए दीया जला कर दे गई। इस उदाहरण से कबीरजी ने उसे समझाया, यदि गृहस्थ बनना है तो परस्पर ऐसा दृढ विश्वास रखना कि दूसरे की इच्छा ही अपनी इच्छा हो।

दूसरी घटना संत की है—जिज्ञासु को लेकर वे एक टीले पर गए, जहाँ अतिवृद्ध महात्मा रहते थे। वे कबीर से परिचित नहीं थे। कबीर ने नमाज के बाद संत से पूछा, "बाबाजी! आपकी आयु कितनी है?" संत ने कहा, "अस्सी वर्ष।" थोड़ी देर इधर-उधर की बातें करके पुनः उनकी आयु पूछते हैं—"बाबाजी! आपने अपनी आयु क्यों नहीं बताई?" संत ने कहा, "बेटे! अभी तो बताई अस्सी वर्ष। लगता है, तुम भूल गए।"

टीले की आधी चढ़ाई उतरने के पश्चात् कबीर ने महात्माजी को आवाज दी और नीचे आने को कहा। वे हाँफते हुए नीचे आए और पूछा, "क्या बात है?" उन्होंने कहा, "आपने तो अपनी उम्र ही नहीं बताई।" संत ने उसको उनकी भूल समझा और हँसते हुए बोले, अस्सी वर्ष तथा वापस पहाड़ी की चढ़ाई पार करने लगे। कबीर ने कहा, "जिज्ञासु भाई! यदि संत बनना हो तो ऐसा बनना।"

□

दूसरों के धन की तुच्छता

भक्त रांका कंगाल और अपढ़ होने पर भी परम वैरागी थे। रांका बड़े रंक थे, इसीलिए शायद उनका नाम रांका पड़ गया था। उनकी पत्नी का नाम बांका था। वे बड़ी साध्वी, पतिव्रता और भक्तिपरायणा थीं। वैराग्य में तो वे रांकाजी से भी बढ़कर थीं। दोनों जंगल से सूखी लकड़ियाँ बीनकर लाते और उन्हें बेचकर जो कुछ भी मिलता, उससे भगवान् को भोग लगाकर प्रसाद पाते। रांका को पत्नी समेत दुःख भोगते देखकर सिद्ध भक्त नामदेव को बड़ा दुःख हुआ। उन्होंने भगवान् से प्रार्थना की कि रांका को धन मिले। नामदेव को उत्तर मिला कि रांका

कुछ भी लेना नहीं चाहता, तुम्हें देखना है तो कल सुबह वन के रास्ते पर छिपकर देखना। दूसरे दिन रांका ने जंगल के रास्ते पर मुहरों की थैली पड़ी देखी तो उस पर धूल डालने लगे। इतने में उनकी पत्नी भी आ गई। उसने पूछा, "किस चीज को धूल से ढक रहे हो?" रांका ने कहा, "यहाँ एक थैली मुहरों की पड़ी है, मैंने सोचा कि तुम पीछे से आ रही हो, कहीं मुहरों के लिए लोभ पैदा हो गया तो साधना में विघ्न होगा, इसलिए इसे धूल से ढक रहा था।" परम वैराग्यशाली स्त्री इस बात को सुनकर बोली, "सोने और धूल में फर्क ही क्या है? आप धूल से धूल को भला क्यों ढक रहे हैं?" ऐसे बाँके वैराग्य के कारण ही उनका नाम बांका पड़ा था। नामदेवजी रांका-बांका के वैराग्य को देखकर अपने को तुच्छ मानने लगे।

□

प्रण करें, लक्ष्य-प्राप्ति सुनिश्चित है

संकल्प की शक्ति प्रबल होती है। व्यक्ति जब प्रण लेकर किसी कार्य के लिए संकल्पित हो जाता है तो उसकी निष्ठा के आगे विश्व को झुकना पड़ता है। ऐसे लोग इतिहास की दिशा बदल देते हैं। संकल्प की धार बनाए रखने में महत्त्वपूर्ण योगदान प्रण या प्रतिज्ञा का होता है, जो निरंतर लक्ष्य प्राप्ति के लिए कचोटती रहती है और सफलता के लिए एक जुनून पैदा करती है। भीष्म का प्रतिज्ञा लेकर हस्तिनापुर राजवंश की रक्षा का आख्यान तो प्रसिद्ध है, लेकिन महाभारत में ही प्रण का दूसरा उदाहरण द्रौपदी का भी है। कौरव राजसभा में पांडवों की द्यूतक्रीड़ा में हार के बाद द्रौपदी को केशों से घसीटकर सभा में लाया गया। तब द्रौपदी ने संकल्प लिया—उसे अपमानित करनेवाले के नाश हुए बिना वह केशों को नहीं बाँधेगी। उसके खुले केश पांडवों को अपमान की याद दिलाते और वे निरंतर उन्हें अन्याय व अधर्म के विरुद्ध युद्ध के लिए प्रेरित करती। महाभारत युद्ध के पूर्व, जब श्रीकृष्ण को शांतिदूत बनाकर संधि का प्रस्ताव लेकर भेजा जाने लगा, तब द्रौपदी ने श्रीकृष्ण से कहा, "तुम संधि करने तो जा रहे हो, पर मेरे इन खुले केशों को भूल मत जाना। यदि पांडव युद्ध करना नहीं चाहते तो

मैं अपने पाँचों पुत्रों को आदेश दूँगी, जो अभिमन्यु के नेतृत्व में मेरे पिता व भाई की सहायता से युद्ध करेंगे और तब तुम्हारा चक्र क्या शांत ही रहेगा?" श्रीकृष्ण ने गंभीरता से कहा, "कृष्णा, आँसुओं को रोको। मेरी यह प्रतिज्ञा है, तुम्हारा प्रण अवश्य पूर्ण होगा। तुम्हारा अपमान करनेवालों की विधवाएँ शीघ्र रोती दिखेंगी।" महाभारत युद्ध के परिणाम ने इसे सत्य साबित किया, साथ ही अधर्म की कमजोरी के साथ प्रण की शक्ति को हमेशा के लिए स्थापित कर दिया।

□

सच्चा ध्यान

एक बार ज्ञानेश्वर महाराज सुबह-सुबह नदी तट पर टहलने निकले। उन्होंने देखा कि एक लड़का नदी में गोते खा रहा है। नजदीक ही एक संन्यासी आँखें मूँदे बैठा था। ज्ञानेश्वर महाराज तुरंत नदी में कूदे, डूबते लड़के को बाहर निकाला और फिर संन्यासी को पुकारा।

संन्यासी ने आँखें खोलीं तो ज्ञानेश्वरजी बोले, "क्या आपका ध्यान लगता है?" संन्यासी ने उत्तर दिया, "ध्यान तो नहीं लगता, मन इधर-उधर भागता है।"

ज्ञानेश्वर ने पूछा, "लड़का डूब रहा था, क्या आपको दिखाई नहीं दिया?"

उत्तर मिला—"देखा तो था, लेकिन मैं ध्यान कर रहा था।"

ज्ञानेश्वर ने समझाया, "आप ध्यान में कैसे सफल हो सकते हैं। प्रभु ने आपको किसी की सेवा करने का मौका दिया था। वह यही है। बगीचे का आनंद लेना है तो बगीचे को सँवारना सीखें।"

यदि आपका पड़ोसी भूखा सो रहा है और आप पूजा-पाठ करने में मस्त हैं तो यह मत सोचिए कि आप के द्वारा शुभ कार्य हो रहा है, क्योंकि भूखा व्यक्ति उसी की छवि है, जिसे पूजा-पाठ करके आप प्रसन्न करना या रिझाना चाहते हैं। क्या वह सर्वव्यापक नहीं है?

□

इच्छाएँ ही अशांति का कारण

परम वीतराग व ब्रह्मनिष्ठ संत स्वामी रामसुखदासजी सांसारिक इच्छाओं को अशांति का कारण बताया करते थे। वे कहा करते थे कि इच्छाएँ असीमित होने के कारण उनकी पूर्ति के लिए मानव अपना जीवन अशांत बनाए रखता है।

एक दिन ऋषिकेश में उनका प्रवचन सुनने के बाद कुछ भक्तजन उनसे भेंट करने पहुँचे। एक जिज्ञासु ने कहा, "महाराज, मैंने अपनी आधी आयु भगवान् की पूजा-अर्चना में लगा दी। कुछ संकल्पों की पूर्ति के लिए अनेक व्रत-अनुष्ठान किए, किंतु भगवान् ने कृपा नहीं की। इसका क्या कारण है?" स्वामीजी ने पूछा, "क्या जीवन में जिन वस्तुओं, भोजन, वस्त्र, रहने के लिए मकान आदि की आवश्यकता होती है, वे आपको उपलब्ध है?"

उसने सहज भाव से उत्तर दिया, "यह सब तो आनंदपूर्वक उपलब्ध है, किंतु मैं जब अपने पड़ोस में रहनेवाले अन्य लोगों को शानदार जीवन बिताते देखता हूँ, उन्हें मौज-मस्ती करते देखता हूँ, तो मेरी पत्नी की इच्छा होती है कि हमें भी शानदार जीवन जीना चाहिए। इसलिए भगवान् के सामने अपनी इच्छाएँ रख देता हूँ।"

स्वामीजी ने कहा, "वत्स, वैभव का जीवन जीने की इच्छाओं के कारण ही आज मानव तनाव व बीमारियों से ग्रस्त होता जा रहा है। अतः भगवान् से यही माँगना चाहिए कि मुझे असीमित इच्छाओं के लालच से मुक्त रखे।"

□

शिष्य की परीक्षा

आचार्य लक्ष्मणपुरीजी परम विद्वान् थे। उनके विशाल आश्रम में छात्र वेद-वेदांतों तथा नीति शास्त्र की शिक्षा प्राप्त किया करते थे। आश्रम के कारण पूरा क्षेत्र तीर्थ के रूप में श्रद्धा का केंद्र बन गया था।

आचार्यश्री की आयु 100 वर्ष की हो चुकी थी। उन्हें आभास हुआ कि

वे कभी भी ब्रह्मलीन हो सकते हैं। उन्हें चिंता हुई कि यदि आश्रम का नया अधिष्ठाता बुद्धिमान, त्यागी, तपस्वी व दूरदूर्शी नहीं बना तो इस आश्रम के अस्तित्व के लिए खतरा न पैदा हो जाए। उन्होंने अपने शिष्यों में से योग्य व दूरदूर्शी उत्तराधिकारी घोषित करने का निश्चय किया।

समस्त शिष्यों के समक्ष आचार्यश्री ने कहा, "मैं एक प्रश्न का उत्तर चाहता हूँ कि लोहा और चाँदी में अधिक मूल्यवान कौन है ?"

प्राय: सभी शिष्यों ने कहा, "चाँदी लोहे से अधिक मूल्यवान है।" किंतु अंत में एक शिष्य खड़ा हुआ उसने कहा, "गुरुदेव, मेरा मानना है कि लोहा चाँदी से अधिक मूल्यवान है, क्योंकि लोहे से खेतों में काम आनेवाला हल व फावड़ा तो बनता ही है, उससे अनेक उपयोगी वस्तुएँ भी बनती हैं, जब कि चाँदी का उपयोग मात्र आभूषणों में ही होता है। दूसरी बात यह है कि लोहा पारस के स्पर्श से सोना बन सकता है, जब कि चाँदी नहीं।"

प्रसन्न होकर आचार्यश्री ने शिष्य महानंद को अपना उत्तराधिकारी घोषित कर दिया।

□

एक पुरातन भूल

रावण का वध हो जाने पर सीता राम के शिविर में आईं। सीता सोचती थीं, राम मुझे देखकर विह्वल हो उठेंगे, वे मुझे हृदय से लगाने को दौड़ेंगे, किंतु सीता की यह आशा हवा में तैर गई। राम ने सीता की ओर देखा भी नहीं। गुप्त रूप से हनुमान से सीता के पवित्र बने रहने की बात पाकर भी उनका हृदय अविश्वासी हो उठा। कहा जाता है कि वे सीता के सतीत्व की ओर से निश्चिंत थे, किंतु लोकलाज के लिए अग्नि-परीक्षा आवश्यक थी। हम कहते हैं कि यही सबसे बड़ी भूल राम ने की। बलवान आततायियों के आगे शारीरिक सतीत्व रह नहीं सकता, फिर सतीत्व तो आत्मा की वस्तु है, उसका कोई भी कुछ नहीं बिगाड़ सकता? यदि पुद्‍गल को कोई दुष्ट बलात् अपवित्र करता है तो इससे सती का क्या बिगड़ता है? सीता का सहर्ष स्वागत करने यदि राम यह परिपाटी

डाल जाते कि हरण की हुई स्त्रियाँ हर दशा में पवित्र हैं और उन्होंने यदि सीता की आलोचना करनेवाले नीच धोबी की यह कहकर जिह्वा काट ली होती कि जो निरपराध नारी को दोष लगाता है, उसको यदि दंड मिलता है, तो आज स्त्रियों की जो यह दुरवस्था हो रही है, न हुई होती। आज तों स्थिति यह है कि हमारी जो बहन-बेटी गई, सो गई, क्योंकि यदि उसे लौटने का अवसर मिलता भी है और वह आना भी चाहती है तो वह सोचती है कि जहाँ मैं जा रही हूँ, वहाँ मेरे लिए स्थान कहाँ है ? ऐसे अवसरों पर पुरुष तो पुरुष स्त्रियाँ भी अपनी उस बहन को सम्मान या प्यार नहीं दे पाती। उनके व्यंग्यबाण तो उस समय इतने पैने हो जाते हैं कि कलेजे बींधने में चूकते ही नहीं। अपहृत हो जाने पर भी आज नारी को जहाँ यह सीखना है कि वह हताश न हो और अपना युद्ध जारी रखे, वहीं हमें भी तो अपनी मनोवृत्ति में परिवर्तन लाना है। यह परिवर्तन ही तो उस योद्धा नारी का असली बल है। प्यार और मान की दुनिया उजाड़कर ठोकरों के संसार में कौन आना चाहेगा ? जो काम राम ने नहीं किया, वह आज के समाज को करना है, उसे जीना है तो यह करना ही होगा।

□

संघे शक्ति

पांडवों के अज्ञातवास से लौटने के बाद भगवान् श्रीकृष्ण ने उनकी मन:स्थिति परखी और परिस्थिति को देखते हुए कौरवों से संघर्ष हेतु महाभारत में प्रवृत्त किया। असमंजस को देखते हुए उन्होंने कहा, "तुम्हारा विजयी होना सुनिश्चित है, क्योंकि तुम पाँच होते हुए भी एक हो और कौरवगण सौ होते हुए भी अलग-अलग मत वाले हैं। संगठन शक्ति के कारण ही नीतिपक्ष की विजय होती है।" हुआ भी यही। पांडवों में कोई सेनापति नहीं था। प्रतीक रूप में पाँच पांडवों को छोड़कर धृष्टद्युम्न को सेनापति पद दे दिया गया। संगठन शक्ति, सहयोग-सहकार के कारण वे विजयी हुए, परंतु कौरवगण सेनापति पद के लिए ही लड़ते रहे। अत: परस्पर विरोध-विग्रह ही उनकी हार का मूल कारण बना।

□

मनुष्य की तृष्णा दुःख का कारण

घोर अँधेरी रात में गौतम बुद्ध के पास एक युवक पहुँचा—दुःखी, चिंतित, संतापग्रस्त। उसने कहा, "संसार कैसा दुःख है, कैसी पीड़ा है।" गौतम बुद्ध बोले, "मैं जहाँ हूँ, वहाँ आ जाओ, वहाँ दुःख नहीं है, वहाँ संताप नहीं है। एक चेतना है, जहाँ दुःख नहीं है।" इस चेतना के लिए ही बुद्ध बोले थे, जहाँ मैं हूँ। मनुष्य की चेतना की दो स्थितियाँ हैं, अज्ञान की और ज्ञान की, पर-तादात्म्य की ओर स्वबोध की। मैं जब तक पर से तादात्म्य कर रहा हूँ, तब तक दुःख है। □

सुहाग व सुख की मंगलकामना का पर्व

मान्यता है कि विधि-विधान से करवा चौथ व्रत करने पर जन्म-जन्म तक पति-पत्नी सुखमय जीवन व्यतीत करते हैं।

कार्तिक मास की कृष्ण चतुर्थी को मनाए जानेवाले करवा चौथ पर्व का सुहागिनों को बेसब्री से इंतजार रहता है। मान्यता है कि विधि-विधान से करवा चौथ व्रत करने पर जन्म-जन्म तक पति-पत्नी सुखमय जीवन व्यतीत करते हैं। एक पौराणिक कथा के अनुसार अर्जुन इंद्रकील पर्वत पर तप करने के लिए गए थे। उनकी अनुपस्थिति में द्रौपदी उदास रहने लगी और उन्होंने भगवान् श्रीकृष्ण से कोई ऐसा व्रत बताने की प्रार्थना कि जिसे करने से पति की लंबी आयु और सुखमय जीवन की प्राप्ति हो। द्रौपदी के आग्रह पर भगवान् श्रीकृष्ण ने पूरी श्रद्धा से करवा चौथ व्रत करने के लिए कहा। द्रौपदी ने चतुर्थी के दिन यह व्रत किया, जिसके कल्याणकारी प्रभाव से कौरवों को पराजित कर पांडव अपने राज्य को फिर से पाने में सफल रहे।

एक अन्य कथा के अनुसार प्राचीन समय में इंद्रप्रस्थ नामक शहर में वेद नामक एक विद्वान् पंडित रहता था। उसके सात पुत्र व एक पुत्री थी। पुत्री का नाम वीरावति था। वीरावति अत्यंत सुंदर व सर्वगुण संपन्न थी। वीरावति का विवाह

देव नामक एक विद्वान् पंडित से हुआ। वीरावति ने मायके जाकर अपनी भाभियों के साथ करवा चौथ का व्रत रखा। सारा दिन निराहार रहकर वीरावति निढाल होकर जमीन पर गिर गई। वीरावति से बेहद प्यार करनेवाले सात भाइयों से बहन की ऐसी हालत देखी न गई और उन्होंने एक वृक्ष पर चढ़कर मसाल जलाई और नकली चंद्रमा बनाकर वीरावति को दिखा दिया। भाइयों की तरकीब से अनभिज्ञ वीरावति ने चंद्रमा को अर्घ देकर व्रत समाप्त कर लिया। लेकिन व्रत खंडित होने के कारण उसे कष्ट सहना पड़ा। सच्चे हृदय से की गई पुकार पर इंद्राणी देवी ने वीरावति को दर्शन देकर फिर से व्रत करने के लिए कहा। इंद्राणी का आशीर्वाद पाकर वीरावति ने फिर से करवा चौथ का व्रत किया और पति को पुनः पाकर खुशी-खुशी जीवनयापन करने लगी। सुहागिन महिलाएँ व्रत कर पार्वतीजी से वर माँगती हैं कि वे उनका सुहाग भी अपने सुहाग की तरह अक्षुण्ण रखें।

□

आकस्मिक प्रेरणा

सन् 1925 की बात होगी। जाड़ों के दिन थे। मेरे एक मित्र दिल्ली में रहते थे। उनके यहाँ कुछ मेहमान आए हुए थे। उन सबकी इच्छा थी कि मैं भी रात को उन्हीं के पास रहूँ। अत: घर पर मैं अपनी माँ से रात को न आने के लिए कहकर चला गया और मित्र के यहाँ जागरण में सम्मिलित हो गया, परंतु रात्रि को 10 बजे के करीब घर आने के लिए एकाएक मन व्याकुल होने लगा। मित्र के यहाँ मुझे काफी रोका गया और इस तरह मेरा अक्समात् चल देना उन्हें बुरा लगने लगा।

मैं भी इस तरह एकाएक जाने का कोई कारण न बता सकने की वजह से अत्यंत लज्जित हो रहा था, किंतु उनके बार-बार रोकने पर भी चला ही आया। घर आकर माँ को दरवाजा खोलने की आवाज दी। दरवाजा खुलने पर देखता हूँ कि कमरे में धुआँ भरा हुआ है और माँ के लिहाफ में आग सुलग रही है। दौड़कर जैसे-तैसे आग बुझाई। पूछने पर मालूम हुआ कि थोड़ी देर पहले लालटेन जलाने को माचिस जलाई थी, वही बिस्तर पर गिर गई और धीरे-धीरे

सुलगती रही। यदि दो-चार मिनट का विलंब और हो जाता तो माँ जलकर भस्म हो जाती। साथ ही मकान में ऊपर तथा बराबर में रहनेवालों की क्या अवस्था होती, कितनी जन-हानि होती, कितना धन नष्ट होता, यह सब सोचते ही कलेजा धक-धक करने लगा। उस समय किस आंतरिक शक्ति ने मुझे घर आने के लिए प्रेरित किया ? यह मेरे किसी पूर्व संचित पुण्य का उदय ही समझना चाहिए। इसी तरह की आंतरिक प्रेरणा किसी निकट संबंधी के बीमार पड़ने पर बिना किसी सूचना के मुझे सुदूर से कितनी ही बार खींच लाई है। प्राय: ऐसा भी देखा गया है कि सैकड़ों मील दूर बैठे किसी परिजन के दिल-दिमाग में स्वत: ऐसी प्रबल बेचैनी हो उठाती है कि शीघ्र घर चल, कुछ अनिष्ट होनेवाला है। वह व्यक्ति घर पहुँचने पर देखता है कि पिताजी अंतिम साँस गिन रहे थे और सिर्फ उसको देखने के लिए ही जिंदा थे। इसे हम आक्समिक प्रेरणा ही कह सकते थे।

□

सच्चा प्रायश्चित्त

केशिध्वज और खांडिक्य चचेरे भाई थे। दोनों को उनके पिताओं ने राजगद्दी पर बिठा दिया और स्वयं वन में रहकर साधना करने लगे। दोनों भाइयों में थोड़ी सी भूमि को लेकर विवाद पैदा हो गया। विवाद इतना बढ़ा कि दोनों युद्ध के लिए आमने-सामने खड़े हो गए। केशिध्वज ने खांडिक्य को पराजित कर उसका राज्य छीन लिया। खांडिक्य अपने पुरोहित के साथ जंगल में एक कुटिया में भगवान् की भक्ति में लीन रहने लगा।

केशिध्वज एक गाय को माता मानकर उसकी सेवा करता था। एक दिन उसी के समक्ष एक सिंह ने गाय को मार दिया। उसे लगा कि वह गाय की रक्षा न करके घोर अधर्म का भागी बन गया है। उसने इस अधर्म का प्रायश्चित्त करने का संकल्प लिया। पुरोहित ने कहा कि प्रायश्चित्त विधि जानने वाला केवल खांडिक्य है। केशिध्वज पता लगाकर खांडिक्य के पास जा पहुँचा। पुरोहित ने कहा, "तुम्हारे चचेरे भाई ने तुम्हारी गद्दी हड़पी है। आज इससे प्रतिशोध ले लो।" उसने कहा, "धर्म-विधि का पालन करनेवाले से बदला

लेना अधर्म है।" उसने प्रायश्चित्त की विधि बता दी। केशिध्वज विधि-विधान से यज्ञ करके पाप से मुक्त हो गया। वह पुनः जंगल पहुँचा तथा खांडिक्य से क्षमा-याचना करते हुए कहा, "भूमि के लालच में मैंने तुम जैसे सदाचारी भाई को भगाकर घोर पाप किया है। अब इस पाप से मुक्ति दिलाने के लिए मेरे साथ लौट चलो। मैं तुम्हारा राज्य वापस करता हूँ।"

□

लगन से पाया गुरु

सद्गुरु कबीर जब गुरु ढूँढ़ने निकले तो उन्हें कोई गुरु उचित नहीं दिख रहा था। वह आचार्य रामानंद से प्रभावित हुए, किंतु रामानंदजी ने कबीरजी को गुरुमंत्र देने से इंकार कर दिया। एक दिन कबीर गंगा घाट जा पहुँचे, जहाँ रामानंदजी रोज तड़के स्नान हेतु आते थे। कबीर वहीं घाट की सीढ़ियों पर लेट गए। सूर्योदय के पूर्व स्नान कर लौट रहे थे, तभी उनका पाँव कबीरजी से टकरा गया। रामानंदजी के मुँह से निकला—राम-राम। कबीरजी ने गुरु चरण पकड़ लिये और नाममंत्र लेकर लौट आए। गुरु मिलते नहीं, गुरु को खोजा जाता है।

□

पाप का घड़ा

प्राग्ज्योतिषपुर का राजा भौमासुर दुष्ट प्रवृत्ति का था। वह प्रजा का उत्पीड़न करता रहता। समय-समय पर अच्छे कार्यों में विघ्न डाल दिया करता था। उसके उत्पीड़न से ऋषि-मुनि तक परेशान रहने लगे थे।

कुछ धर्मपरायण लोगों ने द्वारकाधीश भगवान् श्रीकृष्ण के पास पहुँचकर शिकायत की कि भौमासुर ने उसका जीना दूभर कर रखा है। श्रीकृष्ण ने उन्हें सांत्वना देते हुए कहा, "इस दुष्ट के पापों का घड़ा भर जाने दो। एक दिन वह स्वयं काल का ग्रास बन जाएगा। प्रजा को सताने वाले राजा की आयु अधिक

नहीं होती।" वे लोग धैर्य का उपदेश सुनकर लौट आए।

इस घटना से भौमासुर को भ्रम हो गया कि श्रीकृष्ण उसके बल से डर गए हैं, इसलिए उन्होंने लोगों को उपदेश सुनाकर वापस कर दिया। उसका दंभ बढ़ गया। भौमासुर ने कन्याओं का अपहरण कर उन्हें अंत:पुर में रख लिया। यहाँ तक कि उसने देवमाता अदिति के कानों के सोने के कुंडल छीन लिये। इंद्र द्वारकापुरी पहुँचे तथा उन्हें बताया कि भौमासुर ने अब नारियों का अपहरण शुरू कर दिया है। यहाँ तक कि देवमाता के कुंडल छीन लिये। यह सुनते ही श्रीकृष्ण बोले, "जब दुष्ट व्यक्ति नारी के शील से खिलवाड़ करने लगे, तो समझो उसका अंत समय आ गया। देवीस्वरूपा नारी का उत्पीड़न क्षम्य नहीं हो सकता।" श्रीकृष्ण ने भौमासुर का पीछा किया और पाताल गुफा में छिपे उस दुष्ट का सिर चक्र से काट दिया।

□

आज

जॉन रस्किन ने पत्थर के एक टुकड़े पर एक शब्द अंकित कर रखा था—आज और इसे वह हमेशा अपनी मेज पर रख छोड़ते थे। एक दिन उनके एक मित्र ने उस पत्थर की ओर इशारा करते हुए पूछा, 'इसका क्या अभिप्राय है?' रस्किन महोदय ने उत्तर दिया—'इसका अर्थ है कि कहीं वर्तमान मेरे हाथ से यों ही न निकल जाए, इसलिए मैं इस पत्थर को सदैव अपने सामने रखता हूँ। इस शब्द को देखकर मुझे निरंतर यह स्मरण रहता है कि जीवन का हर क्षण बहुमूल्य है। इस पत्थर की उपस्थिति से मेरा एक भी क्षण बेकार नहीं जाता।

□

तिनके के बदले सोना

यह उन दिनों की बात है, जब भारत में आबादी कम, जंगल ज्यादा थे; आने-जाने के साधन सीमित थे। ठगों-बदमाशों की दिन-दूनी रात-चौगुनी

बढ़ोतरी के कारण जन-धन हर समय खतरे में थे। एक सेठ व्यापार करने प्रदेश चले तो रुपया साथ लेने की बजाय, उन्होंने सोना खरीदकर एक पोले बाँस में रख लिया और उस बाँस को कंधे पर लाठी की तरह रखकर घर से प्रस्थान किया। थोड़ी दूर जाने पर वृक्ष के नीचे उन्हें एक और बटोही मिला, जो शक्लो-शबाहत से धार्मिक और कुलीन मालूम होता था। वह भी सेठ के साथ हो लिया और दोनों बातें करते हुए चलते रहे।

थोड़ी दूर जाने पर बटोही ने सिर खुजाने को पगड़ी उतारी तो पगड़ी पर एक तिनका लगा हुआ देखकर उद्विग्न हो उठा। सेठ के पूछने पर बोला, न जाने यह तिनका किस पेड़ का मेरे साथ आ गया है, यह वृक्ष भी न जाने मेरे बारे में कैसी कल्पना करता होगा? जिस वृक्ष ने मुझे शरण दी, उसी से यह विश्वासघात मुझसे न हो सकेगा, कहता हुआ बटोही उल्टे पाँव लौट चला। सेठ ने बहुत समझाया, परंतु बटोही न माना और वह तिनका यथास्थान छोड़ने के लिए वापस मुड़ गया। साथ छूट जाने के कारण सेठ को अटपटा-सा तो लगा, परंतु वह बटोही की इस नेकनीयत पर मुग्ध हो गया। थोड़ी देर में फिर उसे आते देख सेठ बहुत प्रसन्न हुआ। आगे चलकर दोनों एक उद्यान में भोजन करने बैठे तो कुत्ते भी आ गए। कई बार उन्हें हटाने का प्रयत्न किया गया, परंतु वे वहीं चक्कर काटते रहे। कुत्तों की हरकत से बटोही को ताव आ गया। वह सेठजी का बाँस, जिसमें सोना रखा हुआ था उठाकर उन्हें खदेड़ने को लपका। सेठजी आवाज दे रहे हैं, 'अरे, एक-दो टुकड़ा यह भी खा लेंगे तो हमारा क्या बिगड़ जाएगा।' मगर वहाँ कौन सुनता था? कुत्ते इधर-उधर भागकर लौट भी आए, परंतु वह भागा तो वापस न आया। इतने ईमानदार को कुछ हो न गया हो, इसी चिंता में सेठजी घर लौट गए। रीते हाथ व्यापार करने भी कैसे जाते?

□

गुरुमंत्र

एक बार चाणक्य से पूछा, "महात्मन्, व्यक्ति की सफलता का सबसे बड़ा गुरुमंत्र क्या है?" इस पर चाणक्य ने उत्तर दिया—"जिस प्रकार बाँबी के भीतर

साँप मर जाता है, उसी प्रकार अपने अंतर्मन का भेद हर किसी को बता देने वाले मनुष्य का नाश भी शीघ्र ही हो जाता है। इसलिए यदि कोई व्यक्ति अपना हित चाहता है तो उसे चाहिए कि वह अपने मन की कोई भी बात सार्वजनिक न करे। सफलता का यही सबसे बड़ा गुरुमंत्र है, जिस किसी ने भी दृढतापूर्वक इसका जाप सीख लिया, वह जीवन में अवश्य ही सफलता के शिखरों को चूमेगा।"

□

गुलामी की जंजीरें

स्वतंत्रता से पूर्व की बात है, मौलाना अबुल कलाम आजाद ने एक सभा को संबोधित करते हुए कहा, "भाइयो, गांधीजी का कहना है कि अंग्रेजी स्कूल और अंग्रेजों द्वारा दी जानेवाली शिक्षा छोड़ दो, क्योंकि इससे हमारी गुलामी की जंजीरें मजबूत होती हैं।"

यह सुनकर एक आदमी ने खड़े होकर कहा, "अरे, गांधीजी से कहो कि पहले देशी स्कूल तो खुलवाएँ, तब अंग्रेजी पढ़ाई बंद कराएँ।" मौलाना आजाद ने उत्तर दिया—"अगर अमृत नहीं मिलेगा तो क्या जहर पी लोगे?" यह सुनकर उस आदमी का चेहरा शर्म से झुक गया और वह चुपचाप बैठ गया।

□

लुटेरे चुप हो गए

शायद 60 साल पहले की बात है गुरुकुल इंद्रप्रस्थ के आचार्य थे—प्रियव्रतजी। देश में अनेक गुरुकुल थे उन दिनों। गुरुकुलीय शिक्षा का पूरे देश में खूब प्रचार-प्रसार था। इन सबका शिरोमणि गुरुकुल काँगड़ी था, जिसकी स्थापना मुंशीराम (स्वामी श्रद्धानंदजी) ने की थी। एक परम आदर्श शिक्षा संस्था के रूप में गुरुकुल की शिक्षा पद्धति लोकप्रिय हुई। स्थान-स्थान पर गुरुकुल खोले गए। आदर्श आचार्य शिक्षक इनमें ब्रह्मचारियों को शिक्षा देने लगे।

सब गुरुकुलों में गुरुकुल इंद्रप्रस्थ का नाम जोरों पर था। जोरदार गुरुकुल के आचार्य भी अच्छे आदर्श एवं विद्वान् थे। अनुशासनप्रिय व परिश्रमी और अपनी संस्कृति व प्राचीन शिक्षा पद्धति के प्रति निष्ठावान थे। शिक्षा के लिए आदर्श संस्था थी—गुरुकुल इंद्रप्रस्थ। आचार्य प्रियव्रतजी आदर्श थे सबके लिए। उनकी ईमानदार छवि से आसपास के लोग बहुत प्रभावित थे। उन दिनों इंद्रप्रस्थ का पूरा क्षेत्र जंगलों से आच्छादित था। घोर जंगल के रास्तों से गुजरना खतरे से खाली नहीं था। इधर-उधर लुटेरे लोगों की बस्तियाँ थीं। इन लोगों में अधिकतर लोग राहगीरों की लूटपाट करने के लिए कुख्यात थे। अँधेरे में तो राहगीर का सही-सलामत निकलना बड़ा कठिन था।

इधर आचार्यजी दिन में दान-चंदा एकत्र कर गाहे-बगाहे लाया करते थे। एक दिन चंदा-दान की राशि की थैली कंधे पर लटकाए वे गुरुकुल लौट रहे थे। रात का अँधेरा अपना जाल बुन रहा था। पीछे से आवाज आई, "ओ जानेवाले, जरा ठहरो," आचार्य के पाँव ठिठके, समझ गए दाल में जरूर कुछ काला है। मिनटों में आवाज लगाने वाले सामने थे। गरज के साथ बोले, "कौन हो तुम?" आचार्यजी ने मुड़कर निडरतापूर्वक जवाब दिया, "आचार्य प्रियव्रत मेरा नाम है, गुरुकुल जा रहा हूँ।" उनके इतना बताने पर ही लुटेरों ने अपना इरादा बदल दिया और बोले, अच्छा ठीक है, अँधेरे में दोबारा कभी मत आना। "अच्छा ठीक है," कहते हुए आचार्य प्रियव्रत अपने गुरुकुल की ओर चल दिए। ऐसा था उनका प्रभाव और आज… ?

□

प्रकाश का महत्त्व

"अरे, देखते नहीं, कितना अँधेरा है, वहाँ तक कैसे पहुँचूँगा?" वह व्यक्ति बोला। राहगीर ने कहा, "तुम्हारे पास लालटेन है न, फिर क्या परेशानी है, धीरे-धीरे पहुँच ही जाओगे।" "लालटेन तो है, लेकिन इसका प्रकाश तो 10 फीट से आगे जाता ही नहीं है।" उस व्यक्ति ने उत्तर दिया। राहगीर को उसकी बात सुनकर गुस्सा आ गया, वह बोला, "मूर्ख कहीं के! जब तुम एक

कदम भी आगे बढ़ोगे तो प्रकाश भी उतना ही आगे बढ़ जाएगा और जितना पीछे हटोगे प्रकाश भी उतना ही पीछे हट जाएगा और यदि यहीं बैठे रहोगे, तो प्रकाश भी यहीं स्थिर हो जाएगा।"

यही इस जीवन के साथ है। हम हमेशा असुरक्षा में घिरे रहते हैं, जब कि सच है कि असुरक्षा ही जीवन की सबसे बड़ी सुरक्षा है। असुरक्षा जीवन का स्वभाव है। अतः जहाँ-जहाँ हम सुरक्षा खोजते हैं, असुरक्षा ही हाथ लगती है। वह इसलिए कि हम असुरक्षा को ही जीवन में सुरक्षा मान बैठे हैं और इसी को जीवन समझ बैठे हैं। एक बार जब डूबेंगे, तो डूबने के खतरे कम होते जाएँगे, तैरना स्वयं आ जाएगा, इसलिए अंधकार की व्याख्याओं को पीछे जाने दो और प्रकाश को अपनी दृष्टि बनाओ।

□

गुरु का महत्त्व

यह शरीर विष की बेल है और गुरु अमृत की खान। यदि सिर देने से भी सच्चा गुरु मिले तो सस्ता समझना चाहिए। कबीर का यह कथन गुरु की उस महत्ता को प्रतिपादित करता है, जिसे हमारे यहाँ पुराणों तक में स्वीकार किया गया है। अर्हद्गीता कहती है, 'संसार में गुरु ही नेत्र है, गुरु ही देवता है, गुरु ही सन्मार्ग है, गुरु ही दिग्मंडल तथा गुरु ही सद्गति स्वरूप है।'

□

जटायु का जीवट

जटायु एक निम्न कोटि का पक्षी था, वृद्ध एवं शिथिल। फिर भी उसका हृदय वीरत्व और शौर्य से परिपूर्ण था। उसके नेत्र यद्यपि ज्योति न्यून हो चले थे, फिर भी उनमें ऐसी गैरत का अंश शेष था, जो अन्याय को देखकर खौल उठता है। वह वृद्धावस्था के दिन शांति और संतोषपूर्वक यापन कर रहा था कि उसके कानों में नारी-क्रंदन पड़ा तो वह सिहर उठा।

यह देखकर कि एक अबला सुकुमारी को आततायी अपहरण करके लिये जा रहा है, वह तड़प उठा। वह नर ही क्या, जो किसी नारी का अपमान होता हुआ देखता रहे? यह दृश्य उसके लिए चुनौती थी। न उसका अपहृता से कोई राग था, न आततायी से कोई द्वेष, उसके सामने तो केवल नर का कर्तव्य था। वह पक्षी धर्म-अधर्म की सूक्ष्म व्याख्या में अनभिज्ञ था। वह तो केवल अन्याय सहन करना अधर्म और असहाय की सहायता करना धर्म समझता था।

उस जाँबाज ने तुरंत पूरे वेग से रावण पर आक्रमण किया। आक्रमण करने से पूर्व वह रावण के और अपने बल को जानता था कि हाथी और मच्छर की लड़ाई है। अबला को छुड़ाना तो दरकिनार, अपना ही नाश निश्चित है। फिर भी वह रावण पर टूट पड़ा और रावण को क्षत-विक्षत करके वीरगति को प्राप्त हुआ। अपने इस बलिदान से भावी पीढ़ी के लिए यह आदर्श उपस्थित कर गया कि आततायी कितना ही शक्तिशाली क्यों न हो, उसका विरोध प्राणों की बाजी लगाकर भी करना चाहिए। जटायु के इस आदर्श का ही शायद यह परिणाम है कि लोग शांति-शांति और क्षमा-क्षमा के कोलाहल में भी आततायियों का विरोध करते हुए अपना रक्त बहाकर जटायु का तर्पण करते रहते हैं। यह दृष्टांत उन लोगों के लिए खासतौर पर एक शिक्षा है, जो अपने समक्ष किसी पर जुल्म होता देखकर वहाँ से कन्नी काटकर निकल जाते हैं। वह नरत्व नहीं अपितु कायरता है। आज के दौर में भी समाज में ऐसे-ऐसे कर्मठ और कर्तव्यशील व्यक्ति मौजूद हैं, जो अपनी जान पर खेल कर, अपने परिवार की कुशलता का जोखिम उठाकर भी दूसरों का हित करने से नहीं चुकते।

□

महल या चिकित्सालय?

राजा उदयभानु ने अपने भव्य महल के पास एक दूसरा महल बनवाया। उसमें बहुमूल्य पत्थरों का उपयोग किया गया था। कई सौ कमरे बनवाए गए। महल में प्रवेश के समय उसने अपने मंत्री व मित्रों से पूछा, "सच-सच बताना कि मेरा यह महल कैसा लगा?"

सभी ने राजा से कहा, "अत्यंत सुंदर है। कारीगरों ने इसे बनाने में कमाल कर दिया है। सभी सुविधाएँ हैं इसमें।" राजा प्रशंसा सुनकर गद्गद हो उठा। उसने सभी को सुस्वादु भोजन करवाया। उपहार देकर विदा कर दिया।

एक दिन राज्य में एक परम विरक्त और पहुँचे हुए संत का पदार्पण हुआ। राजा ने रानी के साथ पहुँचकर उनका भव्य स्वागत किया। सत्संग किया और अंततः उन्हें नए महल में पधारने का निमंत्रण दिया। राजा ने पूछा, "महाराज, नया महल कैसा लगा?" संत ने प्रश्न किया, "क्या इसका उपयोग राजपरिवार के अलावा कोई और भी कर सकेगा?"

राजा ने कहा, "ऐसा तो नहीं हो पाएगा।"

संत ने कहा, "राजन्, आपका पहले वाला महल ही काफी भव्य है। यदि आप इसे दूसरों के उपयोग के लिए बनवाते, तो उसका सदुपयोग हो पाता।"

संतजी की बातों से राजा का विवेक जाग्रत् हो गया। उन्होंने महल को धर्मशाला के रूप में बदलवा दिया और उसके एक भाग में चिकित्सालय खुलवा दिया।

□

गीता का स्थान

स्वामी विवेकानंद इंग्लैंड की यात्रा पर थे। स्वामीजी यह बात अच्छी तरह जानते थे कि अंग्रेज भारतीयों को हेय दृष्टि से देखते हैं और साथ ही अपनी श्रेष्ठता सिद्ध करते हुए भारत के लोगों को अपमानित करते हैं। एक बार स्वामीजी को लंदन के एक गिरजाघर में भाषण देने के लिए आमंत्रित किया गया। जब वे मंच पर पहुँचे, तब ईसा मसीह के चित्र के नीचे रखे बहुत से धर्मग्रंथों की ओर इशारा करते हुए एक पादरी ने कहा, "देखिए! आपकी पवित्र धार्मिक पुस्तक कहाँ रखी है?" स्वामी विवेकानंद ने उस ओर देखा तो पाया कि सबसे ऊपर बाइबल, उसके नीचे क्रमशः ग्रीक फारसी आदि धर्मग्रंथ और सबसे नीचे 'गीता' रखी हुई थी। स्वामी अंग्रेज पादरी की निम्न सोच व हरकत

को भाँप गए थे। वे मुस्कराकर बोले, "नींव बहुत मजबूत है।" अंग्रेज पादरी पर मानो घड़ों पानी पड़ गया।

□

दु:खों का कारण

जब बुद्ध को ज्ञान प्राप्त हो गया तो वह एक बाँधी वृक्ष के नीचे आराम कर रहे थे, तभी एक श्रद्धालु ने उनसे आकर जानना चाहा कि दु:खों का क्या कारण होता है? बुद्ध ने उनको बताया—दु:खों का कारण सच को न मानना, न जानना और सच का पालन न करना ही दु:खों का कारण है। इंसान की इच्छा इतनी बलवती होती है कि वह उसे सच्चाई से दूर ले जाने का प्रयास करती है। यदि उस वक्त इच्छाओं पर काबू पा लिया जाए तो दु:खों का अंत संभव है। सच और इच्छाओं का बैर है। उनके जवाब से श्रद्धालु प्रसन्न हुआ।

□

पुत्र की अनूठी सीख

एक बार गौतम बुद्ध जेतबेन में विहार कर रहे थे। उन्होंने सत्संग में माता-पिता की सेवा को सर्वोपरि कर्तव्य बताया। गौतम ने एक सत्य घटना का वर्णन करते हुए बताया कि वाराणसी राज्य में एक कुलपुत्र था। उसकी माता की मृत्यु हो गई। वह पिता की भरपूर सेवा करने लगा। बड़ा होने पर पिता ने उसका विवाह कर दिया। उसकी पत्नी को लगने लगा कि वह बूढ़ा उसके आनंदपूर्वक जीवन बिताने में बाधक बन गया है। वह अपने पति से ससुर की झूठी शिकायतें करने लगी। रोज-रोज की शिकायतों से युवक का विवेक डोलने लगा। आखिर महिला ने पति को राजी कर लिया कि दोनों उसे गाड़ी में बैठाकर जंगल में ले जाएँगे और वृद्ध को भूमि में दबा आएँगे।

दंपती का आठ वर्ष का पुत्र अपने दादा के प्रति बहुत स्नेहभाव रखता था। दादाजी उसे प्राणों से प्यारा समझते थे। पौत्र को रात में ही यह संकेत मिल गया

कि उसके माता-पिता की योजना उसके दादाजी को मारने की है। वह गाड़ी के पीछे-पीछे जंगल की ओर चल दिया। उसके पिता ने जैसे ही गाड़ी रोककर फावड़े से गड्ढा खोदना शुरू किया, वह एक सरिए से दूसरा गड्ढा खोदने लगा। पिता ने पूछा कि तू क्या कर रहा है, तो उसने कहा, "जिस तरह आप अपने पिता के लिए गड्ढा खोद रहे हैं, इसी तरह मैं आप के लिए यह काम कर रहा हूँ।" पुत्र के ये शब्द सुनकर पिता ने फावड़ा फेंक दिया। उसका विवेक जाग चुका था।

□

मित्र के लिए

एक व्यक्ति सपत्नीक तीर्थयात्रा को जाने लगा तो अशर्फियों की थैली अपने एक साहूकार मित्र के यहाँ सुरक्षा की दृष्टि से रख गया। साहूकार ने बगैर गिने थैली तिजोरी में रखवा दी और एक-दो वर्ष के बाद जब वह यात्रा से लौटा तो माँगने पर बगैर गिने ही ज्यों-की-त्यों वापस कर दी।

दो-एक रोज के बाद अशर्फियाँ गिनीं तो पाँच अशर्फियाँ कम निकलीं। वह पेट पकड़े हुए साहूकार के पास जाकर बोला, "वाह मित्र, तुम भी विचित्र मनुष्य हो। तुम्हारे विश्वास पर मैं बिना गिने अशर्फियाँ दे-ले गया, परंतु तुम कतर-ब्योंत किए बगैर न चूके। गिनी तो पाँच अशर्फियाँ कम निकलीं।"

साहूकार ने चुपचाप उसे पाँच अशर्फियाँ दे दीं। घर आकर वह अपनी पत्नी से बोला, "देखो जी, कैसा कलियुग आ गया है, हाथ को हाथ खाने लगा। भला अब किस का विश्वास किया जाए, जब ऐसे मित्र भी धोखा देने लगे। यदि मैं लिहाजवश अशर्फियाँ न गिनता तो पाँच कम हो गई होतीं।"

पत्नी के पूछने पर उसने बताया तो वह सिर पीटकर बोली, "यह आपने क्या अनर्थ किया? वहाँ जाने से पूर्व मुझसे जिक्र तो कर लेना था। वे तो मैंने निकालकर सुनार को दी हैं। जाओ, उनकी अशर्फियाँ अभी वापस करके आओ।" अशर्फियाँ लौटाने गया तो साहूकार ने बगैर कुछ कहे अशर्फियाँ वापस ले लीं। पास में बैठे एक सज्जन ने पूछा, "आप भी विचित्र हैं। उसने आप पर

गबन का आरोप लगाया, तब भी आप मुस्कराते रहे और वापस दे जाए आप तो जीवनमुक्त मालूम होते हैं।"

साहूकार ने उसी तरह मुस्कराते हुए कहा, "वह मेरा मित्र है।"

□

खुशी

एक आश्रम में एक व्यक्ति आया, वह गाय दान कर चला गया। शिष्यों ने जब गुरु को बताया तो वे खुश होकर बोले कि चलो अच्छा हुआ, अब प्रतिदिन ताजा दूध हमें मिलेगा। यही दूध आश्रम के लोगों के काम आएगा। कुछ दिन बाद वही व्यक्ति आश्रम आया, वह अपनी दी हुई गाय वापस ले गया। शिष्यों ने जब गुरु को इस बारे बताया तो वे खुश होकर बोले कि चलो, अच्छा ही हुआ, अब तुम लोगों को गोबर उठाने से मुक्ति मिल गई। अब शिष्यों को गुरु के हर समय, हर हाल में खुश रहने के राज का ज्ञान हुआ कि खुशी तो हमारे भीतर है। केवल उसे पाने का व मायूसी दूर भगाने का यही सकारात्मक तरीका है। जैसे भी हालात हों, खुश रहो, मस्त रहो।

□

कर्तव्यनिष्ठा

आजाद हिंद सेना का एक साधारण जवान लड़ाई में शहीद हो गया। सभी आवश्यक काम बीच में रोककर सुभाष चंद्र बोस अंत्येष्टि के लिए चलने लगे, तो जनरलों ने कहा, "मामूली बात है। आप क्या करेंगे चलकर?" सुभाष बोले, "जिस दिन अधिकारी अपना महत्त्व अधिक समझने लगेंगे, उस दिन छोटे न ठीक से अनुशासन में चलेंगे और न बड़ों का आदर करेंगे।" वे अंत्येष्टि में उपस्थित हुए और शहीद हुए नौजवानों को सलामी दी।

□

विलासिता का परिणाम

मोहम्मद शाह रंगीले का शासन काल था। दिल्ली विलासिता के रंग में सराबोर थी। हुस्नो-इश्क की शायरी का बाजार गरम था। बादशाह को जनता के दु:ख-सुख से कोई सरोकार नहीं रह गया था। वह हर वक्त रँगरलियों में मस्त रहता था। उचित अवसर देखकर नादिरशाह ने भारत पर आक्रमण किया तो लाहौर के सूबेदार ने दिल्ली सूचना भेजी। जब यह सूचना दिल्ली दरबार में पहुँची, तब वहाँ शराब का दौर चल रहा था। संदेश सुनकर एक शराबी ने कहा, "ऐ हुजूर, असल बात तो यह है कि लाहौर वालों के मकान इतने ऊँचे हैं कि उन्हें बहुत दूर तक दिखाई देता है। न कोई नादिरशाह है, न उसकी इतनी हिम्मत ही है कि वह हुजूर जैसे शाह का सामना कर सके।" दूसरा बोला, "अमाँ, आता है तो आने दो। हम तो जमाने में हो लेंगे।" तीसरा बोला, "हम भी तो देखें नादिरशाह कैसे लड़ता है।" इसी तरह सब ने ही-ही, हू-हू, करते हुए आक्रमण की बातों को टाल दिया और लाहौर के शासक का संदेश-पत्र शराब में घोलकर पी लिया गया। आखिर मोहम्मद शाह को अपनी अकर्मण्यता के कारण नादिरशाह के हाथों बंदी होना पड़ा। लाल किले पर अधिकार करके नादिरशाह ने हुक्म दिया—मुगलिया खानदान की तमाम बेगमात मेरे आगे आकर नाचें। यह नादिरशाही हुक्म सुनते ही बेगमात के होशो-हवास काफूर हो गए। ऐसी नाजुक मिजाज बेगमात गैर-मर्द के सामने क्योंकर नाच सकती थीं। मगर हील-हुज्जत बेकार थी। नादिरशाही हुक्म मामूली हुक्म नहीं था। लाचार उन्हें नादिरशाह के सामने जाना पड़ा। नादिरशाह की आँखें खुलीं। तेवर बदलकर बोला, "चली जाओ मेरे सामने से, तुम्हारा नापाक साया पड़ने से कहीं मैं भी बुजदिल न बन जाऊ।" तुम लोग ऐशो-आराम में पड़ने से इतनी बुजदिल हो गई कि तुम्हें अपनी अस्मत का भी खयाल नहीं। मैं यहाँ औरतों के नाच देखने नहीं आया हूँ। तुम में से एक भी खुद्दार व हिम्मत वाली न निकली, जो मेरे सीने में खंजर घोंपने का हौसला करती।

□

पुण्य कार्य कल पर मत टालो

धर्मराज युधिष्ठिर के समीप कोई ब्राह्मण याचना करने आया। महाराज युधिष्ठिर उस समय राज्य के कार्य में अत्यंत व्यस्त थे। उन्होंने नम्रतापूर्वक ब्राह्मण से कहा, "भगवन्! आप कल पधारें, आपको अभीष्ट वस्तु प्रदान की जाएगी।"

ब्राह्मण तो चला गया, किंतु भीमसेन उठे और लगे राजसभा के द्वार पर रखी हुई दुंदुभि बजाने। उन्होंने सेवकों को भी मंगलवाद्य बजाने की आज्ञा दे दी। असमय में मंगलवाद्य बजने का शब्द सुनकर धर्मराज ने पूछा, "आज इस समय मंगलवाद्य क्यों बज रहा है?" सेवक ने पता लगाकर बताया—"भीमसेनजी ने ऐसा करने की आज्ञा दी है और वे स्वयं भी दुंदुभि बजा रह है?" भीमसेनजी बुलाए गए तो बोले, "महाराज, काल को जीत लिया, इससे बड़ा मंगल का समय और क्या होगा।"

"मैंने काल को जीत लिया?" युधिष्ठिर चकित हो गए।

भीमसेन ने बात स्पष्ट की—"महाराज! विश्व जानता है कि आपके मुँह से हँसी में भी झूठी बात नहीं निकलती। आपने याचक ब्राह्मण को अभीष्ट दान कल देने को कहा है, इसलिए कम-से-कम कल तक तो अवश्य काल पर आपका अधिकार होगा ही।"

अब युधिष्ठिर को अपनी भूल का बोध हुआ। वे बोले, "भैया भीम! तुमने आज मुझे उचित समय पर सावधान किया। पुण्यकार्य तत्काल करना चाहिए। उसे पीछे के लिए टालना ही भूल है। उन ब्राह्मण देवता को अभी बुलाओ।"

□

राजधर्म की प्रेरणा

कपिल राष्ट्र के एक राज्य का राजा पांचाल कुसंगति और धन-संपत्ति के अहंकार के कारण प्रजा पर अत्याचार करने लगा। धर्म और न्याय की अवहेलना

के कारण पूरे राज्य में अराजकता का माहौल पैदा होने लगा। जनता को तरह-तरह के करों के नाम पर दिन में राजा के कर्मचारी लूटते थे और रात को चोर-डाकू खाने-पीने का सामान छीनकर ले जाते थे। जनता त्राहि-त्राहि करने लगी।

उसी दौरान बोधिसत्त्व भ्रमण करते हुए वहाँ पहुँचे। उन्हें यह जानते देर नहीं लगी कि राजा की कर्तव्यहीनता के कारण अराजकता की स्थिति पैदा हो गई है। उनके दर्शन के लिए आनेवालों ने रो-रोकर बताया कि किस प्रकार कर्मचारियों और अपराधियों के हाथों उनकी दुर्गति हो रही है।

राजा पांचाल को बोधिसत्त्व के आने की खबर लगी। मंत्री को साथ लेकर वह उनके दर्शन के लिए पहुँचे। बोधिसत्त्व ने चेतावनी देते हुए कहा, "राजन्, जो राजा प्रजा का उत्पीड़न करता है और धर्म के अनुसार प्रजा को न्याय नहीं दिलाता, उसका राज्य छिन्न-भिन्न हो जाता है।" राजा पांचाल ने बोधिसत्त्व के शब्द सुने, तो काँप उठे। उन्होंने संकल्प लिया कि अपने दिवंगत पिता की तरह राजधर्म का पालन करेंगे। कुछ ही दिनों में उस राज्य की प्रजा सुख से रहने लगी।
□

परोपकारी स्वभाव

राजा चंद्रप्रकाश के मन में उपजा प्रश्न कुछ कठिन था। उन्होंने अपने प्रश्न का उत्तर पाने के लिए अनेक लोगों से पूछा, अपने दरबारियों से भी जानना चाहा, मगर उन्हें कोई संतोषजनक उत्तर न मिला। इसी प्रकार की उधेड़बुन में लगे हिमाचल के इस राजा चंद्रप्रकाश को किसी ने एक संत के विषय में बताया। वह संत ख्याति प्राप्त थे। पहुँचे हुए थे। यदि राजा चाहते तो इस संत को आदरपूर्वक अपने महल में बुला सकते थे, मगर नहीं। उन्होंने अपनी समस्या का हल पाने के लिए स्वयं ही उनकी कुटिया में जाना पसंद किया।

वहाँ पहुँचे। संत अपनी घास-फूस की कुटिया में बैठे हरिभजन में व्यस्त थे। राजा ने अपने साथ गए सैनिकों को कुटिया से कुछ दूर ही रुकने का आदेश दिया त[illegible] अकेले ही कुटिया में प्रवेश किया। प्रणाम किया। चरण स्पर्श किए। आराम से बैठे। उनके स्वास्थ्य की जानकारी ली। कुशलक्षेम के बाद अपना

प्रश्न रखा—"महाराज! मेरे यहाँ आने का एक विशेष कारण है। प्रकाश देने वाला दीपक सदा काजल उगलता है, ऐसा क्यों?"

मैंने इन प्रश्न का उत्तर पाने के लिए अनेक लोगों से संपर्क किया। मगर मुझे संतोषजनक उत्तर नहीं मिला। संत ने प्रश्न सुना। प्रश्न अच्छा लगा। मगर इसे सुनने से उनके चेहरे पर कोई गंभीरता न थी। कोई सोच न था, कोई चिंता भी नहीं। उन्होंने उत्तर देने में भी कोई समय नहीं लिया। न ही सोचा भी। बोले, "राजन्! जैसा प्रश्न साफ है, वैसे ही उत्तर भी···जो जैसा खाएगा, वैसा ही उगलेगा भी। दीपक अँधेरे को खाता है। अंधकार ही कालिख है। कालिख खाकर कालिख ही तो उगलेगा। काजल भी कालिख ही तो है।···यह तो दीपक की महानता है कि वह अपनी ओर से प्रकाश भी देता है। इसे दीपक की विशेषता ही तो कहना होगा। स्वयं जलकर हमें रोशनी देता है। इसका उपकारी स्वभाव है, वरना अंधकार खाकर कालिख दे देने से इसका कार्य तो पूरा हो गया था।"

□

भय व संकीर्णता को छोड़ो

दो बीज धरती की गोद में आ पड़े। मिट्टी ने उन्हें ढक दिया। दोनों रात भर सुख की नींद सोए। प्रातःकाल दोनों जगे तो एक के अंकुर फूट गए और वह ऊपर उठने लगा, यह देख छोटा बीज बोला, "ऊपर मत जाना। वहाँ बहुत खतरा है। लोग तुझे रौंद डालेंगे, मार डालेंगे।" बीज सब सुनता रहा और चुपचाप ऊपर उठता रहा। धीरे-धीरे वह धरती की परत पार कर ऊपर निकल आया और बाहर का सौंदर्य देखकर मुस्कराने लगा। सूरज ने उसे धूप स्नान कराया। पवन ने पंखा झुलाया। वर्षा शीतल जल पिला गई। किसान आया और चक्कर लगाकर चला गया। बीज बढ़ता ही गया। झूमता, लहलहाता, फूलता और फलता हुआ वह एक दिन परिपक्व अवस्था तक जा पहुँचा और फिर अपने जैसे असंख्य बीज छोड़कर हँसता और आत्मसंतोष अनुभव करता, इस संसार से विदा हो गया। मिट्टी के अंदर दबा बीज यह देखकर पछताता रहा। उसने सोचा, भय

और संकीर्णता के कारण मैं जहाँ था, वहीं पड़ा रहा और मेरा भाई असंख्य गुणा समृद्धि पा गया।

□

नीचा सिर क्यों ?

एक सज्जन बड़े ही दानी थे, उनका हाथ सदा ही ऊँचा रहता था, परंतु वे किसी की ओर नजर उठाकर देखते नहीं थे। एक दिन किसी ने उनसे कहा, "आप इतना देते हैं, पर आँखें नीची क्यों रखते हैं ? चेहरा न देखने से आप किसी को पहचान नहीं पाते, इसलिए कुछ लोग आप से दुबारा भी ले जाते हैं।" इस पर उन्होंने कहा, "भाई ! देनहार कोई और है, देत रहत दिन रैन। लोग भरम हम पर धरैं याते नीचे नैन। देने वाला तो कोई दूसरा (भगवान्) ही है। मैं तो निमित्तमात्र हूँ। लोग मुझे दाता कहते हैं, इसलिए शर्म के मारे मैं आँखें ऊँची नहीं कर पाता।"

□

उपयोगिता

एक बार एक राजा एक संत को अपने राजमहल का भ्रमण करवा रहा था। खजाने का किवाड़ खोलकर वहाँ भंडारित हीरे-मोती आदि दिखाते हुए राजा ने कहा, "महात्माजी, ये देखिए बहुमूल्य रत्न !"

संत ने सहजभाव से पूछा, "इन पत्थरों से आपको कितनी आय होती है ?"

राजा ने कहा, "प्रभु, इनसे आय नहीं होती। इनकी तो सुरक्षा में व्यय होता है।"

संत फिर राजा को एक गरीब की झोंपड़ी में ले गया, जहाँ एक महिला पत्थर की चक्की से अनाज पीस रही थी। संत ने कहा, "राजन् ! एक पत्थर यह भी है, जो इस परिवार की आय का साधन है।"

□

आत्मविश्वास

एक बार सुप्रसिद्ध अंग्रेजी नाटककार आस्कर वाइल्ड का लिखा एक नाटक प्रथम प्रदर्शन में ही लोगों द्वारा नापसंद कर दिया गया। नाटक की समाप्ति पर पत्रकारों ने आस्करजी से उनकी प्रतिक्रिया जानने के लिए पूछा, "कहिए, कैसा रहा आपका नाटक?" वाइल्ड ने पूरे आत्मविश्वास के साथ कहा, "नाटक तो एकदम सफल रहा, मगर दर्शक असफल हो गए।"

□

स्वामी रामतीर्थ की भक्ति-भावना

स्वामी रामतीर्थ लाहौर के सरकारी महाविद्यालय के छात्र थे। उन्होंने 1892 में गणित में एम.ए. की परीक्षा प्रथम श्रेणी में उत्तीर्ण की। गणित के प्राध्यापक मि. गिल्बटंसन तीर्थराम उनके अथाह ज्ञान तथा प्रतिभा से प्रभावित थे। उन्होंने कॉलेज के प्राचार्य की उपस्थिति में तीर्थराम को बुलाकर कहा, "हमारे शासन को तुम्हारे जैसे प्रतिभाशाली प्रशासक की बहुत जरूरत है। हम चाहते हैं कि तुम्हें इसकी परीक्षा में शामिल करें। तुम जज बन जाओगे।"

तीर्थराम ने धन्यवाद ज्ञापित करते हुए कहा, "मैं अपने ज्ञान व प्रतिभा का उपयोग अपने देश की महान् संस्कृति और अध्यात्म के प्रचार-प्रसार में करना चाहता हूँ। मेरी यह इच्छा है कि हर साँस प्रभु की भक्ति व सेवा में लगे। मेरे धर्मशास्त्रों में सेवा और सहयोग को सर्वोत्कृष्ट बताया गया है। मैं उसी में मस्त रहूँगा।" तीर्थराम की बात सुनकर दोनों चकित हो उठे।

वर्ष 1897 में स्वामी विवेकानंद अमेरिका से लौटने के बाद लाहौर गए। प्रो. तीर्थराम ने वेदांत और अध्यात्म पर उनका व्याख्यान सुना तो मंत्रमुग्ध हो उठे। उन्होंने विवेकानंद के पास पहुँचकर संकल्प लिया कि वे भी विदेश जाकर भारतीय संस्कृति और सनातन धर्म के शाश्वत मूल्यों का प्रचार-प्रसार करेंगे। विवेकानंद ने उन्हें आशीर्वाद दिया। तीर्थराम से बने संन्यासी रामतीर्थ ने वर्ष

1902 में अमेरिका–जापान आदि देशों में जब भारतीय संस्कृति के महत्त्व पर भाषण दिया तो लोग चमत्कृत हो उठे।

□

मांस की कीमत

कंचनगढ़ में राजा वीरसेन का राज था। उनके न्याय और सुशासन की चर्चा दूर–दूर तक होती थी। राजा के एक पुत्र और एक पुत्री थी। राजकुमार शिशुपाल एक होनहार एवं जीव–जंतुओं का प्रेमी युवक था। उस राज्य का प्रधानमंत्री विचित्र वर्मा एक क्रूर स्वभाव का प्राणी था। एक दिन की बात है। राजा वीरसेन का दरबार लगा हुआ था। फरियादियों की फरियादें सुनी जा रही थीं। कार्य संपन्न होने पर राजा ने मत्रियों तथा दरबारियों से एक विचित्र–सा प्रश्न कर डाला। राजा बोले, "आप लोग तो काफी बुद्धिमान एवं अनुभवी लोग हैं, जरा यह बतलाइए कि मांस महँगा होता है या सस्ता?" प्रधानमंत्री विचित्र वर्मा बोला, "अन्नदाता, मेरे राज्य में तो मांस से सस्ता कुछ और है ही नहीं। उसका क्या मोल?" परंतु राजकुमार शिशुपाल बोला, "पिताश्री मांस से बढ़कर महँगी चीज और कोई इस दुनिया में नहीं है।" तब राजा युवराज से बोले, "क्या तुम अपनी बात को साबित कर सकते हो?" राजकुमार बोला, "पिताजी, मुझे तीन–चार दिनों का समय दीजिए। मैं अपनी बात को साबित करके दिखा दूँगा।" राजकुमार ने राजा से कहा, "आप तीन–चार दिनों तक राजकाज की जिम्मेदारी मुझे सौंपकर दरबार न आएँ।" राजा ने वैसा ही किया। तीसरे दिन युवराज ने विचित्र वर्मा को बुलाकर कहा, "मंत्रीजी, पिताश्री बहुत गंभीर रूप से बीमार हैं। राजवैद्य ने कहा है कि दवा बनाने के लिए प्रधानमंत्री के शरीर का दो तोला मांस चाहिए। आप फ़ौरन अपने शरीर से काटकर दो तोला मांस राजवैद्य के यहाँ भेज दें।" विचित्र वर्मा ने युवराज के प्रस्ताव को विनम्रतापूर्वक अस्वीकार कर दिया। राजकुमार फिर बोला, "दो तोला मांस के बदले आपको दो हजार स्वर्ण मुद्राएँ प्रदान की जाएँगी।" परंतु प्रधानमंत्री राजी न हुए। राजा वीरसेन एक गुप्त स्थान से सभा

की काररवाई देख रहे थे। वह दरबार में प्रकट हुए और प्रधानमंत्री विचित्र वर्मा से कहा, "देखा आप सभी ने, राजकुमार का कथन ही सत्य निकला। कितना कीमती है मांस?" इस प्रकार राजकुमार ने अपनी बात को प्रमाणित कर पशु-हत्या पर प्रतिबंध लगवा दिया।

□

दुष्कर्म बड़ी बाधा

आयुर्वेद के प्रख्यात ग्रंथ 'माधव निदानम्' प्रणेता माधवाचार्य अपने साधना काल में गायत्री महापुर चरणों में संलग्न थे। उन्होंने पूर्ण विधि-विधान के साथ लगातार ग्यारह वर्षों तक अपनी साधना जारी रखी।

इतने पर भी उन्हें सिद्धि का कोई लक्षण प्रकट होते दिखाई न पड़ा। सो उसे आगे और चलाने का विचार छोड़कर काशी चले गए। काशी में गंगातट पर वे बड़ी दुःखी मनःस्थिति में बैठे हुए थे कि उधर से एक अघोरी कापालिक आ निकला। साधक की वेशभूषा और छाई हुई खिन्नता जानने के लिए वह कारण पूछने लगा। माधवाचार्य ने अपनी व्यथा कह सुनाई। कापिलिक ने आश्वासन दिया कि उसे भैरव की सिद्धि का विधान आता है। माधवाचार्य सहमत हो गए और साधना करने लगे। एक वर्ष पूरा होते-होते ही भैरव प्रकट हुए और वरदान माँगने की बात कहने लगे। माधवाचार्य ने चारों ओर देखा, पर बोलने वाला कहीं दिखाई न पड़ा। उन्होंने कहा, "यदि आप सचमुच ही भैरव हैं तो सामने प्रकट हों।" इसका उत्तर इतना ही मिला—"आप गायत्री उपासक रहे हैं, अपके मुखमंडल पर इतना तेज छाया हुआ है कि सामने प्रकट होकर अपने को संकट में डालने की हिम्मत नहीं है।" माधवाचार्य ने कहा, "देव! यदि आप प्रकट नहीं हो सकते और गायत्री उपासना को इतनी तेजस्वी पाते हैं, तो कृपा कर यह बता दें कि मेरी इतनी निष्ठा भरी उपासना निष्फल कैसे हो गई?" भैरव ने उनकी इच्छा पूर्ति की और पिछले ग्यारह जन्मों के दृश्य दिखाए, जिनमें अनेक पाप कृत्यों का समावेश था। भैरव ने कहा, "आपके एक-एक वर्ष के गायत्री पुरश्चरणों

से एक-एक जन्म के पापकर्मों का परिशोधन हुआ है। अब आप नए सिरे से फिर उसी उपासना को करें। माधवाचार्य फिर वृंदावन लौटे और बारहवाँ पुरश्चरण करने लगे। अब की बार उन्हें आरंभ से ही साधना की सफलता के लक्षण प्रकट होने लगे और बारहवाँ वर्ष पूरा होने पर इष्टदेव का साक्षात्कार हुआ। इस गाथा से इस तथ्य पर प्रकाश पड़ता है कि साधना की सिद्धि में संचित दुष्कर्म ही बाधक होते हैं।

□□□